藥香賢妻 2

文創風 366

靈溪 著

目錄

第十八章

梅閣

京城裡一棟很優雅的兩層木質小樓，雖然夜已經深了，但是這棟小樓二樓的一間雅間裡卻仍舊是燈火通明。這裡便是梅閣，一座優雅清靜的酒館，由於環境清幽，價錢又不便宜，來往的都是一些富貴且有些情調的文人和官員。當然最主要吸引客人的原因還是這梅閣的老闆娘——梅娘，一位年輕又萬種風情的女子。

雅間內，八仙桌前只對坐著兩名男子，一位身穿白色袍子，從坐下後就不停地自斟自飲，甚至連桌上的菜餚都沒有動過。另一位穿黑色袍子，自坐下後只望著對面的人飲酒，自己卻沒有喝兩杯。窗子敞開著，暮春的風兒吹進來，悄悄吹起了他們的袍子角。

看到秦顯又仰頭喝掉一杯酒，沈鈞終於忍不住開口問：「聽玉兒說下個月初六你就要娶尉遲家的小姐了，怎麼還在這裡借酒澆愁？」

「哼，所娶非人，難道我還要高興嗎？」秦顯冷哼道。

聽秦顯這麼一說，沈鈞道：「看來你的心裡還在想那位姓薛的姑娘吧？既然如此，你可以向秦老夫人說明你的心意，這麼多年來你一直都沒有續弦，秦老夫人不也答應讓你自己選繼室嗎？」

又喝了一杯，秦顯終於把一肚子的苦水都倒出來。「你以為如果我不願意，祖母會拿我有辦法嗎？現在是人家根本就沒把我看在眼裡，難道我還要強娶人家嗎？」

聽到這話，沈鈞皺了下眉頭。「這麼說倒是奇了，你可是京城的萬人迷，多少千金小姐、小家碧玉都對你青睞有加，這次竟然有人不把你放在眼裡？」

沈鈞的話讓秦顯的眼眸更是滑過一抹失落，他伸手去拿酒壺想再倒一杯，不想沈鈞卻一把按住他放在酒壺上的手，勸道：「你不能再喝了。」

秦顯那帶著醉意的眼眸和沈鈞在空中相碰，剛蹙了下眉，不想就有一個好聽的女子聲音傳來。「是啊，秦大人，再喝啊就醉了。」

轉頭一望，只見是一位穿著素色長羅裙，身披一件粉紅色敞口紗衣的美貌女子端著一個托盤走進來。這就是梅閣的老闆梅娘，她邁著蓮步走到八仙桌前，拿出托盤裡兩碟精緻的點心，然後坐在離沈鈞比較近的一個繡墩上，笑道：「兩位大人不要只喝酒，來嚐嚐梅娘親手做的點心吧？」

對梅娘的話，秦顯根本就沒有心情理睬，他一推沈鈞的手，拿起酒壺又倒一杯，仰頭一飲而盡，接著又是一杯。見狀，梅娘和沈鈞對視了一眼，幾杯又下肚以後，秦顯已經醉了，沈鈞便轉頭朝外面喊道：「沈言。」

「在。」下一刻，沈言便和聲音一起出現在沈鈞的面前。

「送秦大人回去。」沈鈞吩咐道。

「是。」隨後，沈言便扶著已經醉得幾乎人事不知的秦顯離開梅閣。

沈言帶著秦顯走後，梅娘的眼眸一轉，柔媚的目光落在沈鈞的臉上，笑道：「秦大人是為情所困吧？」

「妳不是都聽到了嗎？」沈鈞反問了一句，便伸手拿起酒壺。

這一刻，梅娘馬上伸手握住沈鈞在酒壺上的手，碰觸到那溫熱的手，沈鈞的眉頭一蹙。梅娘的聲音便在他的耳邊響起。「三年不見，要不是秦大人今日約你來這裡，是不是你就一直都不會來我這裡？」

聽到這話，沈鈞遲疑了一下，推開梅娘的手，拿起酒壺給自己倒一杯酒，仰頭一飲而盡。梅娘見狀，伸手接過沈鈞手中的酒壺，默默地為他倒了一杯，沈鈞又是一飲而盡。沈鈞這才說道：「這幾年妳還好吧？這梅閣還是老樣子，聽說生意不錯。」

「沒有你的日子也就是如此而已。」梅娘嘴角露出一抹帶著苦澀的笑意。

聽到這話，沈鈞騰地一下站起來，面上依舊沒有什麼表情地道：「平安也是一種幸福。」說完，他轉身就走。

「沈……」梅娘叫了一聲，可是那個身影終究沒有任何留戀的意思，大步流星地便下樓去了，留下梅娘一個人淒然而泣。

沈言駕著馬車，一路把秦顯送回秦府，秦瑞看到自家大爺醉得如此，趕緊讓兩個小廝扶著進了府。由於秦顯深夜還未歸，秦老夫人不放心，一直都在他的屋子裡等他，沒想等到的卻是一個醉得有些胡鬧的孫子，不禁沈了臉。

「快扶大爺到床上去。」秦老夫人吩咐秦顯屋子裡的丫頭們。頓時，幾個丫頭忙成一團，有的打水，有的鋪床，有的幫坐在床鋪上的秦顯脫靴子。

這幾日，秦顯都是早出晚歸，前幾日還頂撞了秦老夫人，所以秦老夫人一直都在生氣。但到底是自己的親孫子，也知道他心裡不痛快，所以秦老夫人今日特地等他回來。

丫頭幫秦顯脫下了靴子，便把腳放在盛滿溫水的銅盆裡，但秦顯卻是一反常態，伸腿就踢掉了銅盤。只見那銅盆哐噹一聲就翻在地上，水立時灑落一地，嚇得丫頭跪在地上都不敢動了。

「妳想燙死我啊！」秦顯帶著醉意咒罵了一句。

「奴婢該死，奴婢該死！」秦顯一發脾氣，那丫頭趕緊在地上磕頭，其他幾個丫頭見狀也都跪倒在地。

而此刻，坐在太師椅上的秦老夫人臉色更加不好看，她大聲地訓斥道：「你看看你現在成什麼樣子？虧你還是大家的公子，還是朝堂上的官員，真是辱沒了祖宗。你那公主的娘要是知道也是死不瞑目啊！」秦老夫人不禁有些老淚縱橫了，她這個孫子什麼都好，就是太重情義，當然這也是優點，可是有時候就會變成致命的缺點。

而此時，祖母的訓斥在秦顯這裡似乎並沒有多大的作用，他微瞇著充滿醉意的眼，嘴巴裡哼哼唧唧地亂說。「我早就不想做這個破官了，什麼大家公子？還不如一介草民來得輕鬆快樂……」

聽到這話，秦老夫人氣急，轉頭吩咐一旁的秦瑞道：「拿冷水潑醒他。」

「這……」秦瑞頗為難。

「聽到了沒有？」見秦瑞站著不動，秦老夫人的聲音又嚴厲了一些。

「是。」秦瑞不敢再怠慢，趕緊到屋外取了一桶涼水來，徑直往坐在床上的秦顯頭上用力一潑。

嘩！

只聽嘩啦啦一聲，一桶冷水盡數灑在秦顯的身上，頓時他就打了一個寒顫，人也立刻成了落湯雞。

秦顯本能地伸手摸了下還在往下淌水的臉，睜開眼睛，發現丫頭奴才跪了一地，他的祖母正怒視著他，彷彿生了很大的氣，屋子裡都是水跡，彷彿剛才大鬧了一場般。

見秦顯清醒過來，秦老夫人餘怒未消，繼續訓斥道：「你就要娶親了，這些天還在外面喝酒，喝醉了回來就拿丫頭奴才們出氣，你這是為人之道嗎？更何況你還是有女兒的人了，你給紫蘇以後做什麼樣的榜樣？」

聽到祖母的訓斥，秦顯大概也知道剛才他是胡鬧了，清醒過來感覺很不該，便羞愧地起身跪倒在地。「孫兒知錯了，求祖母息怒。」

見秦顯跪地認錯了，秦老夫人的怒氣立時便消了一半，臉色一緩，道：「離下個月初六也沒有多少日子，尉遲家的小姐這兩年我也是格外留意過，品貌性情都不錯，雖然門第低了點，但到底是續弦，咱們也不計較那麼多，以後好好對人家，早日為咱們秦家延續香火才是正理。至於那些不該想的就不要再去想了，人家對你好像也不怎麼上心，你把自己弄成這副樣子大可不必了。」

聽到這話，秦顯不禁一愣，心想——祖母她老人家怎麼知道無憂對自己無意？難道她一早就看出來了，只是自己還渾然不知？

「聽到我說的話沒有？」見孫子低頭不語，秦老夫人拿著枴杖敲了敲地。

「孫子聽到了。」秦顯趕緊回答。

「嗯。」聽到孫子的回答，秦老夫人滿意地點點頭，然後起身站起來，一旁的紅蓮趕緊攙扶著。這時候，她看到孫子頭上身上都是水，不禁有些心疼，道：「時候不早了，趕緊歇著吧，明日還要早朝。」

「是。」秦顯趕緊起身相送。

「外面涼，不必出來了。」秦老夫人臨出門說了一句，秦顯沒有邁出門檻……

馬車徐徐前進，坐在馬車上的兩個人有一句沒一句地說著話。

連翹抱著一個大大的紅色錦盒，手指一直摩挲著那錦盒上的錦緞，她不禁轉頭問著自家主子。「二小姐，這麼好的東西您真的捨得送人啊？」

聽到連翹的話，無憂一笑，今兒早上她已經嘮叨一回了。「以後還會有的。」

「這可是價值連城的，您和那個尉遲小姐認識時間也不長，就送人家這個，也太大方了點。」連翹噘嘴道。

「我只是感覺這個寓意好，而且還有特別意義，也算是蘭馨和秦顯結緣的物件，我留著始終感覺有點鵲巢鳩占的感覺，還是由蘭馨保管比較適合。」無憂微笑著說。

不多時，馬車便在尉遲家的大門口停下來，門上的人一看是薛家小姐，不用通報就徑直把無憂和連翹請了進去。

剛走到後宅，就看到尉遲蘭馨帶著丫頭迎了出來。「無憂，妳可來了。」

「蘭馨。」無憂笑著拉住尉遲蘭馨的手。

隨後，尉遲蘭馨拉著無憂進入閨房，坐定後，夏荷便把沏好的茶水端上來，笑道：「薛小姐，您不知道，這幾日我們小姐一直都在念叨您呢！您要是再不來啊，我們小姐就要派人去請了。」

無憂望著蘭馨一笑，隨後，尉遲蘭馨便從櫃子裡拿出成親那天要穿的大紅喜服和頭冠給無憂看。無憂看到那大紅色的喜服上面用金線繡著五彩鳳凰，簡直耀眼極了，而那黃金打造的頭冠更是精緻華麗，讓人有些眩目的感覺。無憂笑道：「真漂亮。」

「這頭冠是當年我娘出嫁的時候外公找人特別打造的，我外公家是商人，地位不高，不過家境殷實，給我娘預備了好多的陪嫁。」尉遲蘭馨笑道。

「是嗎？我外公家也是商人，情況大概和妳家差不多。」無憂感覺和尉遲蘭馨又近了一層，大概因為都有一些相同的感受吧？

「所以說我們兩個真是有緣，要是能夠早一點認識就好了。」尉遲蘭馨笑道。

「現在也不晚啊。」無憂說。

「是啊，不晚。」尉遲蘭馨點頭。隨後，蘭馨一轉頭，看到了八仙桌上那個大大的錦盒，不禁好奇地問：「無憂，那是什麼啊？」

掃了一眼八仙桌上的錦盒，無憂笑道：「瞧我，都給忘了。」說著，便拉著尉遲蘭馨走到八仙桌前說：「妳成親也不知道該送妳什麼好，感覺這個比較合適，所以就拿來做賀禮了。」

聽到是送給自己的，尉遲蘭馨開心地說：「送給我的？是什麼啊？這盒子這麼漂亮。」

「妳打開看看就知道了。」無憂微笑著。

望了神秘的無憂一眼，尉遲蘭馨伸手打開那錦盒，只見錦盒中放置的是一盞精緻華麗的八角宮燈，宮燈上還描繪著並蒂蓮花的圖案，而且上面還有兩句題詩——「花中珍品見真情，一莖兩苞恩愛花。」看到這兩句題詩，尉遲蘭馨不禁大吃一驚，因為她認出這是皇上御筆題詩的那盞宮燈。隨即，她便轉頭對望著她微笑的無憂道：「這……這不是正月十六在秦府上妳贏得的宮燈嗎？」

「嗯。」無憂點點頭。

「妳……妳是說把這盞燈送給我？」先別說這盞宮燈上的珍珠和翡翠有多珍貴，就單憑上面有皇上的御筆題詩，並且是皇上恩賜的彩頭，就不知道價值幾何了，尉遲蘭馨萬萬沒有想到她會把如此珍貴的東西送給自己作為成親的賀禮。

「是啊。」對於蘭馨的疑問，無憂又點點頭。

得到確認的蘭馨仍然處在驚訝當中，趕緊搖頭推辭道：「不行，這太貴重了，我不能收。」

無憂知道蘭馨肯定不會那麼容易就收下這盞燈，便笑著上前道：「其實我想了很久，可是除了這盞燈以外真的沒有更好的禮物了。妳看這盞宮燈上面的圖案是並蒂蓮花，多好的寓意，正適合妳新婚。而且當日妳我和秦大人都猜對了謎底，只是我僥倖先行寫在紙上而已。好像冥冥之中自有定數一樣，妳和秦大人也算是心有靈犀吧，所以這盞燈還是送給妳合適。妳說對不對？」

雖然無憂的說法讓蘭馨很欣喜，但她還是有些躊躇。

見狀，無憂又道：「再說妳嫁進秦家也需要幾件能拿得出手的嫁妝是不是？雖然妳的頭冠算一件，但是我想這麼多年妳母親當年的嫁妝也剩不了多少吧？而尉遲大人官階又不高，妳家也不是什麼高門大戶，大概也給妳添置不了太貴重的嫁妝，這件東西就當給妳壓壓箱底吧？難不成妳還真的要我再拿回去嗎？頂多等過幾年我出嫁的時候，妳也送我一件大大的賀禮好了。」

最後在無憂的好說歹說下，蘭馨才同意收了這盞宮燈。

隨後，尉遲蘭馨從床頭拿出一個繡工精緻的荷包，笑道：「無憂，本來想送妳一個我親手繡的荷包，可是沒想到妳送我這麼貴重的禮物，都讓我不好意思拿出來了，可是不拿出來，我又沒有別的東西好送給妳。」

見蘭馨訕訕的，無憂趕緊接過她手中的荷包，低頭一看，只見那荷包的邊緣上繡著幾片竹子，正中的位置繡的卻是一張小丫頭的笑臉，竟然還有一點現代漫畫的味道。無憂不禁道：「真可愛。」

「因為妳的名字叫無憂，所以就繡了一個笑臉給妳，希望妳以後真的是一點憂愁都沒有。」尉遲蘭馨笑道。

「我很喜歡，謝謝妳啊，蘭馨。」隨後，無憂便把那荷包繫在腰間。

尉遲蘭馨又拉著無憂看了看她準備的別的衣服首飾等物件後，兩個人便坐在桌前說著悄悄話。

「無憂，妳說他會喜歡我嗎？」這是尉遲蘭馨這些日子一直都在想的問題。

聽到這話，無憂遲疑了一下，便勸道：「傻瓜。妳胡思亂想什麼？他肯娶妳，肯定是喜歡妳的。不過呢，你們兩個畢竟沒有相處過，都不知道對方的性情和優缺點，所以你們還需要時間多相處。時間長了，等他知道妳的好以後，我想他一定會非常寵愛妳的。」

「我也是這麼想的。」尉遲蘭馨害羞地點了點頭，然後手撫著自己的胸口道：「妳不知道，我現在一想到成親那天心就怦怦直跳，我好緊張啊，我從來都沒有這麼緊張過。」

最後，尉遲蘭馨握住無憂的手，無憂能夠感覺得到她的手是涼的，而現在的天氣並不冷。不知怎的，她真的有點替蘭馨擔心，於是一直在心裡默默地祝福她……

晚間，二更天已過，平兒悄悄領著興兒來到無憂的屋裡回話。

「二小姐，莊子的房舍都已經修葺好，花草樹木也都請花匠整理一遍，十來間正房裡也都添置了該添置的家具和平時用的器皿，並收拾出一間偏房作為廚房用。旺兒把花銷都一項一項的記在帳本上，請二小姐過目。」說完，興兒便把手裡的帳本，雙手遞到了坐在太師椅上的無憂面前。

無憂伸手接過，隨意翻看了一遍，然後道：「旺兒做事我是放心的，只是沒有規矩也不成方圓，以後也許還有更大的事交給他去做，所以也要養成丁是丁、卯是卯的習慣才好。」無憂知道再放心的人也要有帳目在，要不然時間長了就是一筆糊塗帳，說不定還會把好人給搭進去。再者用人之前還是醜話說在前面比較好，雖然旺兒是自己人，而且老實敦厚，但是也要歷練歷練他，才知道此人可不可以大用。

「是，二小姐說得是，不但我們明白，旺兒也明白。對了，旺兒知道二小姐肯定好奇莊子是個什麼模樣，可是二小姐一時半會兒的又無法過去，所以便給莊子畫了一張草圖，請二小姐過目。」說完興兒從懷裡掏出一張圖紙，雙手遞到無憂的面前。

聽到這話，無憂倒是有些意外，接過興兒手裡的草圖，打開一看，只見上面把莊子裡的房舍、水井、水渠以及田地都標示出來，讓人對於莊子的整個結構一目了然。無憂不禁笑道：「沒想到旺兒還有這番心思，真是難得。畫的圖也很好，讓人一看就明白了。」那圖竟然還是按照比例縮小畫的，可見這旺兒還真是個聰明人。

聽到無憂誇讚旺兒，興兒趕緊道：「這還多虧了大奶奶和二小姐當年讓旺兒陪著義哥兒去學堂，那兩年旺兒在私塾外面聽先生講課，這才識了字，要不然也跟我一樣斗大的字都認不得兩籮筐呢！」

「他只是在私塾外面聽先生授課罷了，並不是送他去上學，是他自己聰明勤奮才學到了些本事，所以不必謝我和大奶奶什麼。」無憂緩緩地道。

「二小姐和大奶奶的恩德咱們記在心裡就好，就不必說出來。」平兒對興兒道。

「是、是。」興兒趕緊點頭。

隨後，無憂又吩咐道：「這莊子雖然不大，旺兒一個人畢竟看顧不過來。讓旺兒找兩個花匠定時來整理花草樹木，再請幾個年輕壯實的人來。我要種一些藥材，這是單子，你讓旺兒在莊子的帳上支了銀子去買種子，現下能種的就快種上，不要過了季節。另外再買一個小丫頭送過去，畢竟那邊也需要一個打掃漿洗的人。」

「是，奴才明日就吩咐旺兒去辦。」興兒趕緊點頭。

「嗯，你抓緊去辦吧，買莊子的事我已經回過大奶奶，過幾日等莊子都整理得差不多，我就去回大爺和老太太。天氣轉眼也熱了，正好請他們到莊子去消遣一日。」無憂道。

「奴才都叫旺兒去辦。」興兒和平兒又回了兩句不要緊的話，便退了出去。

燈火下，無憂拿著手裡旺兒畫的圖紙，反過來調過去的看了好幾遍，心中竟然都按捺不住了，希望明日就去莊子看看才好呢！臨睡覺前，伸了個懶腰，唉，她以後也是有產業的人了。

又過了幾日，已經到了初夏，天氣漸漸轉熱起來，人們也換上單衫。這日晚間，無憂扶著朱氏來給薛老太太請安，正好薛金文和李氏他們都在，便坐下來說起了話。

薛老太太歪在榻上，一個丫頭跪在腳踏上給她捶著腿，雖然一副疲憊的樣子，但是精神非常好，十分地健談。

「老太太今日去走親戚肯定累了吧？」薛金文坐在床榻上。

薛老太太點頭道：「累是有點，不過心情卻很好。無憂給我買的這馬車真是舒服，裡面又大，來回也方便。你不知道原來看不起咱們的那幾門子富貴親戚，現在都對咱們另眼相待了，我記得以前還總是笑話我走親戚的時候都是坐雇的車呢！」

「您坐著高興就好，也是無憂的一片孝心。」薛金文陪笑道。

「要不說呢，養你這個兒子我都沒有坐上你買的馬車，沒想到卻是託了二姊的福。」薛老太太望著無憂慈眉善目地笑著。

坐在繡墩上的無憂趕緊道：「無憂孝敬祖母是應該的，而且爹也是把祖母放在第一位，這馬車還是爹跑了足足兩天才替祖母選好的呢！」

前幾天，孫先生把上幾個月製藥作坊的盈利都給無憂送過來，再加上安定侯府又預付了三個月的診金，所以就有了千八百兩銀子的進項，正好可以好好地給莊子添置些東西。以前家裡出門一直都是雇車，很不方便，就買了一輛馬車送給薛老太太，薛老太太可是高興壞了，逢人便誇讚無憂，朱氏臉上也多了光彩。

坐在一旁的李氏和蓉姊兒沒有說一句話，心裡卻已經把無憂母女嫉恨得要死。原來屬於她們的風頭全部被無憂占了去，而且現在薛老太太和薛金文都對無憂寵愛得不得了。連帶朱氏也復寵了，現在薛金文大部分時候都歇在朱氏的房裡，已經很少到李氏這邊來了。雖然前些日子義哥兒考中了秀才，李氏很是揚眉吐氣了一些時日，可是那幾日過了以後她的日子就恢復平靜，還是處處受著壓制。以前管家的時候忙，現在幾乎沒有什麼事情做，天天真是悶得發慌，所以心情一直都很煩躁。

又說笑了一刻後，薛金文話鋒一轉，笑道：「娘，咱們家還有一件高興的事要向您稟告呢！」

「還有高興的事？這半年來咱們薛家真是時來運轉了，真是好事不斷，說吧，什麼事？讓我這個老婆子也高興高興。」薛老太太饒有興致地望著兒子。

這時候，薛金文轉頭望著無憂道：「無憂，還是妳自己跟祖母說吧！」

和薛金文的眼眸一對視，無憂點了點頭，對薛老太太道：「祖母，前些日子無憂在京城外買了一處小莊子。」

話音一落，薛老太太便立刻坐直身子，顯然吃驚不小，而坐在一旁的李氏和蓉姊兒也是瞪大眼睛，一副不敢相信的樣子。倒是朱氏和薛金文臉上只有笑意，無憂已經提前稟告過他們，當初告知他們的時候，他們的表情也和薛老太太跟李氏他們一樣。

「妳說什麼？在京城外買了一個小莊子？」薛老太太驚訝地問。

「其實前幾日就應該來稟告祖母，只是一則文書沒有簽訂，再者小莊子裡的房舍和花木也需要修整，還要置辦一些家具和器皿，便想等一切都弄好了再來稟告祖母，到時候馬車也買了，讓祖母坐著自己的馬車去城外的莊子逛一天解解悶去。」無憂笑著道。

「妳想得很周到。」薛老太太點了點頭，隨後便望著窗外的月色，緩緩地說：「其實咱們祖上原來在京城外也有兩處莊子的，只是到妳曾祖父這一代便家道中落，莊子和城外的地都典當了。妳祖父在世的時候一直都想著重振家業，可是沒想到他是個短命的，早早地就去了，留下我們孤兒寡母，這重振家業就更難了，沒想到今日妳這個做孫女的卻是買回一個莊子來。唉，妳小小年紀沒想到還有這份心思，看來咱們薛家以後的家道還要靠妳了。」

「祖母嚴重了，無憂只是一介女兒身，只能做一些微不足道的小事罷了，這個家以後還是要靠義哥兒的。」無憂趕緊道。

「唉，義哥兒不是個省心的，別說光耀門楣，以後只要守住咱們這個家就算是他的造化了。」薛老太太雖然疼孫子，還是清醒的，知道薛義這個人難堪大用。

聽到這話，李氏有些不悅，趕緊道：「老太太，義哥兒還小，多教導一下，說不定以後就能給咱們薛家光宗耀祖呢！對了，自從考中秀才以後，義哥兒在學裡可是用功多了，說是發憤努力，到明年秋闈的時候一定考個舉人回來。」

「嗯，那就最好了。」薛老太太點點頭。

「娘，後日就是立夏之日，衙門裡也放一天假，不如後日咱們一家人去無憂的莊子走走？」薛金文提議道。

「好，既然這樣，明日你們都收拾收拾，咱們都一起去。」薛老太太和眾人道。

「後日好，明日正好祖母可以歇一天。明日我的一個手帕交要出嫁，我要去送送她。」無憂笑道。

「是哪家的小姐啊？別忘了帶一份賀禮去，別失了禮數。」薛老太太問。

「是南大街尉遲家的小姐，她爹是個六品武將，賀禮我已經送過了，祖母放心。」無憂回答。

「好像聽說過，這家小姐從小就沒了娘的，不知道她和哪一家結的親啊？」薛老太太想了一下又問。

聽到這話，無憂遲疑了一下，回答：「是秦丞相家。」

眾人一聽秦丞相家，不禁都皺起眉頭，薛老太太也愣了一下，追問道：「那她嫁的是否是大理寺卿秦顯？」

「嗯。」無憂點點頭。

得到無憂的答案後，薛老太太愣了半晌，薛金文和朱氏也都是面面相覷，心裡都有所顧慮，畢竟這門親事一開始可是說給無憂的，沒想到世界這麼小，秦顯娶的竟然是無憂的閨中密友。

眾人都還沒說話，李氏卻已開口了。「我說無憂，妳這是唱的哪一齣啊？妳這個手帕交明明就是搶了妳的丈夫，妳嫉恨那個尉遲家的小姐還來不及，怎麼又跑去恭賀她的新婚之喜？」

坐在一旁的薛蓉更是心懷芥蒂，前幾日聽說秦家去尉遲家說親，沒想到這才幾天，就要把尉遲家的那個小蹄子娶進門了。她不由得更是怒火中燒，所以也跟著李氏附和道：「二姊，妳就應該上去打那個尉遲家的賤人才是，哪有這樣來搶妳夫君的好朋友？真是太不要臉了！」薛蓉把一腔怒火都噴在那個尉遲家的女兒身上，雖然她並不認識對方，但就是想挑撥一下，讓無憂當這個槍手。

聽到她們母女兩個一唱一和的，無憂心下很不悅，但是臉上仍舊平靜無波，反駁道：「二娘，秦顯並不是我的丈夫，我和他一點關係都沒有，頂多就是說媒不成而已，這天下說媒不成的男女多了去，難道人家另外娶妻嫁人都要被當作仇人嗎？再說尉遲家的小姐也沒有搶我的丈夫，因為人家是在秦顯和我說媒不成以後才被秦家提親的，這些絲毫都不會影響我和蘭馨之間的友情。相反，我還要祝福她以後過得快樂幸福，所以我把那盞御賜的宮燈已經送給蘭馨做賀禮了。」

說這話的時候，無憂的下巴是上揚的，她明顯地看到這番話說完後，李氏和薛蓉首先是用不可置信的目光盯著她，隨後那目光便變成了凌厲的刀子般射向她，不過她最後一句話卻是徹底地惹毛了她們，讓她們都有些失了態。

「二姊，妳說什麼？妳把御賜的那盞八角宮燈送給了尉遲小賤人？」薛蓉一臉的不可置信。

「是啊。」無憂微笑著點頭。

李氏此時著急地道：「我說無憂妳這是做什麼啊？妳知不知道那盞宮燈就算不是御賜的，單憑上面的那些珍珠、翡翠也是價值連城啊，最少也值幾千兩銀子的，妳怎麼說送人就送人了？就算妳想送人，那妳留著等蓉姊兒出嫁的時候送給她做陪嫁也好啊，妳就這樣送給了一個不相干的人？」

「怎麼不相干？尉遲小姐和我們小姐可是情同姊妹，甚至比親姊妹還親呢！」這時候無憂笑著品茶，身後的連翹快人快語地說了一句。

「那也不是親姊妹，蓉姊兒才是妳的親妹妹。」李氏有些氣急敗壞了。

「夠了，送都送出去了，妳在這裡嘮叨什麼。」這時候，薛金文斥道。

「是啊，既然送了，那就明日一早過去吧，我想無憂肯定有無憂的道理，我們和秦家的那樁事以後就不要提了，多一個朋友總比多一個仇人要好得多。再說以後那尉遲家的小姐就是大理寺卿夫人，再以後肯定就是秦家的當家主母，說不定咱們家以後就有什麼地方用得上人家，不可太小家子氣了。」薛老太太最後道。

薛老太太的論調讓李氏和蓉姊兒很是受不了，現在明顯地無憂想幹什麼就幹什麼，幾乎次次都得到薛老太太和薛金文的偏袒，彷彿還變成是她們的不對，所以一腔怨氣真是無處發洩。

回到屋子後，李氏和蓉姊兒真是憤憤不平。李氏氣憤地往八仙桌前一坐，直咒罵道：「沒想到秦家真的和那個尉遲家結了親，哼，還以為他們會找個什麼高門大戶的小姐呢，不過也和咱們家差不多罷了。」

蓉姊兒坐在繡墩上，一言不發，可是心裡早已是一肚子氣。不但氣那能嫁入丞相府的尉遲家小姐，更恨那個現在處處都能壓她一頭的嫡姊薛無憂。

「現在就連老太太和妳爹也糊塗了，竟然處處都在維護那個病秧子和她的女兒，妳說……蓉姊兒，妳怎麼一進來就坐在那裡一句話也不說的？」看到女兒呆愣地坐在那裡，李氏不禁話鋒一轉。

聽到母親的話，蓉姊兒轉頭對李氏道：「娘，我在想薛無憂哪裡弄來這麼多錢？給祖母買的馬車就得幾百兩銀子，還有那城外的莊子至少也得要幾千兩銀子吧？就憑她給人看個病便能賺這麼多銀子？」

聽到蓉姊兒的話，李氏低頭一想，不禁也疑惑地道：「要說也是啊，不過她給丞相府和安定侯府都看過病，大戶人家是不是都賞錢給得多啊？他們出手都很闊綽的。」

「就算是出手闊綽，她這手筆也太大了，娘您別忘了，現在可是大娘在管家。」蓉姊兒提醒了一句。

蓉姊兒的提醒讓李氏眼前一亮，馬上站起來道：「我說呢，原來根子在這裡。這幾個月她管家可是能撈不少呢，更何況現在的家底已豐厚多了，有那七千兩銀子做底，這些銀子放出去也有不少的利錢呢！」

「而且還有城裡的兩個鋪子，自從舅舅不管糧店後，聽說現在的掌櫃是大娘的人，對了，是宋嬤嬤的什麼親戚來著，還有今年春天的租子也都是經過大娘的手的，這一出一進的最少也能弄一輛馬車的錢。哼，我說她們怎麼那麼大方，一下子就給祖母買一輛馬車，原來用的根本就不是自己的錢，還把祖母哄得屁顛屁顛的，現在處處都替她說話。」薛蓉很是氣憤地道。

「嗯，這件事我可得提醒提醒妳爹，可不能讓她們把好處就這樣全占了。」李氏想想那些銀子就眼饞，當初她一年當中可是能在薛家撈不少銀子的，現在什麼都沒有了，只剩下幾兩銀子的月錢，每天都捉襟見肘的。

聽到這話，蓉姊兒便道：「剛才爹不是說今晚會過來嗎？娘您就在爹的枕邊吹吹風，至少讓爹心裡有個譜，咱們再去找證據，我就不信她們能一點痕跡都不留下。」

「就這麼辦，妳去歇著吧！」李氏對女兒道。

「那女兒告退了，娘您注意點分寸。」囑咐了一句，蓉姊兒便退下去。

這晚，薛金文果然在這邊歇了，伺候薛金文洗漱過後，夜已經深了。熄燈後，李氏躺在薛金文的身旁，在透過窗紙的微弱星光下，她看到薛金文已經閉上眼睛，她便在枕頭邊上輕輕地道：「大爺，您說二姊真是能幹，平時看個病就能賺那麼多銀子，不但給老太太買了一輛馬車，還置辦了一處莊子，那得花多少銀子啊。」

「我也沒想到她能有這個本事，當日真是錯看了她……」薛金文已經有些迷糊了。

聽到這話，李氏的手撫上薛金文的手臂，說：「她能有本事當然是好事，可是妾身就是怕她拿了不該拿的銀子，畢竟姊姊現在身邊只有她一個，姊姊又管家，到時候真有什麼事鬧出來，恐怕老太太不得安生啊。」

此時，薛金文已經睡眼朦朧了，根本就沒有聽清楚李氏所說的話，只是耳邊聽到幾個詞罷了，不過嘴巴仍舊跟著嘟囔了一聲。「什麼……該拿不該拿？」

「我怕姊姊拿了家裡的銀子給二姊，不如改天我去帳房看一看帳目，要是沒事的話就好了，要是有事早一點發現，這個家也少受一點損失啊。大爺？大爺？」說到最後，薛金文的呼吸都勻稱了，李氏推了推薛金文，薛金文囈語了一聲。「嗯，好……」說完，便翻過身子睡著了。

聽到薛金文說好，李氏不禁喜出望外，輕笑道：「這麼說大爺是答應了？呵呵……」她翻身平躺下來，心裡開始盤算怎麼去帳房查帳的事情。這件事急不來，還是先到無憂的莊子去看看她到底置辦了什麼東西，大概花了多少銀子，到時候贓證一對，她肯定跑不了了。

哼，如果這次讓她抓到那個病秧子娘兒倆的小辮子，她肯定饒不了她們。

第十九章

蘭馨出嫁那日無憂一大早就趕過去送嫁不必詳說。這日清晨時分，薛家一家人便出發直往城外奔去。

薛金文和兒子薛義騎馬在前方開路，後面是一輛四輪的大車，這是無憂為薛老太太買的。此刻，車裡坐著薛老太太以及她的兩個丫頭，朱氏也陪著。後面是兩輛雇來的藍布平頭馬車，前面一輛無憂、連翹和宋嬤嬤、平兒坐在裡面，後面一輛李氏、蓉姊兒以及丫頭和紅杏、綠柳坐著，最後面一輛平板馬車則是拉著大大小小七、八個人，有興兒、芳兒以及兩個小廝、小丫頭和粗使的兩個婆子。可以說今日薛家幾乎是全體出動了，只留下一、兩個婆子和看門的老頭。

京城外的景色確實不錯，官道兩旁的楊樹高大，兩旁都是肥沃的土地，還能看到許多農人在土地上耕種。官道上來來往往的馬車和行人也是絡繹不絕，畢竟是天子腳下，全大齊的讀書人、商人、達官貴人都聚集在這裡。

又走了幾里地，馬車拐彎轉入一條比官道稍微窄一點的道路上，這裡的景色一下子就變了，左邊是一望無際的林子，不遠處還有一條清澈的小溪，潺潺的流水從遠處山上流下，讓人感到異常清新。道路的右邊則是一座接著一座的農莊，或者是有著高大門樓的達官貴人的別院。這裡的地畢竟是多，還有不少人家在這裡建了花園，那些貴人的別院裡大概也有花園等景致，所以這裡絕對是一個休閒度假的好地方。

馬車又走了不短的時間，終於在一處年代有些久遠的門樓前停下來。薛金文和薛義下馬後，便趕緊走到薛老太太的馬車前，攙扶著薛老太太下了車，隨後，馬車上的眾人也都紛紛下了馬車，大家的眼睛不約而同地打量著眼前的莊子。只見門樓上的石面刻著「清雅賢居」四個楷字，門樓上的柱子已經用紅漆重新塗過，只是門樓上的石頭能看得出應該已經讓風雨侵蝕多年。從門樓的大門裡望去，只見裡面有房舍、樹木、魚塘，異常的開闊，不禁讓人有想要趕快進去欣賞風景的感覺。

這時候，旺兒已經帶著兩個雇來的小廝和一個買來的粗使丫頭站在莊子外迎接。他們跪在地上道：「小的們給老太太請安，給大爺請安，給大奶奶請安，給二奶奶請安，給少爺小姐們請安。」

「都起來吧！那幾個下人也是第一次見主子，就賞他們一人一吊錢吧！」薛老太太發話道。

「謝老太太！謝各位主子們！」聽說一人有一吊錢，那幾個小廝和小丫頭都高興得又磕頭。

「娘，咱們進去看看吧？」隨後，薛金文扶著薛老太太邁步上了臺階，眾人在她身後跟著一一走進莊子。

一走進莊子，無憂就被這裡的風景吸引住，房舍都是青磚綠瓦，雖然沒有江南園林裡的建築精緻考究，但也都寬敞明亮。房舍不遠處種了好幾十棵梧桐樹，巨大的樹冠把初夏的太陽都遮擋住，真是一個清涼的好地方。再不遠處還有一座池塘，雖然不大，但是裡面卻種植了不少荷花，現在的季節是小荷才露尖角，而池塘旁邊還有一處涼亭，亭子裡擺放著石桌和石凳，那裡是賞荷的好地方。再遠處就是成片的地畝，這個季節都種植著麥子，現在都已經金黃了。

「這個莊子真是不錯，無憂，妳真是有眼光。」環顧了一下四周，薛老太太笑著對站在旁邊的無憂道。一旁的薛金文和朱氏等眾人也都感覺很不錯。李氏、蓉姊兒等雖然也很喜歡這個莊子，但到底心裡嫉妒，所以面上只有不屑。

「無憂沒見過什麼世面，也不知道什麼樣的莊子好，這個莊子多虧是興兒幫我挑的。而且這個莊子畢竟好久沒有人住了，還是旺兒在這裡幫忙照看著修葺了好多日子呢！」無憂笑著回答。

「沒想到旺兒小小年紀還這樣能幹，我看妳這個莊子也需要人手，就讓旺兒在這裡幫妳照看吧！」薛老太太掃了旺兒一眼道。

聽到這話，無憂笑道：「祖母，孫女也是這麼想的，只是還沒有來得及回祖母，到底是祖母心細，都替無憂想好了。」

「妳小孩子家未免做事不精細，這樣的莊子沒有個得力的人看守怎麼可以？我看旺兒不錯，過上兩年給他說個媳婦，以後妳出嫁了，就當妳的陪房好了。」薛老太太笑道。

這話讓無憂面上一紅。「祖母，您怎麼突然扯到那裡去了？」

不過這話卻讓李氏很不爽，馬上道：「老太太，雖然嫁出去的女兒是得有陪房的，可是旺兒畢竟管著咱們家的莊子，他去了別人家也不方便啊？」

李氏的話讓無憂牽動了一下眉頭。她的意思無憂一下子就聽明白了，她大概又要打自己莊子的主意了。哼，這個女人還真是貪得無厭，一有好東西都要站出來爭一爭不可。

「這有什麼不方便的？這個莊子以後自然也是無憂的陪嫁，她的人管理她的陪嫁不是正合適嗎？」薛老太太道。

聽到這話，無憂不禁想——薛老太太雖然疼愛孫子，但到底頭腦還是清醒的，大概也知道她那個孫子以後不成器，她也沒得好指望吧？

薛老太太的話立刻讓李氏的聲音尖銳起來。「什麼？老太太，您不是在開玩笑吧？這麼好的莊子您要把它給外姓？您可是有孫子的，義哥兒才是姓薛的。」說著，李氏便把義哥兒拉到薛老太太的面前。

李氏的話讓薛老太太的眉頭一皺，顯然是很反感的。

此時，義哥兒也說話了。「祖母，薛家的東西以後不都應該是我的嗎？以後我還要給薛家傳宗接代呢！」

這時候，站在一旁的薛金文恨鐵不成鋼地訓斥道：「你這個沒出息的東西，想要什麼不去自己掙？這個莊子是你姊姊自己憑本事賺來的，為父的東西都給你也就罷了，你還想霸占姊姊的東西不成？」

「對！我什麼都不如姊姊行了吧？我才是您的兒子，以後您的孫子的爹，難不成您以後要把好東西都留給外孫不留給自己的孫子？」義哥兒氣憤地嚷道。

「你……」見義哥兒又頂撞自己，薛金文真是氣壞了。

好在薛老太太趕緊阻止，對兒子道：「你就少說兩句吧，咱們今日是來散心，不是來找氣生的。」

薛金文是個孝子，不敢再言語了，就怕氣著母親。

薛老太太隨後便拉住眼睛還發紅的義哥兒，伸手摸了摸他的臉頰，笑道：「義哥兒，你今年都十六歲，算是個大人了，又考中了秀才，哪能跟父親這樣講話呢？這個莊子呢，是你姊姊費心費力掙來的，咱們薛家自然沒有霸占女兒東西的道理，這個莊子以後肯定是要給無憂做嫁妝的。再說薛家在城裡還有兩間鋪子，城外也有幾百畝地，加上咱們京城的那座老宅子以後都是你的，只要你不嫖不賭，就算你沒有什麼進項，以後你也有口飯吃的。話說回來，你姊姊以後過得好，自然也沒有不管你的道理。你說是不是？」

薛老太太苦口婆心地勸，義哥兒見狀，只得很不情願地哼了一聲，不過眼睛卻是斜斜看著無憂的。一旁的李氏見狀，知道這個莊子是注定不能給自己兒子了，所以眼前的景象也都不順她的心，她拿著手絹在自己耳畔搧著風。

看到這些，無憂在心裡冷冷一笑，真是人心不足，自私自利什麼臉面也不要，就想著把所有東西都歸為己有。下一刻，無憂上前笑道：「祖母，去正房看看吧？」

「好。」薛老太太一笑，隨後便在丫頭的攙扶下，領著眾人朝正房走去。

薛老太太落坐之後，眾人也都依次坐下來。一個小丫頭已經端了茶水來，連翹、紅杏等趕緊接了給眾人依次倒了茶水。

環顧一下這正房的大廳，足足有三間房子，都整潔明亮，屋子裡的桌椅也都是新添置的，雖然質地並不名貴，但是做工也很精細。無憂心想——這個旺兒倒是挺得力的，年紀輕輕的，這些日子就把莊子打理成這樣，看來也費了不少心力。

坐著休息談笑好一會兒後，旺兒便進來回道：「老太太、大爺，剛帶來的婆子和丫頭已經在廚房預備飯菜，現下已經差不多了，小的來問飯菜擺在哪裡？」

聽到這話，無憂笑道：「祖母，無憂看到池塘邊那個涼亭倒是挺好，不如擺在那裡，又涼快又能欣賞風景？」

「是個好主意，就依妳吧！」薛老太太點頭應允了。

無憂站起來吩咐旺兒道：「就把午飯擺在涼亭裡，把讓你準備的杏花酒也搬去，還有那石頭上涼，老太太和大奶奶身子弱，讓丫頭拿棉墊子墊上，另外先拿些果子來讓老太太嚐嚐。」

「是，小的這就去辦。」旺兒一一記下來退了出去。

看到無憂把事情都交代得清清楚楚、妥妥貼貼的，薛老太太不禁道：「無憂這些日子跟妳母親管家，看來歷練得也差不多了，吩咐事情都有條有理的。」

「祖母謬讚了。」無憂微微一笑。

這時候，朱氏道：「老太太，我身子弱，好多事多虧了她替我想著，要不然肯定也有遺漏的地方。」

「女兒是娘的貼心小棉襖，可惜我這輩子沒有女兒，要是能有個像無憂這樣的女兒就好了。」薛老太太望著無憂笑道。

無憂一笑，朱氏道：「孫女也是一樣的。」

這時候，薛老太太的眼光看到了薛蓉，便道：「蓉姊兒，妳也不小了，再過個一、兩年也該出嫁了，沒事的時候跟妳大娘和二姊也學學管家，等到了婆家也不至於手忙腳亂的。」

一聽這話，李氏趕緊推了推蓉姊兒道：「是啊，蓉姊兒，妳聽妳祖母的話了嗎？妳長得這般美麗，以後肯定是要嫁到富貴人家去的，到時候奴僕多得妳都數不過來，妳可是要學著當少奶奶的。」

薛老太太望著容貌俊美的蓉姊兒道：「奴僕成群還在其次，重要的是對方的人品和才德，那樣才能好好對妳。女人啊，這輩子就是要嫁一個知冷知熱的人才算舒心，有再多的田宅銀兩，到頭來只不過是虛幻一場。」

朱氏笑道：「老夫人說得是，過得舒心才是一輩子的幸福。」

「再虛幻一場，那些情啊義啊也不能當飯吃的，所謂嫁漢嫁漢穿衣吃飯嘛。」李氏道。

又說了一會兒的話，丫頭來請，說午飯已經在涼亭備好了，眾人趕緊簇擁著老太太出了正廳，朝荷塘那邊走去。

在涼亭裡坐定後，薛老太太等女眷屁股下的石凳上都鋪著棉墊子，丫頭們在身後搧著扇子，石桌上擺滿了各式菜餚，每人面前還早已經倒好一杯杏花酒，眼前又是碧綠的荷塘、梧桐，真是愜意極了。

「祖母，這裡也算鄉村，沒有什麼好料，都是些山雞、牛蛙、鴿子等野味，祖母就當換換口味吧！」無憂笑道。

「已經很好了。」薛老太太笑道。

隨後，眾人都陪老太太吃了些酒，用了飯，又說笑一會兒，便已經過了晌午。見薛老太太睏倦了，無憂便讓丫頭扶老太太去事先收拾好的正屋東廂房休息。朱氏由宋嬤嬤、平兒扶著去西廂房休息，安排李氏、蓉姊兒去了配房的廂房休息，薛金文和義哥兒分別去另外的房間裡休息。

無憂不想睡，打著油紙傘由連翹陪著四處走走，畢竟這個莊子她也是第一次來，到處都還不是很熟悉，當然是由旺兒領路。

一棵梧桐樹下，旺兒指著遠處的一片地道：「二小姐，那裡大概有一百多畝麥子地，過不了多久就能收麥子。按照您的吩咐，小的已經買了一些藥材的種子，等收了麥子，便雇人把藥材種子種上，這樣等秋後就能有收成了。」

無憂放眼朝那片金黃望去，只見麥浪在熱風下一股接著一股，強光下讓人都睜不開眼睛，心想——這些糧食大概也夠一家人和莊子上的幾個人一年的口糧了。然後囑咐道：「記得多看看我給你寫的那些藥材習性，喜濕的多澆水，喜乾的不要澆太多，你自己忙不過來，就請一、兩個花匠過來幫忙收拾，千萬不要影響了藥材的生長。」這一百多畝的藥材可是要比一百多畝的麥子值錢多了，而且她種的又都是一些價錢高的藥材，一年下來光是這筆收益就不是個小數了。

「是。」旺兒趕緊點頭。

轉頭又望望眼前的池塘，不禁問：「魚苗都撒上了嗎？」

「還沒有，已經買下魚苗，說是後天就送過來。」旺兒回答。

「趕快撒上，還有那些蓮蓬、蓮藕，到了季節也別忘了採摘。咱們莊子不也雇了兩個長工，買了個丫頭嗎？在莊子的西北角上圈一塊地，在那裡養點雞鴨，幾頭豬、羊，這樣到年前咱們這些吃食就不用去外面買。而且那些糞便也可以當作肥料。還有那些花卉，白白地開在這裡也是可惜，讓花匠栽在花盆裡，大概也能拿出去賣幾個錢。」無憂一一吩咐道。

聽到無憂的話，旺兒陪笑道：「二小姐想得真是齊全，這樣這個莊子就能多了不少的收成。」

「我只是想想而已，這是最輕鬆的，付諸行動的是你，所以辛苦的就是你了。」無憂輕笑道。

「這是小的分內的事，沒有什麼辛苦不辛苦的。」旺兒趕緊低首恭敬地道。

又轉了一會兒，抬頭看看二小姐似乎有些倦意，旺兒趕緊跪倒在地，求道：「旺兒有件事想求二小姐成全。」

「什麼事你儘管說，我能幫的肯定會成全你。」見旺兒如此，無憂便轉身在梧桐樹下的一個石墩子上坐下來。

「二小姐，您也知道小的妹妹芳兒，她在老太太的屋裡做一些粗使的活計，現在莊子還需要買兩個丫頭，小的想買也是買，不如讓芳兒過來做，再買個丫頭給老太太送過去，芳兒一定會好好給二小姐做事的。」旺兒懇求道。

聽到這話，無憂想了一下道：「芳兒是不是覺得在老太太屋裡幹得太辛苦了？可是這莊上的活兒也不輕鬆，每天打掃漿洗不算，還要餵豬餵雞餵鴨的，她能幹得來嗎？」芳兒她還是瞭解的，也算是個勤謹的女孩，而且因為是平兒的女兒，所以和她們這一房走得很近，記得去年和那個傻子議親的時候，還是芳兒來報的信呢！

「芳兒並不是因為怕苦才不想在老太太身邊做的，實在是老太太屋裡那兩個丫頭和婆子都是牙尖嘴利的，芳兒又是個老實的，每每挨了欺負都是暗地裡哭，小的和娘都心疼得不得了，可是我們生來就是奴才命，沒有辦法的事，少不了忍著。不過現下有這個機會，所以才斗膽求二小姐開恩呢！」旺兒趕緊回道。

旺兒的話讓無憂凝了下神，然後道：「你這話倒是不假，老太太身邊的人平時確實是高人一等，不過這也算平常事，在別家也都是一樣的。對了，今日你來求我是你自己來的，還是你爹娘讓你來的？」

「是小的自己來的，沒敢讓小的爹娘知道，怕他們說小的不知天高地厚。」旺兒如實回答。

「既然這樣，那我就應了你的求，老太太那裡我會去說，只是我不敢保證老太太會同意，只能看芳兒自己的造化了。」無憂點頭道。

一聽無憂應下來，旺兒趕緊磕頭道：「小的代妹妹和一家老小給二小姐磕頭了。」

「我也乏了，大中午的太陽毒，你們也都去小憩一會兒吧。」無憂站了起來。

隨後，無憂和連翹便在旺兒的帶領下，走入一處房舍。

邁進屋子，一陣清風襲來，一看屋子裡南北窗子竟然是通透的，太陽照射進來的也不多，床榻上都鋪著編織精緻的涼蓆，家具都用綠色竹子製成，讓人一看就覺得清涼許多。一小丫頭趕忙打了洗臉水，低首伺候無憂洗了臉。

脫下外衣，躺在涼蓆上，無憂笑道：「這個旺兒做事還真是挺周到的。」這裡的擺設真的很清幽涼快，無憂很是喜歡。

「是啊，別看他年紀不大，真的是謹慎沈穩，而且對您也很敬重，二小姐您果真是沒有看錯人。」連翹笑道。

這時候，無憂已經有些乏了，上眼皮直和下眼皮打架，輕聲說了一句。「妳也睡一會兒去。」隨後，便再也不言語了。

這方，李氏和蓉姊兒在廂房裡卻正在憤憤不平。

「現在祖母也太偏心了，竟然連哥哥都不如那個無憂了，以前祖母可是最疼哥哥的，爹爹那就更不必說了。」薛蓉拿著團扇一邊搧一邊抱怨道。

李氏的眼睛則是在後窗上不斷地往外望，眼眸貪婪嫉妒地道：「這麼好的莊子，妳哥哥是沒分兒了。那個小蹄子竟然有這樣的本事，說買莊子就真買了一座，而且還修整得這麼好，我就不信她都是用自己的錢買的。對了，剛才妳祖母不是說了嗎？讓妳幫著管一下家裡的事，這樣正好，妳好好留意帳房裡的帳目，看看她們大房到底貪了多少，咱們這次也讓她們如數地吐出來。」

聽到這話，薛蓉的眼眸一轉，笑道：「娘，您放心，我肯定會好好留意的，只是如果真發現她們貪了錢，到時候這莊子是哥哥的了，那我有什麼好處啊？」

聽了女兒的話，李氏不禁嘴角一扯。「我就知道妳是個精明的，做事情從來都得要個回報，妳放心，到時候莊子是妳哥哥的，每年這莊子怎麼也得有些進項吧？到時候我會讓妳哥哥每年都給妳一些。」

「娘說的倒是個好主意，只是哥哥到時候不見得會答應呢！」薛蓉的眼眸中都是算計。

「難道這點主我還作不了嗎？等妳哥哥掌家的時候，還不是妳娘我當家？」李氏自信滿滿地道。

聽到這份許諾，薛蓉笑道：「娘放心，一切都包在我身上。」

「嗯。」李氏滿意地點了點頭。

午睡過後，天色漸暗，薛老太太領著眾人又在莊子裡轉了轉，便帶著眾人打道回府了。

幾天後的一個午後，外面烈日當頭，樹上的蟬彷彿都開始鳴叫了，無憂歪在床榻上小憩時，感覺四周都是熱呼呼的。

「二小姐？」不知何時，耳邊忽然傳來連翹小聲的呼喚。

「嗯？」雖然耳朵聽到了她的叫聲，但是無憂的眼皮還是有些重。

「剛才帳房的記帳先生悄悄告訴奴婢，說這幾天三小姐常常跑到帳房裡去翻看帳本，並且這筆帳問一句那筆帳問一句的，不知道想幹什麼。」連翹輕聲在無憂的耳邊回道。

聽到這話，無憂的睡意已經消失，緩緩地睜開眼睛，說：「她還能做什麼？大概是沒安好心吧！」

「那咱們該怎麼辦？不如讓大奶奶吩咐帳房先生不許她去看帳本？」連翹提議道。

「那豈不是顯得咱們更有什麼見不得人的了？」說了一句，無憂低頭想了一下，又道：「妳去告訴帳房先生，如果蓉姊兒再去看帳本，讓她隨便看，她想怎麼看就怎麼看，不必理會她。」

「這……」連翹弄不懂二小姐到底是什麼意思。

「照我的話去做就好了。」見連翹不解的樣子，無憂又說了一句。

連翹知道二小姐肯定有她的道理，便應聲去了。

兩日後，無憂帶著連翹又來到安定侯府。

「參見侯爺，參見夫人。」來到屋子裡，無憂作揖給躺在榻上和站在榻邊的沈鎮和姚氏請安道。

見到無憂，姚氏熱情地笑道：「小王大夫，你不知道，這幾天大爺都能走上一、兩步了，雖然還是不大使得上勁，但是大概每天都有些好轉呢！」

聽到這話，無憂轉頭望望靠在軟枕上的沈鎮，他一身銀灰色的家常袍子，氣色不錯，整個彷彿像換了個人一樣，遂笑道：「那就好。」

「快扶大爺躺下，該給大爺扎針了。」姚氏一邊吩咐身邊的丫頭，一邊自己也動起手來。

只見一位穿戴不同於一般丫頭的年輕女子趕緊走過來，想動手為沈鎮脫去袍子，不想姚氏卻是眼神一閃，吩咐她道：「妳去把大爺的那條青色汗巾拿來。」那女子的手在半空中僵了一下，便又轉身去了。隨後，姚氏的貼身丫頭春花上前和姚氏一起為沈鎮脫著袍子。

無憂不禁多看兩眼那個去櫥櫃裡拿汗巾的女子，只見她穿一件淡綠色褙子，頭上插著幾支鑲嵌珍珠的銀簪子，身材瘦削，眉目俊秀，低眉順眼的不敢多看多說的樣子，心想——這個人是誰？比丫頭穿得體面，又沒有主子的作派。

「奶奶，汗巾找到了。」隨後，那女子便拿著一條繡花的汗巾走過來，恭敬地對姚氏稟告道。

「放那裡吧！」姚氏指了指床榻邊的小几，連看都沒有看那女子一眼。隨後，姚氏便轉頭對無憂笑道：「小王先生，請施針吧！」

無憂一點頭，便走到床榻前，這時候沈鎮已經穿著中衣躺好，無憂接過連翹手裡的銀針，開始全神貫注地扎針。

大概一盞茶的工夫後，無憂便將七七四十九根銀針都扎入沈鎮的身體內，按照慣例，這針要在沈鎮體內停留最少一盞茶的工夫才可以。無憂擦了一把額頭上的汗水，便坐在一旁的繡墩上休息，某個人把一碗茶水送到她的面前。「小王先生，請用茶。」

聽到是很好聽的聲音，無憂抬頭一望，只見正是剛才那個去拿汗巾的女子，她趕緊點頭道：「多謝。」隨後，便伸手接過茶水，送入嘴中喝了兩口。

姚氏一直都坐在丈夫身邊作陪，並且問無憂一些關於沈鎮的腿的問題。「小王先生，大爺的針是不是要一直扎下去啊？」

「有效果的話，就需要一直堅持下去，等到沒有效果也就不必繼續了。」無憂回答。

「那就希望一直都有效果，等到大爺能夠行動自如了。」姚氏轉頭望著沈鎮笑道，那眼神中充滿了期許和依戀。

從姚氏的眼神中可以看得出姚氏應該是很愛她丈夫的，而沈鎮看她的眼神也很溫柔，他們應該是一對很恩愛的夫妻吧？只可惜沈鎮癱瘓了十年，大概一直都是姚氏在身邊照顧吧？這也算是患難夫妻了。

又說了兩句話，外面有一個丫頭進來稟告道：「大奶奶，老夫人叫您過去呢！」

聽到這話，姚氏道：「大爺正在扎針呢，知道老夫人叫我過去什麼事？」

「回大奶奶的話，聽說是二爺又要出征了，讓大奶奶過去幫著添置一些入秋過冬的衣物和鋪蓋。」那丫頭回稟道。

坐在一旁的無憂聽到沈鈞又要出征，心想——在古代沒有什麼交通工具，一出征的話少則半年多則數載，那他和玉郡主的婚事看來是真的沒有著落了？

聽到這話，姚氏便道：「妳去回老夫人，等大爺扎完了針，我就過去。」

那丫頭剛想領命出去，不料躺在床上的沈鎮卻開口了。「等一下。」然後轉頭對姚氏道：「二弟出征的事情要緊，我這裡沒什麼，妳趕快去看看。」

聽到夫君的話，姚氏有些猶豫不決的，想答應，可是眼眸卻是在那穿淡綠色褙子的身影上一閃。這時候，沈鎮的眼眸循著妻子的方向掃了一眼，然後道：「銀屏跟妳大奶奶去一趟，看妳有什麼能幫得上忙的。」

突然聽到叫自己的名字，銀屏愣了一下，趕緊福了福身子，道：「是。」

見銀屏跟自己一起去，姚氏才笑道：「大爺，我留下春花來照顧你，我去去就回來。」

「嗯。」沈鎮點了點頭。

「小王大夫，失陪了。」姚氏對無憂說了一句，便起身走了。

「夫人請便。」無憂趕緊起身。望著那穿淡綠色褙子的身影和姚氏一同出去，不禁心想——原來這名女子叫銀屏，一個很好聽的名字，只是她到底是什麼身分，怎麼好像姚氏很顧忌她似的？

姚氏和銀屏走後，時間大約也差不多了，無憂便起身開始為沈鎮起針，七七四十九根銀針起出，無憂的腦門上已都是汗，畢竟現在可是已接近暑天了。

春花服侍沈鎮在軟枕上靠好，沈鎮便吩咐道：「春花，妳去廚房讓她們送一些冰鎮的酸梅湯和糕點過來，我有些餓了，再拿些咱們家特製的糕點給小王大夫捎去。」

「是。」春花點了點頭，然後便對站在一旁的連翹道：「跟我來吧！」連翹隨後就跟著走了出去。

她們走後，屋子裡就只剩下靠在軟枕上的沈鎮和坐在繡墩上的無憂，第一次和這位侯爺獨處，無憂正不知道該說什麼，不想耳邊卻傳來沈鎮的聲音。「妳們這些女人是不是都小心眼？」

聽到這話，無憂心頭一慌，抬頭一望，只見沈鎮正望著自己，她不由得臉色一紅，心想——他剛才說什麼？妳們這些女人？難道他已經看出自己是女兒身了？遂又低頭看看自己身上的男裝，不知道剛才是不是自己聽錯了？

見她如此，沈鎮不禁一笑，道：「沒想到我這個病最後是被一位女大夫治好的，這真是讓天下的男人都汗顏了。」

聽到這裡，無憂確定對方已經知曉自己是女兒身，是女人就是女人，其實如果不是為了出入方便，倒也沒什麼可隱瞞的。所以，下一刻，無憂便從容地道：「不知道侯爺是從什麼時候看出小王是女兒身的？」

「從我的腿開始有起色以後。」沈鎮回答。

聽到這話，無憂不禁一笑。「也是，好像當初侯爺就沒有拿正眼看過小王，認為小王肯定醫治不好侯爺的病。」

無憂的話讓沈鎮尷尬一笑。「的確是我小看妳了，我向妳道歉。」

「道歉不必，小王只要能證明自己的實力就好了。」無憂笑道。

「妳已經證明了，看來秦顯這次帶來的大夫果真是不同凡響。」沈鎮笑道。

說了兩句話後，無憂笑問：「不知剛才侯爺為什麼說我們女人都是小心眼？這話指的是誰呢？」

聽到無憂的問話，沈鎮挑了下眉，然後說：「剛才我說的是賤內，女人麼都是有點小心眼的，和妳沒有關係，妳不要見怪。」

沈鎮的話讓無憂一擰眉頭，心想——剛才姚氏想走，但是眼光卻一直都在那個叫銀屏的女子身上打轉，知道沈鎮發話讓那個女子跟姚氏一起去，她才欣然前往，不知那個女人到底是誰？隨後，無憂便問道：「不知道那名叫銀屏的女子是侯爺的什麼人？以至於讓侯爺夫人……」說到這裡，無憂停頓下來，這樣沈鎮也知道她說的是什麼意思了。

果不其然，沈鎮笑道：「銀屏是我的侍妾。」

聽到這話，無憂剛才的懷疑一下子就釋然了，原來如此。怪不得那女子在姚氏面前低眉順眼的，而且十分小心翼翼，而姚氏則可以說處處提防她，原來是妻妾之間的吃醋。

「唉！」無憂不由得嘆了口氣。

「我的家事讓妳笑話了。」沈鎮望著無憂道。

「沒有，侯爺誤會了。」無憂趕緊否認。

「那妳為何嘆氣？」沈鎮追問。

無憂只好回答：「我只是感覺這個世界讓女人好為難，丈夫本來是最親密的人，可是還要跟別人爭來爭去的，生怕一個不小心自己的丈夫就被別人搶走了。」

聽到這話，沈鎮的眼神望著窗外的樹木道：「男尊女卑，一夫多妻都是自古以來潛移默化而成，在這個世界是不可改變的。」

「可是這對女人來說不公平。」無憂衝口而出。

聽到如此驚世駭俗的話，沈鎮不禁多注視了無憂一刻，無憂這時也自知失言，畢竟在這個社會說出這樣的話是會被人當怪物，她只得低頭不語。屋子裡寂靜了一刻，幸好隨後去傳點心和酸梅湯的春花回來了，才打破了寧靜和尷尬。

「大爺，點心和酸梅湯來了。」春花轉身從丫頭手裡端過酸梅湯，雙手遞到沈鎮的手裡。隨後，又給無憂端上一碗。這酸梅湯果然清甜冰爽，要知道在古代這冰可是奢侈品，只有貴族和商賈才用得起。

隨後，無憂囑咐了春花幾句應該注意的事項，又修改了藥方，才告辭從沈鎮的房裡出來。無憂都可以感覺得到出來的時候，沈鎮看她的眼光都不同了些。心裡不禁有些打鼓，是不是自己今日說的話太過讓人驚異了？

剛走出安定侯的院落，連翹便提著食盒跟上來，笑道：「侯爺開口就是不一樣，今日的點心是廚房裡花色最好的，奴婢從來沒有見過糕點還能做出這麼多花樣來。」

聽到這話，無憂不禁笑道：「妳呀，就知道吃。」

「奴婢想的可不是自己能嚐上一塊，這要是拿回去給老太太和大奶奶，您不是也有面子嗎？」

無憂的嘴角一抿，腳步剛剛跨出二門，不想抬頭就看到了一個黑色的身影。那人正好走進大門，後面跟著沈言，他一邊走一邊對後面的人吩咐著什麼。突然看到沈鈞，無憂腳下的步子一頓。

「您說沈將軍是不是個怪人？不苟言笑也就罷了，怎麼不管春夏秋冬都是穿一身黑啊？這大熱天的也不嫌熱？」連翹也看到了不遠處的沈鈞，不由得在無憂的耳邊道。

「在人家家裡議論人家，小心讓人聽到。」無憂提醒了連翹一句。

聽到這話，連翹趕緊左右望望，沒看到有下人經過，她才放心地撫了一下胸口，埋怨道：「您要嚇死我啊。」

連翹的模樣讓無憂忍不住噗哧一笑。

正在此時，沈鈞大概也已經看到無憂，竟然改變自己的方向，徑直朝她們這邊走來。見沈鈞走過來，無憂心裡竟然有些莫名的緊張。

等沈鈞來到她的跟前，無憂作揖行禮道：「參見沈將軍。」

「小王大夫不用多禮。」沈鈞單手放在背後，單手虛讓了無憂一下。

「謝將軍。」無憂低首道謝，心裡此刻突然在想——他哥哥沈鎮幾次就認出自己是個女兒身，不知道他有沒有認出自己來？所以微微低著頭，竟然有些不敢抬頭了。

沈鈞望了半垂著頭的無憂一眼，然後道：「兄長的病已經大有起色，他整個人都精神了不少。多少年了，他一直活在癱瘓的陰影中不能自拔，這可多虧了你。」沈鈞自小和哥哥沈鎮感情甚好，這些年來安定侯的病也成了他的心病，這次能有如此的轉機，沈鈞心裡十分高興。

聽到沈鈞感謝的話，無憂趕緊道：「小王是個大夫，替病人治病是小王分內之事，沈將軍不用掛懷。」

隨後，沈鈞便從身後沈言的手裡接過一張銀票，遞給無憂道：「我明日就要出征了，不知道何時才能夠回來，這是我兄長下半年的診金，請收下。」

聽到這話，無憂抬頭，只見沈鈞的臉上仍舊是沒有多少表情，一雙幽深的眼眸如同潭水一樣深不見底，不知怎的這雙眼睛總是讓她感到一抹莫名的心慌。隨後，無憂接過沈鈞手中的銀票，低頭一看，不禁道：「一千兩？不行，這太多了，上次我已經收過你那麼多，這次絕對不能再收了。」可見這沈鈞真是個敗家子，就算是大夫醫術高明，也沒有這麼給錢的，可見單身男人過日子就是不行，沒有管家婆，一輩子都存不了錢的。

「只要兄長的病能治好，讓我傾家蕩產也是在所不惜，你收下吧，希望我不在的日子，你能好好照料兄長的病。我還有事，失陪了。」只說了兩句，沈鈞便扭頭而去，根本就不管身後無憂的推辭。

望著遠去的那道黑色身影，無憂低頭望望手裡的銀票，感覺手裡的紙頗為沈重，收了人家這麼多銀子，安定侯的腿要是不能恢復如常，那壓力真是滿大的。

走出安定侯府大門後，上了馬車，連翹在無憂的耳邊道：「二小姐，奴婢剛才隨著那安定侯夫人的貼身丫頭春花去廚房裡，聽到那些廚娘和下人們都在議論威武大將軍和秦家玉郡主的事呢！」

「她們議論什麼？」無憂問。

隨後，連翹便又嘮叨起來，把聽來的都講給無憂聽。「據說秦顯秦大人成親之後，秦家和沈家都有意操辦沈將軍和玉郡主的婚事，可是誰知道沈將軍就是不同意娶玉郡主。玉郡主聽說之後就來找過沈將軍，不知道沈將軍和玉郡主說了些什麼，玉郡主便哭著走了。」

聽到這話，無憂低頭不語，心想——玉郡主喜歡沈鈞的事大概全城皆知，要不然也不會到二十歲還沒有出嫁。一直都認為沈鈞無意於玉郡主，那今日看來果不其然。只是不知道沈鈞到底是不喜歡玉郡主，還是心中已經另有他人？沈鈞今年大概也有二十四、五歲了，在大齊這個年紀大概都當爹了吧？就是要為父親守孝三年，現在這三年的期限也已經到了。

見無憂沒說話，連翹又說：「對了，據說沈將軍有一個紅顏知己，那個紅顏知己在京城開了一家酒坊，說是玉郡主以為沈將軍對那位開酒坊的女子有情，所以才不肯娶她，玉郡主就跑去那間酒坊大鬧了一場。」

「有這種事？」聽到這話，無憂不禁眉頭一皺，心想——這玉郡主也太不理智了，這樣做豈不是落人口實，以後她可怎麼做人啊！不過想想玉郡主苦戀沈鈞這麼多年，等到都成老姑娘了，而且性格天真爛漫，從小父母雙亡，極受秦丞相夫婦和秦顯的寵愛，所以性格有點任性，一時衝動做出這種事也在情理之中。

「據說秦老夫人為了這事很惱怒，秦沈兩家本是世交，而沈將軍和秦顯秦大人也是好友，為了這事兩家鬧得很不愉快。正巧邊疆地界的彝族部落滋事，沈將軍自請去邊疆平定，但其實是為了避開玉郡主。」連翹繼續道。

「那玉郡主還真是可憐見。」無憂心想——有什麼比自己苦戀癡等多年的人原來對自己根本無意，更讓人痛苦的呢？

這讓無憂也有些揣摩起沈鈞的心事來，難道真如外界所傳，沈鈞心中的那個人是那位開酒坊的女子？是因為對方的身分低賤，才難以入沈家的門？若是這樣，那沈鈞倒也算是個長情之人，想玉郡主的家世是何等顯耀，如果娶了她，沈鈞的仕途肯定會平步青雲，這應該是許多世族公子夢寐以求的婚事，可是沈鈞卻毫不猶豫地放棄了。不知那位開酒坊的女子是何許人也，竟然能讓冷漠如冰的沈鈞如此對待，無憂倒是真想見見那位女子是不是傾國傾城的美人？

無形之中，無憂對沈鈞也有了些許好感。畢竟在這個把婚姻當作墊腳石的貴族圈子裡，能夠真正追求自己愛情的人真是少之又少。當然，秦顯也算一個，怪不得他們兩個會是好友，不是說人以群分，物以類聚嗎？看來還真是有些道理。想起秦顯，不禁會想起蘭馨，不知道她在秦家過得怎麼樣？和秦顯是否相處融洽？這些她幫不上忙，只能在一旁暗自祝福他們了。

「可不是嘛，您說玉郡主要家世有家世，要相貌有相貌，又對沈將軍一往情深的，怎麼沈將軍就是看不上呢？啊，看來沈將軍一定是有意中人了，估計就是那位開酒坊的女子。唉，不過一個開酒坊的女子想嫁給沈將軍做夫人，嗯，那也真是癡人說夢了。」連翹在無憂的耳邊繼續嘮叨著。

第二十章

晚間，無憂和連翹才踏進大門口，不想一個看門的小廝便上前請安道：「給二小姐請安，傳老太太的話，說二小姐一回來就讓您去她的屋子呢！」

聽到這話，無憂不禁愣了一下，因為老太太若不是有事，是不會這麼急著叫她的，而且她現在還是一身男裝，連衣服都不許換了？知道這小廝只是看門的，但還是問了一句。「知道老太太找我什麼事嗎？」

「小的不知道，是老太太身邊的燕兒姑娘來傳的話。」那小廝趕緊回道。

「知道了。」聽到這話，無憂便轉頭朝老太太住的屋子走去。

在她身後揹著藥箱，手裡提著食盒的連翹一邊走一邊道：「二小姐，老太太幹麼這麼急著叫您啊？」

「去了不就知道了？」無憂輕描淡寫地說了一句，但是心裡知道肯定是有什麼緣故了。

剛到後宅，平兒立即迎上來。「二姊，您可回來了。」

「出什麼事了？」見平兒在此等自己，無憂擰了下眉頭。

「大奶奶、二奶奶，還有蓉姊兒，現在都在老太太的屋子裡呢，說是要等您說明白什麼帳目的事。」平兒的臉上滿是擔憂。

聽到這話，無憂低頭想了一下，然後扯了扯嘴角道：「該來的總是要來的。」
「您可要小心點。」平兒囑咐道。
「我自有分寸。連翹，跟我走一趟。」無憂對身後的連翹說了一句，連翹趕緊把背上的藥箱取下來遞給平兒，然後提著手裡的食盒，就跟著無憂去薛老太太的屋子。
一走進薛老太太的屋子，就感覺氣氛有些緊張，只見薛老太太坐在正堂上，朱氏坐在左首椅子上，李氏坐在右首的椅子上，蓉姊兒則是坐在李氏的下首。一看到無憂進來，薛老太太這些日子少有的板著臉，朱氏則是一臉的擔憂，李氏和蓉姊兒則是嘴角含著幾分冷笑。
無憂似乎心裡已經有數，穿著男裝走上前去下拜。「無憂給祖母請安。」
還沒等薛老太太說話，李氏便搶白道：「我說二小姐，您這一身打扮又是去安定侯府看病了吧？」
見李氏好像來者不善，無憂面無表情地問：「不知二娘有何指教？」
「誰敢指教妳啊，真沒想到妳小小年紀心卻是不小，借著管家的名號竟然把什麼錢都往自己的腰包裡扒拉。姊姊，您教導的好女兒啊！」最後一句，李氏是對著朱氏冷嘲熱諷地道。
「妹妹，無憂不是那種人。」朱氏當然是幫著自己的女兒說話。
看到李氏那副嘴臉，無憂則是斜睨著她問：「二娘這話說的什麼意思？無憂不明白。」
這時候，薛蓉說話了。「二姊，妳買莊子也好、給祖母買馬車也好，可是妳得用自己的錢，妳不能用薛家的錢是不是？本來咱們家就不是特別寬裕，妳這樣一來，日後咱們家的人還不得去喝西北風啊？」

薛蓉的話讓無憂冷笑一聲。「有什麼話妳就說明白好了，不用左扯一點右扯一點。」

「我可說不出口。」薛蓉把臉一別。

李氏這時候插口道：「妳自己做的事情當然自己明白了，要是現在求老太太原諒的話，我們也不會死纏爛打的，畢竟都是一家人嘛。」

「哼，我真不知道自己做了什麼事情要求祖母的原諒，還請二娘明示吧！」無憂很不屑地道。

「夠了。」這時候，坐在正堂上的薛老太太呵斥了一聲，誰也不敢再說話了。稍後，薛老太太便神態嚴肅地對無憂道：「無憂，現在蓉姊兒說妳貪了家裡的一筆銀子，妳怎麼說？」

「銀子？不知祖母說的是什麼銀子？就算是要指證無憂，也需要把話說明白吧？」無憂不解地問。

薛老太太感覺無憂說得對，便轉頭對坐在椅子上的薛蓉道：「蓉姊兒，妳說妳二姊到底貪了哪一筆銀子？要說得仔仔細細的，這樣的事情可是不能冤枉人的。」

李氏衝著薛蓉使了個眼色，薛蓉馬上站起來，回答：「稟告祖母，前幾日祖母不是說讓孫女幫著管家裡的瑣事嗎？孫女就四處走訪一下，無意中到帳房翻看了一下帳本，發現咱們家有一筆一萬兩銀子的銀票。那銀票上寫著這筆銀子已經在錢莊裡存了半年多，錢莊是每半年就會結一次利錢，所以這一萬兩銀子就有四、五百兩的利錢。可是孫女發現這筆銀子是虧空的，一問帳房先生才知道，原來是半個月前二姊支走了，不知這件事二姊是否知會了祖母和大娘？」五百兩銀子不是筆小數目，如果要在帳房裡支取這麼一大筆銀子，就算是沒有薛老太太的首肯，那麼最少朱氏也應該知曉的。

聽完了薛蓉的話，無憂眉頭微微一皺。

這時，薛老太太問：「無憂，這銀子是不是妳支走的？」

「回祖母的話，銀子是無憂支走的。」無憂點頭稱是。

這句話立刻讓李氏和薛蓉的嘴角上揚，朱氏卻是如坐針氈，薛老太太轉頭問朱氏。「無憂支走銀子的事妳知道嗎？」

「這……」朱氏雖然擔心女兒，但是她一生都不會說假話，所以一時語塞。

「知道就是知道，不知道就是不知道，妳支支吾吾的是什麼意思？」朱氏的支吾讓薛老太太惱怒不已。

「老太太，這您還看不出來？當然是沒有了。」李氏搶白了一句。

「我沒有問妳！」薛老太太的眼光銳利地掃了李氏一眼，李氏便不敢言語了。

見朱氏害怕擔憂的樣子，無憂對母親道：「娘，您實話實說就好了。」

「二姊倒是敢做敢當的。」薛蓉說了一句。

「我敢做當然就敢當，但是我沒做過的事，誰也別想冤枉我。」無憂不卑不亢地對薛蓉說了一句。

「到底知道不知道？」薛老太太已經沒有什麼耐心了。

「不知道。」朱氏回答的聲音像蚊子般。

一聽這話，薛老太太真是氣不打一處來，按壓住內心的怒氣問：「無憂，五百兩銀子不是筆小數目，妳怎麼不跟妳娘知會一聲就支走了？妳拿這些銀子做什麼去了？」

「祖母，這個無憂先不能回答您，過幾天祖母就會知道了。」對薛老太太近乎指責的問話，無憂臉上仍舊平淡無驚。

「妳這叫什麼話？妳做什麼去就做什麼去了，還過幾天再告訴我做什麼？」薛老太太對無憂的回答很不滿意。

這時候，李氏道：「老太太，這還用問嗎？肯定是二姊沒有理由吧！」

「二姊，妳該不是拿那些銀子給祖母買了馬車或是貼補到妳農莊上去了吧？怪不得妳行醫能賺那麼多銀子回來。」薛蓉在一旁幫著娘親把話點明了。

「我清者自清，無須跟妳們廢話。」無憂真是不想多跟她們費唾沫星子。

「妳拿了家裡的錢還這般強硬，老太太，您要說句公道話啊！」李氏馬上向老太太發難了。

薛老太太雖然現在很欣賞無憂，但是這管家貪錢的事情真是太惡劣了，所以她也不便維護，盛怒之下拍了桌子，質問道：「妳還不快點給我說實話，這筆銀子到底用去哪裡了？是不是真如妳二娘所說，被妳貪了用在妳的莊子上了？」

「回祖母的話，無憂承蒙祖母和爹的信任幫著娘管理家事，實不敢中飽私囊。」無憂從容地回答。

「那妳就說那筆銀子到底用去哪裡了，妳放心，只要妳說得在理，祖母一定會還妳清白的。」薛老太太苦口婆心地勸道。

「無憂不能說。」無憂道。

無憂的話已經讓薛老太太氣憤至極，而旁邊的李氏和蓉姊兒仍然在火上澆油。「老太太，她哪裡是不能說啊，是說不出來，就是她把錢給貪了。老太太，這種事可是太惡劣了，竟然貪家裡的銀子，您要是不殺一儆百，這以後誰都可以隨便拿家裡的銀子或是家裡的東西了。」

「家法伺候！」隨即，薛老太太便拿著枴杖狠狠地敲了下地面。

聽到這話，朱氏和連翹皆是一驚，而李氏和蓉姊兒則幸災樂禍地扯著嘴角。隨後，丫頭燕兒便雙手捧著一把竹子做的板子走了進來。

朱氏一看，趕緊跳下椅子跪倒在地，哀求道：「老太太，無憂絕對不會貪那些銀子的，您不能動家法啊！她一個女孩子，身子怎能受得了呢？」

「我不是不給她機會，她就是扛著不說，要是人人都像她這個樣子，那我還怎麼管這個家？」薛老太太對朱氏說了一句，然後便對著燕兒喊道：「給我打！」

「這……」燕兒低頭看看手中的板子，不禁犯了難。

「聽到了沒有？」薛老太太見燕兒不動，聲音又大了一些。

燕兒無法，只好拿著板子一步一步地走向無憂，連翹見狀，趕緊提著手中的食盒跑過來，並且跪倒在地不斷地磕頭。「老太太您就饒了二小姐吧！老太太打不得啊……」

面對連翹和朱氏的苦苦哀求，薛老太太仍舊臉色沉重，燕兒見狀，不得不拿起手中的板子舉到空中……

「妳們這是在做什麼？」正當所有人都以為板子馬上就要落到無憂身上的時候，不想一個洪亮的聲音忽然傳來。

隨後，薛金文走了進來，看到燕兒站在無憂身邊，手裡還舉著家法，不禁立刻就皺了眉頭。

這時候，李氏趕緊站起來，惡人先告狀地道：「大爺，您可回來了，二姊做錯了事，老太太正要拿家法教訓她呢！」

此刻，跪在地上的朱氏趕緊上前挪了挪身子，伸手拽住薛金文的袍子，求道：「大爺，您快點救救無憂吧！她一個女孩子可是禁不住這家法的。」

低頭看到跪在地上淚流滿面的妻子，薛金文心中一軟，彎腰伸手把朱氏扶了起來，然後便低首對薛老太太道：「娘，這到底是怎麼回事啊？」

「讓蓉姊兒對你說吧！」薛老太太伸手指了指已經站起來的薛蓉。

薛蓉這時候上前道：「爹，二姊在帳上支走了五百兩銀子，祖母問她拿銀子去做什麼了，她就是不肯說，氣得祖母就動了家法。」

「什麼五百兩銀子？」薛金文眉頭一皺地問。

「就是咱們家不是有一萬兩銀子存在錢莊嗎？每半年結一次利錢，這五百兩就是那個利錢。爹，這幾日下人們都在議論呢！」薛蓉把話說一半，然後眼眸望著薛金文便不說了。

「都在議論什麼？」薛金文眼眸銳利地盯著薛蓉。

「下人們說二小姐一下子哪來那麼多銀子，又是給老太太買馬車，又是買莊子的，就憑看個病能有這麼大的進項嗎？就算請二小姐瞧病的都是大戶人家，也沒有這麼給錢的道理啊，所以……大夥兒都懷疑是二姊在幫大娘管家的時候，悄悄貪了家裡的銀子。」薛蓉在這一刻表現得很是為難，好像不能不說的樣子。

「這個大夥兒是誰？」薛金文一邊問，一邊轉身坐在一旁的椅子上。

「就是咱們家上上下下的人啊。」薛蓉回答。

「這銀票結利錢的事只有帳房才知道，妳是怎麼知道這件事的？」薛金文又問。

「回爹的話，祖母不是讓女兒幫著料理家務嗎？女兒是去帳房時無意中發現的，畢竟五百兩銀子不是筆小數，所以女兒就回了祖母。」薛蓉小心地回答。

聽罷，薛金文半晌沒有說話，只是用一雙眼睛盯著薛蓉看，看得薛蓉渾身都不自在了。

而站在屋子中央的無憂則是扯了扯嘴角，一抹冷冷的笑意似有若無地掛在臉上。

啪！

果然，不多時，只見薛金文伸手狠狠地拍了一下桌子，桌子發出陣陣的抖動聲，連桌上擺放的茶碗也發出了和桌子碰撞的聲音，那聲音讓薛蓉抖了一下。

「妳祖母是讓妳幫忙管理家事，沒有讓妳去查帳！」薛金文怒斥女兒。

「我……」薛蓉被嚇得不知道說什麼好。

倒是李氏上前道：「大爺，您這也太不公平了，是二姊貪了家裡的錢，又不是蓉姊兒，您怎能對蓉姊兒發脾氣呢？」

「都是妳這個好娘，把兒子、女兒都教導成這個樣子，說無憂貪錢，妳有證據嗎？就會在這裡唯恐天下不亂。」薛金文指著李氏的鼻子訓斥道。

「這還要什麼證據？帳房先生明明說那五百兩是二姊拿走的，這還能冤枉了她不成？」李氏很不服氣地道。

看到李氏不依不饒的樣子，薛金文煩躁地道：「那五百兩銀子是我讓無憂支走的。」

一聽這話，眾人一愣，唯有無憂冷眼看著好戲。

李氏愣了一下，立刻不相信地道：「大爺，您最近又沒有大宗的花費，您支這些銀子做什麼？您可千萬別為了袒護無憂而自己認下這筆爛帳啊！」

這次，李氏的話讓薛金文怒不可遏，他被氣得直點頭道：「好、好，妳竟然說我是在袒護無憂，那我就告訴妳銀子用去哪裡了。興兒！」隨後，他朝門外喊著。

「大爺，小的在。」興兒立刻彎腰走了進來。

「你去把我剛採辦回來的東西搬過來。」薛金文板著臉吩咐道。

聽到這話，興兒愣了一下，然後陪笑道：「大爺，您不是說那個東西先不要拿出來嗎？」

「讓你去你就去，哪來的這麼多廢話！」薛金文不耐煩了。

「小的這就去。」興兒馬上快速地退了出去。

不多時，只見興兒帶著小廝搬了一個一尺見方的盒子進來，那小廝在興兒的授意下，將盒子放在薛老太太旁邊的桌上，然後興兒便打開盒子，從盒子裡搬出一個還蓋著紅色綢緞的東西。眾人眼眸都盯著那個東西看，不知道這塊紅色綢子下面到底是什麼。

「這是什麼東西？」薛老太太在一旁好奇地問。

這時候，薛金文站起來，走到桌子前，在眾人的疑惑中，伸手撩開了蓋在那東西上面的紅色綢子。只見桌上出現一株半尺多見方的紅色珊瑚樹，在光線下散發著五彩的光芒，讓在座的人眼前一亮。

「好美的珊瑚樹啊！」薛老太太望著那珊瑚樹不禁讚嘆道。

薛金文低首道：「母親喜歡就好，這是兒子為您下個月的壽辰準備的，本想給您老人家一個驚喜的，沒想到今日就提前拿了出來。」

聽到這話，薛老太太自然是高興得不得了，手撫著珊瑚樹的樹幹問道：「這麼好的珊瑚得花多少銀子啊？」

「雖然這珊瑚不算大，但是成色難得，這是兒子一個朋友的，他因為急需用錢，看兒子又喜歡，所以就只要了兒子五百兩。」薛金文回答。

在這一刻，事情已經很明瞭，李氏和薛蓉的臉上都沒有了剛才的得意，而朱氏和連翹則是沒有剛才那麼擔憂了。

下一刻，薛老太太便望著兒子問：「那五百兩銀子是你拿去買了這珊瑚？」

「正是。」薛金文點頭。

聽到這話，薛老太太不禁自責地道：「這麼說是祖母錯怪妳了？妳這個孩子，剛才祖母問妳，妳為什麼就是不說呢？原來銀子是妳父親拿去給祖母買壽禮了，這又不是什麼見不得人的事。」

「是啊，妳可是把娘給嚇壞了。」朱氏也在一旁嗔怪地道。

下一刻，無憂微微扯了下嘴角，道：「回祖母的話，當日爹說想給祖母一個驚喜，所以我幫爹在帳房支走銀子的事，先不讓女兒說出來，等祖母的壽辰到了，祖母看到這珊瑚一定會高興的。不過這事也怪無憂，無憂應該先告訴母親一聲的，可是這幾天給忙忘了。」說這話的時候，無憂故意拿眼睛瞟了一下李氏和薛蓉那母女兩個，此刻，她們可是都灰頭土臉的了。

「這有妳的什麼錯？要怪就怪我，我那天自己去和帳房先生說一聲就好了，也不會造成今日的誤會。」薛金文趕緊承擔了責任。

誤會澄清了，薛老太太臉上不禁有些抱歉，便把火發在李氏母女身上，不禁對她們斥責道：「妳們也是，沒有查清楚就到我這裡來亂告狀，讓我差一點就冤枉了好人！」

聽到訓斥，李氏趕緊道：「老太太，蓉姊兒也是為這個家著想，只是她年紀小做事魯莽而已。」

「她年紀小，妳的年紀還小嗎？由著她這樣胡鬧還不知道勸阻？」自從上次她娘家兄弟那件事開始，薛老太太心裡一直對李氏窩著火呢！

「都是妾身的錯。」李氏此刻只能低眉順眼。

「蓉姊兒，妳知錯了嗎？以後還這樣誣衊姊姊嗎？要知道妳們可是親姊妹，就算心裡有什麼疑問，可以私下問姊姊，而不是當著所有人的面指責、誣衊她。」薛老太太板著臉問薛蓉。

薛蓉沒想到事情竟然會發展至此，心裡不禁更加嫉恨無憂，下一刻，便抬頭道：「祖母，蓉兒沒有誣衊二姊，還有些骯髒的事情蓉兒沒有說出來，已經是在為二姊留面子了，沒想到祖母還要斥責蓉兒，蓉兒心裡真是委屈。」

聽到這話，薛老太太不禁愣了一下，然後問：「妳這孩子又在胡言亂語什麼？什麼骯髒的事，還給妳二姊留著面子？妳倒是都說出來讓我們也聽聽。」

此刻，眾人的眼光都落在薛蓉身上，下一刻，只見她狠狠地盯著無憂說：「這幾日孫女留心咱們家採買東西的帳目，感覺似乎什麼東西都比市面上買的貴那麼一點。祖母，咱們家燒的炭，吃的用的一買就是一、兩個月的量，這樣的量應該會比市面上賣的價錢更便宜一點不是？可是怎麼還比外面的價錢貴呢？可見大娘和二姊管家，這是要把咱們家都搬到她們的私房錢裡去了。」

薛蓉的話一落地，朱氏便氣得不得了。「蓉姊兒，妳說話可不能血口噴人啊，雖然妳大娘我不如妳的娘伶俐，但是我也從來不敢有貪家裡錢的膽子。」

「蓉兒當然不敢詆毀大娘。祖母、爹，是非曲直叫帳房先生把帳目拿來看看不就知道了？」薛蓉轉頭對薛老太太和薛金文道。

這時候，李氏在自己的位子上似乎有些如坐針氈，在薛老太太和薛金文正思慮的時候，她趕緊上前抓著蓉姊兒的手臂道：「妳這個孩子，在胡說些什麼？妳大娘的為人不但妳我，就是老太太和妳爹也都是知道的，她是絕對不會做那種事的。來，快給妳大娘賠不是。」說著，就拉著蓉姊兒到朱氏的跟前賠不是。

可是薛蓉卻不以為然，反倒轉頭對李氏道：「娘，女兒說的都是事實，為什麼要賠不是？祖母、爹，女兒這次沒有錯！」

「簡直是放肆，妳竟然敢詆毀大娘。老太太、夫君，我在薛家也待一輩子了，別說貪家裡的錢，就是這種想法也不敢有的。」朱氏急得都要掉下眼淚來了。

這時候，薛老太太掃了一眼哭泣的朱氏，對薛金文道：「金文，你媳婦嫁到咱們薛家也有二十多年了，雖然她做事我也不是件件都滿意，但是這貪家裡錢的事我想她是不至於的。」

「娘說得是，兒子也不相信。」薛金文望著朱氏點頭。

這時候，一直冷眼旁觀的無憂卻說話了。「祖母、爹，雖然你們都信任娘的為人，但是今日蓉姊兒畢竟是把話說出來了，如果不把這件事弄清楚，恐怕以後娘很難再掌管這個家，再說也有辱娘的臉面，所以還是懇請祖母和爹爹把帳房先生叫過來查一下帳目為好，希望能夠還娘親和無憂的清白。」

聽到這話，李氏便有些著急了，她趕緊笑著對無憂道：「二姊啊，不用查了，姊姊的為人咱們府裡上上下下都知道，蓉姊兒不懂事，你們不要跟她一般見識。」

「二娘，您剛才不是還說我們母女拿了家裡五百兩銀子嗎？怎麼現在又改口說相信娘的為人，妳這不是自相矛盾嗎？」無憂抬眼，目光銳利得幾乎要看到李氏的心裡去。

「這……」李氏一時說不上話來。

而此刻，薛蓉則道：「娘，既然二姊自己說要查帳，那就查帳吧，您怕什麼啊！」

「我……我有什麼好怕的。」李氏說了一句，便轉頭走到椅子前坐下來。

薛老太太和薛金文對望一眼，然後道：「我看無憂說得也有道理，不如就讓帳房先生拿著帳本過來一趟吧。」

「娘說得是。」薛金文點了點頭，便吩咐人去叫帳房先生把帳本拿過來。

隨後，無憂退了兩步，坐在身後的椅子上，端起丫頭遞來的茶水，低首悠閒地喝茶，一副氣定神閒的樣子。抬頭瞥了一眼李氏和薛蓉落坐的方向，只見她們現在一個彷彿如坐針氈強裝鎮定，一個似乎信心滿滿但還有些緊張。大概不到一盞茶的工夫，老太太的丫頭燕兒便領著帳房徐先生走了進來。

「給老太太請安，給大爺請安，給大奶奶、二奶奶和小姐們請安。」徐先生手裡抱著好幾本帳本，低首作揖行了禮。

「免禮吧！」薛老太太抬了抬手道。

「不知老太太叫小的拿著帳本來，是不是要看帳？小的每一筆都記得很清楚。」徐先生道。

「你把帳本給蓉姊兒。蓉姊兒，妳把有疑點的都指出來，讓大家都聽聽到底這裡面有沒有私弊。」薛老太太說完，徐先生就把手裡的一本帳本給了蓉姊兒。

蓉姊兒拿過帳本後，便認真地翻看找出自己認為有疑點的地方。「祖母、爹，首先是咱們去年冬天用的炭，外面的炭都是一百文一筐，可是咱們帳本上的炭卻是一百一十文一筐。這一筐炭就比外面貴了十文錢，而且咱們家的用量大，一般情況九十文就可以買一筐了，可見這一筐炭就足足貴了二十文，咱們家這個冬天上上下下一共用了兩百多筐，這就足足多花了五千多文錢，核算成銀子就是五、六兩銀子。」

聽到薛蓉的話，薛金文和薛老太太都點了點頭，隨後薛金文道：「不過這炭的成色良莠不齊也是有的，好的炭一筐會貴上十幾二十文，差一點的也會便宜一點。」

「爹，咱們家的炭這些年都是用同一個鋪子裡的，所以蓉兒不會弄錯。」薛蓉道。

「不錯，咱們的炭確實只用城南暖春閣的炭。」薛老太太也點點頭。

「怎麼會這樣呢？」聽到這話，坐在椅子上的朱氏很是著急。

無憂在一旁小聲勸道：「娘，您別著急，聽蓉姊兒說下去。」朱氏這才稍安勿躁。

無憂則想著——雖然這個薛蓉一肚子壞水，而且小肚雞腸，極易嫉妒別人，但是她的觀察倒還挺入微，雖然只有十五歲，可是要看清楚這些還是挺聰明的，只是私心太重，把聰明都用在不該用的地方。

看到朱氏彷彿坐不住的模樣，薛蓉的嘴角扯了一下，不禁有些得意了。

「還有什麼妳繼續說。」薛金文對薛蓉道。

「是。」薛蓉點了點頭，然後又說：「還有就是今年春天做的春衫，咱們府裡上上下下連主子加上奴才一共做了五十件春衫，按理說做這麼多，裁縫鋪子應該給咱們算便宜一點才對，可是奴才們的粗布料子卻比外面還要貴上一點，主子用的綾羅綢緞那就更不用說了。我粗略算了一下，這一項大概就多花了有十幾二十兩銀子。」

聽到這話，薛老太太的臉色越發沈重起來，而薛金文的臉色也不好看了。他示意蓉姊兒繼續說，蓉姊兒便更得意了，聲音也比剛才大了一點。

「還有日常用的香胰子、脂粉，以及食用的茶葉、肉類、蛋類、蔬菜水果大概都比外面的貴一些，總之，這半年來所有的吃穿用度加起來大概要多花了最少有二、三百兩銀子。」

聽到這話，薛老太太的眉頭牽動了一下，然後轉眼看看朱氏一副被冤枉的樣子，無憂則是氣定神閒，臉上沒有過多的表情。這一刻，她大概想到了什麼，所以並沒有說話。倒是薛金文忍不住轉眼問朱氏和無憂。「蓉姊兒所說的，妳們有什麼話說？」

無憂則是對父親道：「爹，蓉姊兒所說的沒有錯，家裡的吃穿用度算起來確實是有報虛帳。」

一聽這話，朱氏大驚，薛金文不敢置信地道：「無憂，妳說什麼？難道蓉姊兒說的都是真的？妳和妳母親真的剋扣家裡的銀子裝進自己的口袋？」

面對母親的恐懼、父親的責備，無憂只是淡淡一笑，說：「蓉姊兒說得沒有錯，家裡的銀子確實是被剋扣了，不過並沒有裝進我和娘的口袋。」

「那銀子去哪裡了？」薛金文追問道。

此刻，薛蓉卻幸災樂禍地道：「二姊，既然是妳做的，妳也已經承認了，就不必再狡辯了。」

無憂根本就不理會蓉姊兒的話，她轉頭對薛老太太和薛金文道：「祖母、爹，請移步跟無憂去看一樣東西。」

眾人帶著狐疑，隨後，便由無憂領著走出屋子，一路來到後院的柴房。站在柴房門口，薛蓉冷笑道：「二姊，妳帶我們來這柴房做什麼？妳要是解釋不清楚就算了，何必這大熱的天讓祖母和爹跑到這裡呢？」

無憂仍舊不理會蓉姊兒，吩咐一旁的興兒道：「興兒，打開柴房的門。」

興兒應聲後，趕緊上前拿出鑰匙打開柴房的門，只見柴房裡除了被疊放得整整齊齊的柴火以外，竟然還堆放著足足有十幾筐的炭，五、六疋布，還有幾袋米麵以及不少的乾貨。看到這些東西，眾人不禁都瞪大了眼睛，不知道柴房裡怎麼突然冒出這麼多東西，怪不得還上了鎖。

「這些米、麵、布疋還有炭之類的東西都是哪裡來的？」薛老太太疑惑地問道。

「回祖母的話，這些就是蓉姊兒所說的孫女剋扣下來的銀兩。」無憂回答道。

「無憂，這到底是怎麼回事啊？妳趕快跟為娘說清楚啊！」朱氏上前拉著女兒憂心地道。

「無憂，這……到底是怎麼回事？」薛金文也有點被無憂弄糊塗了。

眼眸在李氏和蓉姊兒身上掃了一下，無憂低首回道：「回爹的話，由於娘的身子不太好，家裡的採買支出都是無憂經手的。因為家裡的吃穿用一直都是在原來的鋪子裡採買，這些年來家裡人也用慣了，無憂便仍舊在那些鋪子裡採買並沒有更換，誰知道等那些鋪子的老闆們把東西送來後，又非要塞給無憂銀子，無憂很是惶恐，問清了之後才知道，原來是咱們家採買他們的東西都是要給一些回佣的，大概一成左右。無憂當然不肯收，無奈他們非要給，再者無憂覺得那些錢也是咱們家的，無憂不收的話，大概也是便宜了那些商家。所以便想了這個辦法，讓他們把那些回佣核算成各自賣的東西，再把東西送到咱們府上來，這樣咱們的吃用就可以少買一些了。無憂又怕日後恐怕說不清楚，所以這些東西並沒有動，只是存放在柴房裡。無憂還沒想好怎麼去回祖母和爹，沒想到蓉姊兒就發現了這事。」

聽到這話，李氏不敢直視無憂的目光，蓉姊兒則是慌了神，因為她一直都以為薛無憂確實是貪了家裡的銀子，但是沒想到她竟然如此深藏不露。

朱氏聽了這話，馬上欣喜地道：「無憂，妳這個孩子可是把為娘給嚇壞了，妳怎麼不早說呢？」

薛老太太和薛金文看到柴房裡堆滿的東西，又聽到無憂的解釋，也都放下了沈重的臉色，兩個人相視一下，大概此刻心裡都對此事有定論了。

見狀，李氏趕緊推了蓉姊兒一把，道：「蓉姊兒，妳趕快向妳二姊道歉，冤枉了二姊，妳真是作死了！」

被推了一把的蓉姊兒仍舊杵在哪裡，一點也沒有悔悟的樣子，眼眸反倒是流露出更多的不服氣。

李氏仍舊推她，並且陪笑道：「無憂，都怪二娘聽了蓉姊兒的一面之詞，我就說妳不是那樣的人，她是個小孩子家，妳別跟她一般見識。二娘在這裡給妳賠不是了。」

總之，李氏說了一堆的好話，可是無憂根本連眼皮都不抬一下。

這時候，薛金文看到蓉姊兒一點也沒有悔悟的意思，已經十分不悅了，訓斥李氏道：「蓉姊兒小，妳還小嗎？妳由著她這般胡鬧？冤枉姊姊，誹謗大娘，她小小年紀就如此，以後還怎麼得了？」

被訓斥的蓉姊兒垂頭喪氣地站在那裡一言不發，李氏則是趕緊賠不是。「大爺息怒，老太太息怒，姊姊息怒，有萬般不是，都是我這個做娘的錯。以後我回去一定會好好教導蓉姊兒，她還小，就饒了她這一遭吧！」

隨後，薛老太太發話了。「雖然蓉姊兒年紀小，但是在事情沒有查清之前就冤枉姊姊，誹謗大娘，這種行為簡直是目無尊長，不可不罰。就罰斷她月錢三個月，閉門思過三個月，沒有我和妳爹的話，三個月之內不許妳出門。」

聽到這話，蓉姊兒自然不服，可是畢竟事情擺在眼前，她也沒有什麼好說的，只能低頭不語。

李氏見狀，趕緊道：「老太太責罰得是，妾身一定會好好教導她的。」

薛老太太白了李氏一眼道：「不知道妳平時是怎麼教導他們的，一個哥兒一個姊兒都被妳教壞了。今日的事情妳不是沒有責任，也罰妳停發月錢三個月，閉門思過三個月，這三個月之內妳也不許出門。」

「這……」聽到自己也要被如此處罰，李氏簡直就像是霜打的茄子一樣——蔫了。

見她們根本就無心悔過，無憂伸手從徐先生的手裡拿過兩本帳本，雙手奉到薛金文的面前道：「爹，這兩本帳分別是一年前和兩年前的，請爹過目一下。」

聽到這話有蹊蹺，薛金文疑惑地掃了無憂一眼，便伸手接過帳本，問：「這帳本有什麼不妥嗎？」

此刻，李氏一看到無憂拿出前兩年的帳本就嚇得臉色土黃，薛金文接過帳本時她連手都有些哆嗦，隨後，她的眼眸一轉，眼睛一瞇，手便扶著頭道：「唉呀，我的頭好暈啊！」

「娘，您怎麼了？」蓉姊兒見狀，趕緊上前去攙扶。

「我不太舒服，妳扶我回房休息吧！」李氏道。

蓉姊兒剛點了點頭，不料，無憂則搶先一步，上前攔住李氏和蓉姊兒的去路，說：「二娘，您剛才的精神不是還很好嗎？怎麼這麼快就病了？是真病還是心裡害怕而裝病？」

一聽這話，李氏顫顫巍巍地指著無憂道：「無憂，雖然我只是妳的二娘，在這薛家也只是個妾，沒有什麼地位，可我畢竟也算是妳親弟弟和妹妹的親生母親，妳……妳這樣對我說話，是不是太過分了啊？」

「是啊，二姊，我娘怎麼也算妳的長輩吧？」蓉姊兒在一旁附和道。

朱氏見狀，怕無憂莽撞了，趕緊走過去，拉住無憂，勸道：「無憂，妳不能這樣和妳二娘說話，趕快讓開。」無憂卻就是不讓。

薛蓉見狀，衝著無憂喊道：「妳趕快讓開！我娘需要休息！」

無憂則是轉頭對站在柴房前的薛老太太和薛金文道：「祖母、爹，無憂只有幾句話要說，等無憂把話說完了，再讓二娘走不遲。」

這次畢竟是李氏和蓉姊兒無理取鬧，薛金文便點頭道：「妳說吧！」薛老太太那精明的眼光中彷彿已經洞察了什麼。

「爹，這帳本上記錄著咱們家這兩年來的吃穿用度，就比如剛才蓉姊兒所說的炭、米、麵、油，還有咱們家上上下下做的春衫、冬衣、夏衫等等，依舊是在那些鋪子裡購買，價錢也都跟我和娘掌管的這半年差不多。」無憂說到這裡的時候，故意停頓了一下。

果不其然，無憂的話讓薛金文的眼眸瞇了起來，朱氏等人也大概明白了，看來前兩年這些商家也都應該給薛家管家人回佣了吧？而無憂和朱氏是在半年前才開始掌管薛家的，這以前可都是二奶奶李氏在管家，二奶奶這管家也有十六、七年了，剛才蓉姊兒不是算過，管家半年最少能貪二、三百兩銀子，這要是管上十六、七年，那得貪多少銀子啊？粗略一算，那大概也要上萬兩銀子呢！眾人不禁都暗自唏噓起來。

聽到這話，蓉姊兒盯著臉色發白的李氏看了半天，眼眸中有一抹驚異，而薛老太太眼眸中則是沒有多大的波瀾，薛金文則是眼光銳利，朱氏如夢初醒，無憂的眼光是冷冷的，下人們則是在一旁小聲地議論著。

薛金文低頭粗略地翻看了一下手中的帳本，發現裡面的數字和無憂說的還真是差不多，隨後便生氣地把手中帳本狠狠地往地上一扔。

啪！

帳本被狠狠地摔在地上，發出的聲音讓李氏的肩膀抖動了一下，薛金文憤恨地指著李氏質問：「金環，妳怎麼解釋？」

「我……我……」說了兩個我字後，李氏便撲通一聲跪倒在地，連連衝著薛老太太和薛金文磕頭抽泣道：「金環知錯了，求老太太、大爺原諒，都是金環不好，金環以後……再也不敢了……」

面對李氏的哀求，薛金文的臉色發青，顯然是沒有想到李氏這些年來會如此剋扣家裡的錢，而薛老太太的臉色也很沈重，她是沒有料到李氏會如此貪得無厭，這十幾年來竟然貪了這麼多。朱氏看著李氏哭泣磕頭的樣子有些不忍，無憂、連翹、興兒、平兒等人則是冷眼旁觀。

隨後，薛老太太發話了。「金環，我問妳，這十幾年來妳大概也剋扣了家裡上萬兩的銀子，這些銀子妳都用到哪裡去了？要是妳能把銀子都補回來，我可以勸勸金文不跟妳計較。」

一聽這話，李氏馬上傻眼了，她現在哪裡還有銀子啊？頂多也就是有幾百兩可以度日的銀子，有幾個像樣的首飾而已，其他的早就被她不是花在兒女身上就是貼補到娘家去了。還有上次她一下子就替弟弟拿出來好幾千兩，現在已沒有什麼體己了。

隨後，李氏便大哭道：「老太太啊，雖說妾身在管家的時候是……貪了些銀子，可是真的沒有上萬兩那麼多啊！再說妾身也沒有把那些銀子用在自己身上，都是用在一雙兒女身上了。您說義哥兒從小就調皮不愛讀書，所以隔三差五的妾身就會偷偷帶著禮物去拜訪私塾的先生，要不然就是義哥兒在外面闖了禍，妾身不敢讓您和大爺知道，就偷偷拿了銀子去填補。還有蓉姊兒，從小就拜了咱們京城裡有名的歌舞伎公孫大娘為師，這些可都是需要銀子的。老太太、大爺，您們也都是為人父母的，您們就體諒我這一顆為人母親的心吧……」說著說著，李氏已經是泣不成聲。

李氏的哭喊讓薛老太太和薛金文都臉色極差，因為李氏說得也沒有錯，義哥兒確實是從小調皮不愛讀書，李氏在背後下了多少工夫他們也是知道的，尤其這次考中了秀才，大概是沒有少給那位私塾先生送禮物。而蓉姊兒自小就學習琴棋書畫外加跳舞，聘請老師和跳舞用的衣服鞋子等行頭也要花費不少。她這個做母親的倒也算是無私，只是把一雙兒女可都給慣壞了，真是不值得可憐啊。

見母親哭得可憐，蓉姊兒也跪下求情道：「祖母、爹，娘雖說不對，但是這些年來也有苦勞，求祖母和爹就饒了娘這一次吧！」

「犯下這樣的錯，不懲罰一下，以後家裡人紛紛仿效可如何是好？」薛老太太沈著臉道。

薛金文正在氣頭上，便喊道：「請家法。」

一聽到要請家法，李氏立刻就嚇得哆嗦起來，蓉姊兒則是趕緊磕頭道：「爹，不行啊！娘的身子受不住的，求爹開恩啊！」

「大爺，我嫁給你做妾也十七、八年，雖然說我不該剋扣家裡的銀子，但是我給你生了一雙兒女，沒有功勞也有苦勞，你就這麼絕情，非要拿那竹條打我嗎？嗚嗚……」李氏的手撫著胸口痛哭不止。

「這都是妳咎由自取。」薛金文別過臉去，不再看李氏一眼。

隨後，剛才替無憂請家法的燕兒，雙手捧著家法走了過來，低首道：「大爺，家法到了。」

「給我狠狠地打五十。」薛金文黑著臉說。

「這……」一聽要打五十，燕兒的眉頭蹙了起來。

「大爺饒命啊！金環以後再也不敢了，金環還有些首飾和零碎銀子，金環願意都拿出來啊……」李氏嚇得大哭，因為打五十的話，估計連屁股都被打爛了，這可不是鬧著玩的。

「爹，求您饒了娘吧！祖母，您饒了娘吧！」薛蓉馬上跪在地上，求著薛老太太和薛金文，無奈兩個人都不為所動。最後，薛蓉看到了心慈面善的朱氏，便爬到朱氏的面前，雙手拉著朱氏的裙子，苦苦哀求道：「大娘，您就幫我娘說句好話，饒了我娘吧，她真的是禁不住打五十的。大娘……」

這時候，朱氏看到李氏和蓉姊兒哭得實在可憐，便上前勸道：「老太太、大爺，妹妹畢竟是女子，責打五十實在是吃不消的，不如從輕發落吧？」

「都是她咎由自取，打五十已經是從輕發落了。」薛金文正在氣頭上，所以言語非常嚴厲。

見薛金文不為所動，朱氏又道：「金環雖然這事做得可惡，但是畢竟為薛家生了一兒一女，就是看在義哥兒和蓉姊兒的分上，大爺也要從輕發落啊。」

這時候，薛老太太發話了。「金文，你媳婦說得對，總要看在義哥兒的分上，給他娘留點面子的。」

餘怒未消的薛金文沈默良久之後，才道：「既然老太太和大奶奶都給妳講情，那就打二十好了。」

聽到這話，李氏癱坐在地上，蓉姊兒仍舊苦苦地哭泣求道：「爹，二十也已經皮開肉綻了。」

「就是要讓她記住這次的皮開肉綻。來人，給我打，不許留情，要不然就都攆出去！」薛金文不容任何人再講情了。

隨後，便有兩個婆子上前把李氏架走了，蓉姊兒哭得癱坐在地上。義哥兒不在家，還在學裡，紅杏和綠柳只是嚇得跪倒在地。稍後，耳邊就傳來一個女人淒厲的哭喊聲和板子拍在肉體上的聲音，讓人聽得毛骨悚然。

不多時，一個婆子回來稟告道：「回稟老太太、大爺、大奶奶，二十板子已經打完了，二奶奶已經疼暈過去了。」

聽到這話，薛金文的眼眸中滑過一抹憐惜，聲音也漸緩，然後吩咐那婆子道：「派人去請大夫給二奶奶醫治。」

「是。」那婆子應聲而去。

蓉姊兒隨後便起身要去看李氏的傷勢，卻被薛金文叫住。「站住！」

聽到父親的叫聲，薛蓉不敢妄動，停住腳步，轉頭低首聽著父親的吩咐。隨後，耳邊就傳來薛金文的聲音。「妳就這麼走了？剛才沒聽到妳大娘為妳娘求情嗎？妳是不是應該向大娘道謝之後再走？」

聽到這話，薛蓉低首用牙齒咬了一下嘴唇，隨後才上前兩步，福了福身子，道：「多謝大娘。」

「免了。」朱氏趕緊道。

「去吧，好好照料妳娘的傷勢。」薛金文說了一句。

「是。」薛蓉點了點頭，然後便轉身離去了。

第二十一章

薛蓉等人離去後，薛金文上前扶住母親道：「娘，讓兒子扶您回去休息一下吧？」

「嗯。」薛老太太點了點頭。隨後，薛金文、朱氏和無憂等人便隨著薛老太太回到了她的屋子裡。

薛老太太勞累了半日，有些乏了，歪在榻上，燕兒在一旁給她捶著腿。薛金文和朱氏坐在繡墩上，平兒上了茶水，無憂站著，一家人閒話家常。

「都怪兒子平時不理家務，才讓金環做了如此錯事，讓娘操心生氣了。」薛金文低首向母親認錯。

聽到兒子的話，薛老太太道：「你整日衙門的事都忙不完，哪裡有時間管家裡這些瑣事？再說，金環素日的為人我也知曉一些的。平時我也知道她會剋扣一點家裡的日用開銷，只是我以為也就是十兩八兩的碎銀子罷了，哪知道這麼多年來竟然有如此之鉅。起先我想你也只有義哥兒這個兒子，以後家業還不全是他的？金環又是義哥兒的娘，就算她剋扣下來，將來也都是要給義哥兒的，所以也就睜一隻眼閉一隻眼了，沒想到我竟然縱容了她。」說話間，薛老太太眼眸中盡顯悔意。

「怨不得前些年日子一直都過得捉襟見肘，其實照理說咱們有兩個鋪子，城外還有幾百畝地，再加上我的俸祿，咱們上下二、三十口人也能過得不錯的。」薛金文說。

「不過金環倒也沒有把錢用到別處，義哥兒和蓉姊兒從小到大，從吃穿用度到學業也是需要花不少銀子的，雖然她可能貼補一下娘家，但畢竟是生她養她的人。這次多少也給她一些教訓，以後不許讓她再管錢的事。」薛老太太擺擺手，示意不要再說下去了。

又說了幾句閒話，薛金文便起身道：「娘，今晚有幾個同僚說出去吃酒，時候也差不多了，兒子就先告退。」

「去吧，早點回來，別讓你媳婦擔心。」薛老太太囑咐著。

「是。」薛金文點了點頭，望了朱氏一眼，便轉身離開了。

薛金文走後，屋子裡只剩下薛老太太、朱氏和無憂，薛老太太突然拉住無憂的手，笑道：「無憂啊，剛才祖母錯怪妳了，妳不會怪祖母吧？」

聽到這話，無憂趕緊恭敬地道：「無憂怎麼會怪祖母呢？都是有人故意栽贓陷害，由不得別人不相信。」

薛老太太點了點頭。「祖母知道妳是個明理的好孩子，妳二娘和妳妹妹也受了懲罰，到底也還是一家人，妳就不要太往心裡去。以後有事祖母和妳爹都會給妳作主的。」

「無憂謹遵祖母的教誨。」無憂點了點頭。

「嗯。」聽到無憂的話，薛老太太滿意地點了點頭。

無憂見薛老太太面色漸緩，況且這次她大概又感覺有些對不住自己，不如打鐵趁熱，把那件事提一提，想來她一定會答應的。下一刻，無憂便開口道：「祖母，無憂有一件事想和祖母商量。」

「什麼事妳就說吧！」薛老太太端過朱氏遞來的茶碗，用碗蓋一邊撥著茶葉一邊說。

無憂站在祖母身旁陪笑道：「祖母，您身邊不是有一個做粗使活計的丫頭芳兒嗎？孫女見她老實勤快，正好孫女的莊子也缺一個打掃漿洗和幫著餵雞餵鴨的丫頭，不如就讓芳兒過去，無憂再在外面買一個丫頭過來給祖母，您看怎麼樣？」

薛老太太低頭想了一會兒，然後說：「芳兒？她不上我屋裡來，不過有點印象，是興兒和平兒的女兒是不是？」

「正是。」無憂點了點頭。

薛老太太一笑，道：「肯定是她老子娘求了妳，讓妳來說情的吧？」

「這倒真不是，平兒和興兒都是老實本分的，從來沒有提過這樣的要求。不瞞祖母說，是芳兒的哥哥旺兒求了孫女，孫女抹不開面子，只好答應旺兒過來求祖母呢！」無憂實話實說。

「那旺兒倒是個能幹的孩子，雖然年紀不大，卻很老成，妳的莊子也用得著他，怎麼也得籠絡一下他才是。無憂她娘，妳明日就讓芳兒收拾收拾，派人把她送到莊子去吧！」薛老太太轉頭對朱氏道。

聽到薛老太太答應了，無憂自然是喜出望外，趕緊福了福身子道：「多謝祖母。」

看到無憂開心的樣子，薛老太太伸手摸了摸無憂的髮髻，笑道：「妳這孩子端莊知禮，又冰雪聰明，以前祖母還以為妳是個癡呆之人呢。都怪祖母看走了眼，從小對妳沒有上心，要不然以妳這個年紀，這般才華肯定能結上一門好親事的。」說話間，薛老太太的眼眸中流露出些許的惋惜。

薛老太太的話也正好說中了朱氏的心事，她不由得有些心酸，現在鄰里街坊間可是已經把無憂的名聲傳得不像樣了，以後想結親恐怕難了，她不由得悄悄地抹起眼淚。

「祖母，無憂感覺現在過得很好，不想嫁人。」無憂道。

「哪有女孩子不嫁人的？」薛老太太嗔怪了一句，然後瞥見朱氏在擦眼淚，不由得道：「妳也不必太憂心，無憂這孩子不是一般男子可以配得上的，以後必定能找到慧眼識珠的人。要是把她許給一個俗物，那才是真正地糟蹋了。」

「老太太說得是。」朱氏趕緊點頭。

又說了一會兒話，薛老太太疲倦了，朱氏和無憂便退了出來。

一回到朱氏的屋子，平兒就聽說老太太已經應允芳兒去莊子當差的消息，高興得跪倒在地，感激涕零地道：「這次芳兒能去莊子當差，多虧了大奶奶和二姊，平兒在這裡代芳兒給主子們磕頭道謝了。」

「趕快起來，今日的事都是無憂的功勞，妳不必跪我。」朱氏笑道。

聽到這話，平兒趕緊單獨給無憂磕了一個頭，無憂見狀，畢竟受不起，因為平兒可是比她母親朱氏的年紀小不了幾歲，再說又是在母親身旁一直伺候的人。她趕緊把平兒攙扶起來。「快起來。不是什麼大事，妳大可不必如此的。」

一旁的宋嬤嬤笑道：「二姊沒什麼說的，以後妳讓芳兒好好跟她哥哥在莊子上做就是對二姊的報答了。」

「是、是，芳兒肯定會好好做的！」平兒趕緊點頭道。

一時間，房間裡只剩下朱氏、宋嬤嬤、無憂和連翹。連翹不禁笑道：「宋嬤嬤，今兒妳沒看到，二奶奶足足挨了二十板子，可真是大快人心啊！」

「別看我沒有出門，可是也早都聽說了。這就是不是不報，是時候未到。」宋嬤嬤笑道。

「想想就解氣，這麼多年來他們二房是怎麼對待咱們奶奶和二小姐的？剋扣咱們的吃用不說，還挑唆老太太和大爺不待見咱們房裡的人，這下可是讓老太太和大爺知道他們都是什麼樣的人。老太太說了，以後都不讓二奶奶再管錢的事呢！」連翹道。

隨後，平兒端著兩杯茶水進來，一一奉在朱氏和無憂的面前，並且稟告道：「大奶奶，剛才大夫來看過二奶奶的傷了，說是最少要趴在床上一個月才能好，還要每日都塗藥膏才可以。」

聽到回話，朱氏皺了下眉頭。「這下可有得她受了。」

「可不是嗎？現在天氣這麼熱，這傷很難養，說不定還會流膿呢！」宋嬤嬤道。

「這身上的傷也就是疼痛一點，忍忍就過去了，不過在丫頭婆子面前挨這麼重的打，可是沒有臉面了。」平兒在一旁說。

「這都是二奶奶咎由自取，怨不得別人。」連翹一直都是愛恨分明的人。

聽到她們的議論，無憂的嘴角扯了扯，端起茶水來慢慢地品著，心裡卻是優哉游哉的，心想——今日的茶水味道怎麼這般香甜呢？

「要說啊，還是咱們二姊有智謀，原來您早就留心二奶奶這些年管家在貪錢了。其實咱們大夥兒心裡也多少明白一些，只是沒有證據，並且不敢去老太太和大爺面前告狀罷了。」平兒在一旁笑道。

「二小姐，您是什麼時候留意到那些帳本的？還讓人把那些商家給您送的銀子都換成了那些柴米的？怎麼這些奴婢一點都不知道？奴婢可是整天都跟著您呢！」連翹在一旁疑惑地道。

聽到她們的話，無憂抿嘴一笑。「我要是都讓妳們知道，豈不打草驚蛇了？」

「呵呵，原來二姊早就計劃好了。」宋嬤嬤笑道。

「也不是早就計劃好，只是還沒想好怎麼辦而已。本來那些商家給我送回佣的銀子來，我隱隱覺得有些不妥，怕以後二娘找我的麻煩。再者家裡的錢我是斷然不會貪的，那樣就有負祖母和爹的信任，也讓娘丟臉，所以只好讓商家換成柴米存放在柴房裡。沒想到二娘和蓉姊兒果真拿這件事來說嘴了，正好我還不知道該不該把二娘這些年來一直都在收取回佣的事稟告祖母和爹呢，她們倒是先做賊喊捉賊了。」無憂輕笑道。

聽到這些話，朱氏笑道：「還好妳是個有心的孩子，要不然這次為娘的又要百口莫辯了。」想想這些年她還真是吃過二房他們不少的暗虧。

「咱們奶奶就是心善，就連這樣還幫二奶奶求情呢，要不是您呀，這五十板真打下去，還不直接要了二奶奶的命啊。」平兒在一旁說。

「到底也是共事一夫，當時蓉姊兒那樣求我，我不說句話還是覺得過意不去的。」朱氏微微一笑道。

「奶奶倒是以德報怨，好心人總會有好報的。」宋嬤嬤道。

無憂卻是目光深遠地說：「其實就算娘不求情，老太太和爹也知道這五十板打下去會要人命的，斷然不會真的打五十板。」

「何以見得？」朱氏好奇地問。

「娘想想，爹畢竟是朝廷命官，怎能動私刑把自己的妾室打死？雖然二娘有錯，就算是打死了也不會有太大的麻煩，可爹畢竟還是要名聲的，把小妾打死的名聲真的不好聽。再者，二娘到底是義哥兒和蓉姊兒的娘，要是把娘打死了，那兒子女兒還不一輩子都把爹當作仇人了？祖母也不願意孫子孫女把她當仇人。不過這件事畢竟二娘犯錯犯得太大，要是不懲罰，以後其他人紛紛仿效，那這個家也就難以支撐下去。所以只能既不讓二娘有性命之憂，又要讓二娘記住這個教訓，讓咱們家上上下下都不至於有微詞才是。」無憂分析給母親道。

「嗯，是這個理。」朱氏點了點頭。

「娘在這個時候站出來說情，既讓爹和祖母有了臺階下，又顯示了娘作為正室的大度，所以娘做得很對呢！」無憂笑著拍了拍母親的手背。

「妳娘是個沒心計的，當時做的時候才沒有想這麼多呢！」朱氏笑笑。

「良善之人不必有心計，也會有福報的。」無憂笑道。

眾人又說笑一番，便傳了飯，無憂在朱氏房裡吃過晚飯後，才回自己的屋子……

而李氏這邊就沒有什麼歡聲笑語，有的只是如同殺豬般的哀號。

「唉唷！疼啊……啊……」李氏趴在床上，褲子都脫了，一層薄被蓋到腿間，紅杏和綠柳在她的屁股上抹藥，蓉姊兒在一旁站著幫忙。看到那屁股上和腰間的傷痕，真是讓人頭皮都發麻了，蓉姊兒幾次都掉下眼淚來。

「那兩個婆子下手也太狠了，妳看看把二奶奶打的，大夫說沒有一個月都下不了床呢！」紅杏一邊抹藥一邊嘮叨著。

「她們實在也是不敢下手太輕，大爺說過了，要是敢下手太輕欺瞞他，就都攆出去呢！」綠柳在一旁道。

「祖母和爹這次也太狠了。」蓉姊兒在一旁抱怨著。

「枉我服侍他快二十年了，竟然一點情面都不留，唉唷……」好像是紅杏的手略微重了一點點，李氏便咒罵道。

「還說呢，現在可好，不但娘挨打，咱們倆三個月都不能出門，連月錢也停了，這三個月讓咱們怎麼熬啊？」薛蓉愁眉苦臉地抱怨道。她還想去師傅那裡學習舞蹈呢，而且還看中了一套首飾和新衣服，現在全不用想了。

「還說呢，我一直都給妳使眼色，讓妳不要說那個帳本的事，可妳就當作沒看見似的，要不然怎會鬧到如此田地。」李氏也在抱怨。

說到這裡薛蓉也是一臉委屈。「我怎麼知道娘從管家開始拿了那麼多不該拿的銀子？我雖然一直都知道那些商家逢年過節都會孝敬娘一些東西，可是也沒想到平時還都是有回佣的。我本來以為抓住了大房她們那邊的小辮子，誰知道不但沒有扳倒她們，反倒碰了一鼻子灰，還讓您挨了這麼一頓好打。」

「看妳平時挺精明的，可是卻如此愚笨，妳也不想想，就憑咱們那點月錢，能給妳買那麼多好看的衣服首飾，還能讓妳請老師彈琴畫畫跳舞嗎？還有妳哥哥，私塾先生那裡哪次不需要打點？他和他那幫狐朋狗友在外面吃吃喝喝的，哪樣不用錢啊？要不是為了你們兄妹兩個，妳娘我至於如此嗎？嗚嗚……」說著，李氏竟然委屈地哭泣起來。

李氏的哭泣讓薛蓉有些不服氣，道：「娘，您那些銀子也沒有全部用在我和哥哥身上啊？我看到舅舅每次來都沒有空手走過。而且外公當年在世的時候，您哪次回娘家不是買一籮筐東西回去，還要帶一包碎銀子給外公當零花。」

聽到女兒揭了她的短，李氏不禁咬牙切齒地咒罵道：「妳這個沒良心的小蹄子，妳回外公家，妳外公哪次不把最好的吃食拿給妳？再說我是妳外公的親女兒，妳那舅娘是什麼東西妳又不是不知道，難道要把妳外公餓死嗎？再說妳舅舅從小也很疼妳，妳找的那些教琴教畫的師傅，不都是妳舅舅幫忙給請來的？」

李氏的話讓蓉姊兒低頭不語，只得小聲嘀咕道：「那您也該早點告訴女兒啊，讓女兒今日做了這樣的傻事，不但沒有把那個病秧子和她女兒給揪出來，反倒把咱們娘兒兩個給搭了進去。」

說話間，紅杏和綠柳已經幫李氏塗抹完藥膏，李氏不禁感覺有些不對，低頭想了一下道：「蓉姊兒，妳說無憂是不是知道妳會去妳祖母和爹那裡告她拿回佣的事啊？」

聽母親這麼一說，蓉姊兒低頭想了一下，也感覺很是奇怪，疑惑地道：「是啊，我也感覺有些不對勁。您說她要不就別收那些回佣，為什麼收了卻讓那些商家核算成物，而且還要專門存放在柴房裡，好像就是知道咱們要查她一樣。」

聽到女兒的分析，李氏道：「沒想到啊，沒想到，這個無憂年紀不大，做事情卻如此老謀深算，咱們可是都掉到她的陷阱裡了。」

「哼，沒想到她替爹支了五百兩銀子，卻故意沒有讓帳房先生記上來由，為的就是以此為誘餌讓我上鈎。」薛蓉憤恨得長長的指甲都掐入了肉裡。

「看來咱們都小看她了，這次她讓咱們跌了個這麼大的跟頭，以後咱們在薛家可是沒臉出門了。唉，我這張臉也真是丟盡了。」說著，李氏就差沒掩面而泣了。

看到母親如此，薛蓉只得趕緊勸道：「娘，您別灰心，畢竟您比那個病秧子還年輕貌美，而且又生了薛家唯一的男丁。現在爹只不過是安撫那個病秧子罷了，只為了能夠在仕途上再進一步，爹早晚還會重新對娘好的。」

說到這裡，李氏不禁哀傷地道：「那個病秧子只不過是靠著一門好遠親，現在又有一個好女兒罷了，現在她女兒手裡有莊子，又有錢，妳爹更是會對她好了。」

「娘，只要女兒嫁個有權有勢的人家，娘您以後的日子也不用愁了。再說這個家以後終究是要給哥哥的，您是哥哥的親娘，她們誰也越不過您去。」薛蓉不服氣地說。

「唉，話是這麼說，可是妳哥哥現在不爭氣啊。」說到義哥兒，李氏不禁嘆氣道。

「哥哥也是，怎麼這麼晚了還不回來？」看看外面的天色，都二更天了，可是薛義仍舊沒有回來。

「唉，不知道又跑哪裡瘋去了，最近都是和一些不三不四的人來往。」李氏皺著眉頭說。

正說著話，紅杏跑進來回道：「二奶奶，義哥兒回來了。」

聽到這話，趴在枕頭上晾屁股的李氏趕緊道：「快把我的身子蓋起來。」紅杏和蓉姊兒趕緊拿被單幫李氏蓋住了身子。

下一刻，一個身穿月白色緞子長衫的年輕男子便快步走了進來。直接來到床邊，看到母親趴在枕頭上，衣衫不整，頭髮也凌亂得很，不禁焦急地問道：「娘，聽紅杏說您挨打了，到底怎麼回事？」

一看到兒子，李氏的眼眸中瞬間便又蓄滿眼淚，哽咽地道：「都是那個病秧子母女挑唆你祖母和你爹打了我，還停發我和蓉姊兒三個月的月錢，以後三個月都不讓出門的。」

聽到這話，薛義畢竟年輕氣盛，馬上發怒道：「她們母女也太囂張了，奪了您的管家權不說，現在還這樣欺負咱們，不行，我得找她們理論去！」說完，掉頭就要走。

一聽這話，李氏嚇得差點從床上跌下來，趕緊拉住薛義的衣袖，驚恐地道：「義哥兒，不能去啊！」

「為什麼不能去？再這樣下去就沒有咱們母子的立足之地了。」義哥兒憤恨地道。

知道義哥兒從小就性格魯莽，李氏趕緊解釋道：「今日的事娘也有不對的地方，你這樣去肯定會受你祖母和爹的責罰。今日的仇咱們都記在心裡就是了，來日肯定要加倍討回來的。」

「嗯。」薛義點了點頭，只好把火先壓在心間。

第二日一早，平兒便帶著芳兒到朱氏和無憂這邊來請安告辭。

朱氏坐在八仙桌前，無憂坐在她的下首，芳兒跪下道：「奴婢已經收拾妥當，臨走前來給大奶奶和二小姐請安，拜別大奶奶和二小姐。」

這時候，宋嬤嬤在一旁笑道：「傻孩子，拜別大奶奶可以，拜別什麼二小姐？妳這可是去二小姐的莊子上當差的。」

聽到這話，眾人都笑了起來，朱氏也笑道：「以後無憂就是妳的主子了，妳給她單獨磕個頭，從今起也算是主僕。以後要忠於主子，不能做背主忘義的事，當好了差，以後自然有妳的好處。」

「還不趕快謝大奶奶的教誨？」平兒在一旁提醒道。

芳兒又磕了一個頭，道：「謝大奶奶的教誨。」隨後，又趕緊爬到無憂跟前，恭恭敬敬地磕了個頭，道：「奴婢給主子磕頭。奴婢以後一定好好當差，做好主子交代的事，絕不敢做任何有違主子的事。」

以往芳兒都在老太太那邊當差，雖然在一座宅院裡，但是並不常見。仔細端詳了芳兒兩眼，見她相貌清秀，一雙眼睛一看就是個老實本分的，只是好像沒有她哥哥的那抹精明能幹勁，無憂便笑道：「既然妳認了我當主子，以後妳就是我的人，妳忠心於我，妳以後有什麼事，我這個當主子的肯定也會維護妳的周全。」

「主子的話奴婢記住了。」芳兒趕緊點頭。

無憂滿意地點了點頭，然後眼眸朝窗外一瞥，輕笑道：「既然跟了我，芳兒這個名字我不怎麼喜歡，不如以後妳就叫玉竹吧！」

聽到無憂給她取了個新名字，芳兒一怔，然後便歡天喜地磕頭道：「謝主子賜名。」

見玉竹很是歡喜，無憂笑著對平兒道：「送玉竹上車去吧，到了莊子要是少什麼，讓旺兒去採買就是了。」

「是。」平兒高興地應一聲，隨後便帶著玉竹退了出去。

她們走後，朱氏笑道：「妳這孩子，恐怕是看醫書看得都入魔了，給丫頭們取的名字也都是藥材名。」

聽到這話，一旁的連翹陪笑道：「大奶奶說得可不是嘛，我的名字也是藥材，不過奴婢很喜歡這個名字呢，感覺很好聽的，跟別人也不會重名。」

「奶奶，老奴也覺得連翹和玉竹的名字，比那些什麼紅啊綠啊燕的好聽多了。」宋嬤嬤插嘴笑道。

「既然是她的丫頭，她願意叫什麼名字就叫什麼名字好了。」朱氏笑道。

「娘，以後肯定還有別的藥材名的。」無憂笑道。

「二小姐，那我可是大丫頭，我要管著那些個小藥材。」連翹笑道。

「放心吧，肯定是妳的。」無憂端起茶碗來，一邊喝茶一邊道。

說笑了一會兒後，宋嬤嬤忽然道：「奶奶，您不覺得這幾日很是清靜啊？」

聽到這話，無憂望了宋嬤嬤一眼，朱氏想了一下，不禁笑道：「是挺清靜的，好幾天都沒有人來煩我了。」以前，李氏可不是個省油的燈，朱氏和無憂管家的這半年，不是今兒少了頭油，就是明日少了炭火，要不然就是說茶葉裡有渣子，攪得朱氏都頭疼了。

聽了朱氏的話，無憂笑道：「娘肯定還能再清靜上一段時日，她那個傷沒有一個月二十天是下不了床的。」

「妳爹這次估計是真生氣了，好幾日了，也沒有去看看她。」朱氏道。

「聽說祖母倒是派人送了些藥過去。」無憂道。

「老太太這次氣得也不輕，不過到底還有義哥兒呢，總要顧著他的一點面子不是。唉，幸虧二奶奶有這個兒子，要不然以後的日子可是不好過呢！」宋嬤嬤在一旁說。

「恐怕二奶奶這樣的人以後也是消停不了的。」連翹插嘴說。

第二十二章

清閒的時光總是過得很快，一轉眼便三個月過去了。

金秋時節，莊子上的人忙忙碌碌的，今秋收穫不少，旺兒雇了好幾個短工採收藥材，並且安排必要的採摘和曬乾工作。

望著那幾個短工把一麻袋一麻袋的藥材倒出來，在草蓆上曬乾，無憂笑著彎腰撿起一顆土黃色的果實，笑著問旁邊的連翹。「連翹，妳知道這是什麼藥材嗎？」

接過小姐手中的果實，連翹望著它道：「二小姐，您這題目也太簡單了吧？跟在您身邊這麼長時間，怎麼會連個連翹都不認識？呵呵，它還有一個名字叫青翹，對不對？」

聽到這話，無憂一笑。「這個就是妳的名字。」

「那趕明兒咱們也種點玉竹什麼的吧！」連翹笑望著旁邊的玉竹。

「玉竹喜陰濕，只能生長於林下，咱們莊子又沒有成片的林子，所以是種不活的。」無憂笑道。

「哦，原來是這樣。」連翹點了點頭。

一旁的玉竹用崇拜的目光望著無憂道：「二小姐學識真是太淵博了，奴婢以後也要跟著二小姐習醫術。」

「妳學醫術？妳識字嗎？」連翹打趣地問。

「奴婢的哥哥教過奴婢不少，這不，奴婢兩個月前就讓哥哥借了一本最基礎的藥材名稱給奴婢呢！」說著，玉竹就從懷裡掏出一本書來。

「不會吧？妳早就行動了？」看到玉竹從懷中拿出書來，連翹不禁瞪大了眼睛。

無憂端詳了一下玉竹那認真的神情，伸手拿過玉竹手裡的書，低頭一看，只見這本書叫做《大齊百藥》，翻開一看，裡面講述最基本的藥材，每一種藥材都很詳細地描述並附圖，比如藥材的種植、藥效、作用等，是一本對初學者很好用的書，無憂不禁笑道：「這本書選得很好，很適合初學者，而且用字遣詞很簡單，妳應該能看懂吧？」

「回二小姐的話，奴婢看了快一半，只是有許多字不認識，是一邊識字一邊看的，所以看得很慢。」玉竹回答道。

「嗯。」看到玉竹如此勤奮好學，無憂不禁點了點頭，心想——這個小丫頭雖然只有十三、四歲，而且也不甚聰明伶俐，卻勤奮得很。其實學醫之人最重要的就是勤奮細心，她倒是都占了。

見二小姐盯著自己看，玉竹心一慌，便撲通一聲跪下來，連連解釋道：「二小姐，奴婢都是在做完活以後才看書的，絕對沒有偷懶。」

看她嚇成這個樣子，無憂趕緊把她拉起來，笑道：「我都知道的，屋子裡幾乎都是一塵不染的，妳肯定每天都在打掃，而且莊子上的雞鴨也都肥壯得很。妳不必害怕，妳看醫書我是很高興的。」

「真的？多謝二小姐。」玉竹歡喜地道。

「妳先把這本書讀熟，把裡面的字也都練會，我會再拿些基本的關於醫理的書給妳看。咱們還有這些種植藥材的地，妳也算是學以致用，假以時日的話妳就會懂不少的。以後我會再教妳怎麼給人看病，學醫是一件很枯燥乏味的事，妳一定要堅持下去。」無憂很有耐心地對玉竹說。

「玉竹不怕乏味，一定會堅持下去的。」玉竹的眼神很堅定地說。

「嗯。」無憂笑著點點頭。

「二小姐，旺兒回來了。」這時候，連翹指著莊子大門的方向道。

一抬頭，果不其然，只見旺兒和一個小廝駕著馬車從莊子外面回來。下了馬車，旺兒便快步走到涼亭前，低首作揖道：「給二小姐請安。」

「東西都送到了嗎？」無憂笑問。

「回二小姐的話，都送到了，秦家少夫人還把小的叫進去親自問話呢！」旺兒回答。

「都問你什麼？秦少夫人可好？」一晃眼尉遲蘭馨嫁入丞相府將近四個月了，不知道她過得好不好。蘭馨雖然派人去薛家給自己送過東西，也捎話讓她有空就過去，但因為怕平地起風波，她一直都沒有去秦家看望蘭馨。現在正值金秋時節，莊子上的石榴、柿子等果實都成熟了，雞鴨也都肥壯，所以就各樣都準備了一些，直接讓旺兒送去秦府給蘭馨。

「秦少夫人問二小姐最近可好，在家裡都忙些什麼？怎麼老是不來看她，秦府的事情離不開她，又有祖父祖母需要侍奉，所以她不得閒出來，並且還給了小的很多的賞錢。對了，還讓小的帶了許多點心果子和幾疋上好的綢緞給二小姐。」旺兒一邊回話，一邊招呼小廝把東西從馬車上抬下來，搬到無憂的跟前。

低頭望望擺在跟前的幾個食盒還有那幾疋緞子，無憂不禁更加思念蘭馨，不禁道：「蘭馨這是有心了。」

「二小姐，那咱們去秦府看望秦少夫人不就得了？」一旁的連翹提議道。

無憂知道連翹不明就裡，只是輕輕地說：「下次有機會會見面的。妳和玉竹把東西收了，等回去拿些給老太太和大奶奶送過去。」

「是。」連翹應聲，便帶著玉竹收東西了。

隨後，無憂望著那幾個正在勞作的短工，問旺兒道：「旺兒，今年能夠收多少藥材？」

旺兒趕緊上前回道：「回二小姐的話，今年的藥材長得特別好，小的估計著這幾百斤連翹、幾百斤決明子，再加上幾百斤其他散的藥材，大概能賣好幾百兩銀子呢！」

聽到這話，無憂點頭囑咐道：「你記著陰天下雨時要把藥材趕快收進來，要不然會影響藥效和成色的。等都曬乾了，就送到我告訴你的那幾家藥鋪裡去，他們都會給公道價格的。」

「小的早已經記下了，二小姐請放心。」旺兒低首道。

「等過兩天就把適合秋天種的藥材都種上，就先種一些牡丹、夏枯球、元胡、白芷、白芍吧！至於怎麼個料理法，我已經寫在這本冊子上，你按照上面指示去做就是了。」無憂從懷中拿出一本薄薄的冊子遞給旺兒。

旺兒趕緊接了，低頭翻看一眼，然後道：「二小姐，過不了兩年，咱們這莊子都可以成藥莊了。」

聽到這話，無憂點頭一笑。「其實這就是我的本意，種藥材可比種那些糧食穀物要合算許多。」

「何止合算？簡直就是一個天上一個地下，這兩百畝地種植莊稼的話，一年到頭細耕勤做也就只幾百兩銀子罷了。可要是種藥材，尤其是以後條件成熟了，種植一些名貴的藥材，那可是成千上萬的銀子也不止啊！」旺兒低頭陪笑道。

「所以今年你才要摸索經驗，儘快地熟悉這些藥材的種植方法才是。對了，這些短工如果不好用，你就揀著勤快老實的雇幾個長工吧，看看人販子手裡有沒有合適的，有勤快本分的就再買兩個小丫頭過來，以後就讓玉竹少幹些活，讓她多學學字。你給她買的那本書就很好，讓她以後也懂得怎麼種藥材整理藥材，這以後也是一項吃飯的本事。」無憂最後又囑咐旺兒道。

旺兒聽了，喜悅地點頭道：「二小姐請放心，小的兄妹兩個絕對不會辜負二小姐的信任和提攜，肯定把這個莊子打理得井井有條的。」

無憂微笑著點了點頭，眼眸望著整個金色的莊園，心中竟然充滿成就感。旺兒走後，她張開雙臂，擁抱這幅金色的圖畫……

幾日後的一個午後，連翹突然進來稟告道：「二小姐，秦少夫人身邊的夏荷來了。」耳邊突然聽到這話，歪在榻上小憩的無憂不禁睜開了惺忪的睡眼，問：「現在人在哪裡？」

「在門外等候呢！」連翹回道。

聽到這話，無憂趕緊道：「還不快請進來？」

「是。」連翹應聲後便去請了。

無憂坐正身子，雙手理了一下頭髮，正了下衣襟，心想——夏荷是蘭馨身邊的大丫頭，沒事的話是不會派她過來的。其實自從蘭馨嫁入丞相府後，無憂一直都在替她擔心，可是卻什麼也幫不了她。

隨後，連翹便帶著夏荷走進來，夏荷福了福身子，笑道：「夏荷給小姐請安，我們家小姐問您好呢！」

見夏荷的臉上並沒有焦急之色，無憂心想——大概也沒有什麼急事吧？下一刻，便道：「蘭馨叫妳過來可是有事？」

「我們家小姐可是想您呢！這不，明日我家小姐好不容易得空，要去城外的白馬寺進香，特意讓奴婢過來問您一聲，明日要是也得空，就跟我家小姐一起去。」夏荷趕緊回答。

聽到這話，無憂心下一想——好幾個月不見了，她的確也很想念蘭馨，如果一起去上香，既不用去秦府又能和蘭馨見面，那真是再好不過了。下一刻，無憂便笑道：「妳回去告訴妳家小姐，就說明日一早我在城西的大門前等她。」

「是，我家小姐這回肯定高興壞了。」夏荷笑著福了福身子，便告辭出去了。

無憂囑咐連翹道：「趕快送出去，告訴帳房打賞，分量不要太少了，打賞的錢記在我的開銷上面。」

「小姐不吩咐奴婢，也早已經囑咐過帳房了。」連翹一笑，便趕緊送夏荷去了。

第二日一早，無憂便乘馬車帶著連翹來到城西大門口，沒想到這麼早蘭馨就已經到了。無憂下了馬車，和蘭馨坐在同一輛馬車上，馬車顛簸著前進，無憂和蘭馨親熱地說著話。

「可見到妳了，我昨兒晚上都睡不著覺呢！」蘭馨看到無憂，自然是喜出望外的。

「我也是半夜都沒有睡著呢！」無憂笑道。

「還說呢，妳真不夠義氣，我在秦家整整等了妳四個月，妳也不來看我。」尉遲蘭馨嗔怪地道。

聽到蘭馨的嗔怪，無憂也感覺很抱歉，可是也沒有辦法，只得說道：「對不起，蘭馨，我……」

無憂不知道該找什麼理由的時候，蘭馨卻噗哧一笑，推了她一把，道：「跟妳開玩笑的，妳還當真了？其實我也知道妳肯定是忙才沒有來的，妳天天忙著看病、製藥，聽說妳還買了一個莊子，盯著他們種藥材。我和祖母吃了妳莊子上種的石榴什麼的，都感覺好得不得了呢！」

無憂當然知道蘭馨口中的這個祖母是秦老夫人，其實她也想過給秦老夫人送一些莊子上的土產去，可是想想秦老夫人未必願意想起她這個人，也就作罷。不過她知道蘭馨肯定會把自己送過去的東西孝敬她的祖婆婆的，倒不如把這個好人讓蘭馨做了。遂笑道：「妳和秦老夫人要是喜歡，改日我再送一些過去。」

「好了，我聽說妳那個莊子也不大，妳已經送那麼多來了，夠我們吃的了。」蘭馨笑道。

「我也聽說妳現在管著秦家的大小事務，也脫不開身，怎麼樣？丞相府的當家少夫人威不威風？」無憂不禁打趣道。

無憂的話讓蘭馨的眼眸閃過一絲羞赧，微笑道：「好了，妳就別打趣我了。妳還不知道嗎？我最懶得管那些瑣碎的事。可是沒辦法，祖母年紀大了，夫君的娘又死得早，我不管誰管呢？雖然有一個小姑，可她畢竟是個姑娘家，而且她的心也不在這上頭。」

聽完蘭馨的話，無憂點頭，端詳了一下蘭馨，說：「這幾個月妳倒是瘦了些，是不是太操勞了？」

蘭馨伸手摸著自己的臉龐道：「秦家的事情多，通常都是早上起來一直有事到晌午，一開始我還真是無所適從呢。好在我家自幼也沒有母親，在家裡也管過家，不過我家跟秦家是不能比的，只有幾個人、幾件事罷了。秦家上上下下上百人，每天上門的親戚朋友多得是，幾乎每天都有婚喪嫁娶的帖子送來，出入的銀錢也是成千上萬的。不過好在祖母她老人家慈祥開通，找了好幾個嬷嬷來手把手地教，她老人家也時常提點，所以也都應付過去了。」

「他對妳還好吧？」無憂本不想問，還是忍不住問了一句。

尉遲蘭馨當然知道這個他問的是誰，眼眸隨即一黯，不過那抹黯淡馬上就在眼眸中化開，扯了下嘴角道：「本來沒有多少瞭解的兩個人突然在一起，當然要多相處一段日子，才能達到夫妻之間的默契。不過他對我是彬彬有禮的，很是尊重，家裡的事情任憑我作主，也不多言一句。只是他的公務很忙，時常就歇在書房裡，白天他又要上朝在衙門裡做事，所以我和他單獨相處的機會也不是很多。」說到這裡，蘭馨的臉上多少有些落寞。

雖然蘭馨在掩飾眼眸中的那抹落寞，無憂還是瞧了出來。其實她知道秦顯對蘭馨就算是壞也壞不到哪裡去，他是個謙謙君子，即便是對自己的新婚夫人不甚滿意，他也會尊重對方，頂多就是冷著她罷了。可是對別的夫妻來講，畢竟是新婚燕爾，也是蜜裡調油的時候，這樣的冷淡豈不是讓人太過傷心了？

下一刻，無憂拍了拍蘭馨的手，勸慰道：「妳不是也說了嗎？畢竟以前不甚熟悉，需要一段時間來彼此瞭解也是有的。再說男人都以事業為重，我爹和妳爹不都一樣嗎？每天都是早上出去，天黑了才回來的。」

「妳不必勸我，這些我都明白。不怕妳笑話，我從第一眼看到他開始，我心裡……就再也放不下了。我家的門第如此，我知道這一生肯定是和他沒有緣分，只不過能遠遠地看上一眼罷了。可是沒想到今日我和他能有這樣的緣分，現在我能每天看到他，還能照顧他的飲食起居，以後更能夠相伴一生，妳說我還有什麼好奢求的？」尉遲蘭馨說這話的時候，眼眸中是充滿神采的。

無憂知道那抹神采是對以後的種種希望，也是對這份情的種種寄託，此刻，她的心間真的很不是滋味，感覺有欺騙了她的意味，可是就算不欺騙又能怎麼樣？告訴她的話只是讓彼此徒增傷感，這樁婚事根本是誰也改變不了的。而且當日就算告訴她秦顯的心裡並沒有她，她會就此不嫁了嗎？就算她能夠主宰自己的婚姻，大概也不會放棄這份情，也注定會像飛蛾撲火一般飛上去吧？因為她能夠看出蘭馨對秦顯的用情真的很深、很深。現在只能希望兩人可以日久生情，畢竟蘭馨是一個如此美好的女子。

「如果他知道妳對他用情如此之深，肯定會被妳感動的。」無憂笑道。

「我一直都在等那一天。」蘭馨含笑道。

又說了幾句話，馬車緩緩地停下來，隨後，外面便傳來馬夫的聲音。「少夫人，白馬寺到了。」

「咱們剛顧著說話，不想這麼快就到了。」蘭馨笑著說了一句。

「是啊。」無憂也笑道。

隨後，一個婆子在外面撩開簾子，小腳踏早已在馬車下面擺好。夏荷上前扶下蘭馨，連翹也過來扶無憂下了馬車，幾個丫頭婆子都尾隨蘭馨和無憂走上臺階，朝白馬寺走去。

這白馬寺始建於前朝，也有幾百年的歷史，裡面供奉的是觀世音菩薩，據說很靈驗，幾百年來都是香火鼎盛。現在正處於秋收季節，來上香的人並不是很多。

上了無數的臺階，終於來到廟裡。大概秦家常常來上香吧，一個婆子去了一會兒，便走出一位年輕的和尚，上前雙手合十對蘭馨道：「施主有禮了。」

蘭馨趕緊低首道：「請問一扇大師在嗎？我家老夫人讓我代為求籤，想請一扇大師解籤。」

「一扇大師正在打坐，請施主先行求籤，半個時辰後一扇大師自會過來為施主解籤。」那小和尚回答道。

「有勞小師父了。」蘭馨低首說了一句，那小和尚說了一聲阿彌陀佛便退出大殿。

小和尚走後，無憂笑問：「妳今日是來求籤的？」

「是祖母讓我替我的小姑玉郡主求籤的。」蘭馨回答。

聽到這話，無憂不禁想起以前的傳聞，便問：「玉郡主現在怎麼樣了？」

蘭馨轉頭望了一眼夏荷，夏荷便會意地把人都帶著退出大殿，連同連翹也一同跟了出去，只剩下蘭馨和無憂兩個人的時候，蘭馨才說：「我家小姑的事妳是不是也聽說了？」

「聽說了一點。」無憂點點頭。

「這也難怪，前些日子玉郡主的事在京城真是傳得沸沸揚揚的，祖父祖母還有夫君都擔心死了。這些日子她一直都鬱鬱寡歡，這不祖母今日讓我來幫她求個籤。」蘭馨憂心地道。

「姻緣的事還要多開導她，讓她自己想開才好。」世間人都過不了一個情關，古代的女子更是。

「唉！這可難了，妳也不是不知道她對沈將軍的心意也不是一天兩天，等了這麼多年，她滿以為自己肯定能嫁給沈將軍。沒想到沈將軍卻當面拒絕了她，現在更是遠走邊關，妳說她怎麼受得了？」蘭馨嘆氣道。

聽到這話，無憂一皺眉。「妳是說沈將軍當面拒絕玉郡主？」這在古代大概也是奇恥大辱，難怪玉郡主會受不了。

「其實秦沈兩家對這樁婚事都是贊同的，誰知道沈將軍就是不肯，難道真的如同外面流傳那樣，沈將軍是中意那個開酒坊的梅娘？可是一個坊間女子怎麼也不能嫁入沈家啊，就算是做妾也都是貽笑大方的事。難怪郡主會如此生氣地去梅閣大鬧一場，換作是誰也受不了的。現在郡主在家裡不梳洗、不吃飯，祖母她老人家可愁死了，只能來請示一下菩薩了。」說完，蘭馨便跪在菩薩跟前，虔誠地禱告一會兒，然後拿起籤筒，晃了又晃，只見一百支竹籤在籤筒裡碰擊著，一會兒後便從籤筒裡掉出一支籤。

一旁的小沙彌從地上撿起籤，低頭一看，道：「是第六十九籤。」說完便雙手遞給了蘭馨。

蘭馨低頭一看，唸道：「鳳去秦樓，雲斂巫山？」

聽到蘭馨的話，無憂伸手接過蘭馨手裡的竹籤，掃了一眼，不禁皺起眉頭，疑惑地道：「這是什麼意思？」

「妳我俗人，看來只能等一扇大師來給解籤了。」蘭馨低頭想了一下，也不知道什麼意思。

「聽說這裡的籤還挺靈驗的。」無憂記得上次和母親一起來過，母親還求了一支，據說京城裡許多小姐夫人都到這裡來求籤呢！

「是啊，不瞞妳說，兩年前我也來這裡求過一支，籤文的內容我忘了，解籤的大師說是心想事成，沒想到還真的應了那支籤呢！」說這話的時候，蘭馨的臉都飛起了雲彩。那個時候她心中對秦顯早已經芳心暗許，只知道那幾乎是不可能的。因為雖然秦顯的妻子已故，但京城裡達官貴人的名門千金可是都對他青睞不已，哪能輪得到她這個門第低下，容貌又不傾國傾城的普通女子呢？

「怪不得好多女子都到這裡來求籤，看來還是很靈驗的。」無憂笑笑。

「對了，無憂，妳也求一支吧？」蘭馨突然提議道。

聽到這話，無憂不禁失笑。「我？算了吧，我有什麼好求的？」

「當然是求姻緣了。」蘭馨說。

「我第一不想嫁人，第二又沒有心上人，我求什麼啊？」無憂笑道。

「就看看妳的姻緣什麼時候到嘛。」說著，蘭馨便推著無憂跪在菩薩面前，並把籤筒塞進她的手裡。

低頭望望手裡的籤筒，無憂在前一世從來不信這玩意兒的，不過今日蘭馨堅持，抬頭望望那金光閃閃的觀世音菩薩，無憂心裡默唸：「菩薩，上一世我沒有等到姻緣就莫名地來到了這一世，不知這一世我是否會有姻緣？如果是一段孽緣的話，那倒還不如沒有，請菩薩明示吧！」默唸完，她便閉著眼睛虔誠地開始搖晃手裡的籤筒。不多時，只聽啪嗒一聲，有一支竹籤從籤筒裡蹦到地上。

睜開眼睛，蘭馨已經把那籤撿了起來，低頭唸道：「第三十二籤，山重水複疑無路，柳暗花明又一村。」

聽到這句熟悉的詩句，無憂伸手接過那籤，低頭看了一遍，不禁蹙起了眉頭，道：「這是什麼意思？」

「一扇大師來了，咱們去找他解籤吧？」這時候，蘭馨一抬頭，只見一位留著長長白鬍子的老和尚走了進來。

蘭馨似乎認識這位老和尚，上前低首道：「一扇大師好。」

「施主有禮了。」那老和尚單手拿著佛珠低首道。

「這是為我家小姑求的籤，還請一扇大師解籤。」說著，蘭馨雙手把手中的竹籤遞給一扇大師。

那一扇大師接過竹籤，低頭看了一眼，然後唸道：「鳳去秦樓，雲斂巫山。此乃中籤，所謂功用深謀，人士欠周，隨緣度日，不必過求。」

聽到這話，蘭馨凝了一下神，然後問：「這意思就是現在的姻緣不成？」

只見一扇大師雙手合十道：「阿彌陀佛，姻緣天定，不可強求。」

蘭馨不禁有些失望，隨後，她便又把剛才無憂求的竹籤雙手遞給一扇大師，道：「一扇大師，這是我好友求的籤，請您解一下。」

一扇大師接過蘭馨手中的竹籤，低頭唸道：「山重水複疑無路，柳暗花明又一村。」唸完，抬頭看了無憂兩眼，眼神好像閃了一閃，嘴角略略上抿露出一抹笑意，轉頭望著殿外，說：「前面一片重重疊疊之山嶺擋住去路，本以為再無路可行，誰知前方忽而出現一村子來。在心灰意懶，萬念俱灰之時，忽然峰迴路轉，來了一線生機。此生機為君帶來莫大希望，是人之命運也，汝已入佳境，必有佳遇。這是一支上上籤，不過要先經過磨礪方可。」

蘭馨不禁一喜，問：「這麼說我朋友以後會有一段良緣了？」

那一扇大師點了點頭，望著無憂笑道：「何止良緣，這位施主的心性不是一般女子可比。」

無憂一愣，剛才一看到這位大師，她便感覺這應該是一位得道高僧。現在仔細端詳，只見其滿面紅光，雙眼炯炯有神，尤其是眼眸深遠中帶著慈悲。

「一扇大師，那這良緣什麼時候會來啊？」蘭馨熱心地問。

一扇大師笑道：「這位施主已經紅鸞星動了。」

無憂不禁眉頭一皺，蘭馨則是欣喜地對無憂道：「妳的良緣已經到了。」

「別瞎說。」說得無憂臉都有些紅了。

「謝大師。」蘭馨和無憂低首送走了一扇大師，隨後便有一名小沙彌過來為她們帶路，穿過佛堂後，來到了一處清幽安靜的禪房。二人在此用過了齋飯，在禪房裡休息了一下，又說了不少的體己話。天色漸暗的時候才離開白馬寺，進了城門之後，兩人才依依不捨地分開。

第二十三章

等無憂和連翹回到薛家時，已經快到掌燈時分。

無憂邁進朱氏的屋子，見朱氏正繡著一幅鴛鴦戲水的花樣，無憂不禁笑道：「娘，您怎麼忽然想要繡這個東西？啊，不會是給爹的吧？」

聽到這話，朱氏白了無憂一眼，說：「我都這把年紀了，還給妳爹繡這個？妳想讓人笑話死為娘啊？」

古人就是如此，只不過才四十歲剛過，在現代這個年紀的人可是活得正精采的時候呢！無憂在八仙桌前坐下來，托著腮調皮地道：「娘，您還年輕得很呢！說不定以後還會給我生個弟弟或是妹妹。」

「妳再胡說，我可要打妳了。」朱氏笑著拍了一下無憂的胳膊。

「呵呵……」無憂呵呵笑著。

這時候，站在一旁的宋嬤嬤道：「奶奶，其實二小姐說得也未必沒準兒，過了四十歲生孩子的多得是呢！」

「妳又不是不知道，我懷孕艱難，嫁進薛家多年才有了無憂和她姊姊，無憂還是我吃了不知多少服藥湯才有的。況且我那時候才二十多歲，現在我都四十多歲，那是更不可能的事了。」想起往事，朱氏仍舊感覺很不易。

「好了娘，我現在就盼著您身體康健，長命百歲就好了。」無憂拉著朱氏的手道。

「娘知道妳孝順，要是妳姊姊也在我身邊就更好了。」說起薛柔，朱氏不禁眼中都泛起了淚花。

見朱氏傷感起來，無憂趕緊轉換話題，手撫著朱氏繡的大紅底色的鴛鴦戲水花樣子問：「娘，既然您不是繡給爹的，那這鴛鴦是繡給誰的呀？」

朱氏知道自己傷感也只讓身邊的人傷心，便趕緊擦了擦眼淚，微笑道：「這是為妳準備的。」

一聽這話，無憂當即愣在當場。因為今日那個什麼一扇大師才剛說自己紅鸞星動，現在就看到娘為自己繡什麼鴛鴦戲水，難道真的是……下一刻，她便趕緊問：「娘，您為什麼突然給我繡這個東西？」

看到無憂緊張的樣子，朱氏笑道：「傻孩子，妳今年都十七歲了，雖然現在婚事還沒有著落，可是為娘的也要為妳準備著才是。萬一親事哪一天定了，再著手準備就來不及了。」

聽到這話，無憂才算是鬆了一口氣，心想——可真嚇死人啊。

一旁的宋嬷嬷笑道：「二姊，奶奶也是疼妳，不想妳出嫁的時候急急忙忙的，現在先準備起來，到時候肯定是錯不了的。」

「喔。」無憂勉強一笑，她現在可是很反感婚事啊、成親什麼的，現在莊子和製藥的作坊剛有些起色，她還有許多事情要做呢。成了親以後，不但有了約束，還要面對一個可能自己一生都不會喜歡的人，要應付一大家子，想想她就頭疼了。

看到無憂的樣子，朱氏和宋嬤嬤相視一笑，隨即都搖了搖頭，人家少女都是懷春的，但是她們家的二姊似乎一點都沒有。

無憂的眼眸不經意地一瞥，忽然看到牆角桌上放著幾包用榮聖齋字樣的紙張包起的點心，無憂不禁問道：「娘，爹給您買的點心？」

「不是。」朱氏搖頭。

聽到不是爹買的，無憂好奇地問：「那是誰買回來的？」能給朱氏買點心的人除了薛金文也就只有自己了，既然她沒有買，爹也沒有買，那會是誰買回來的？

看到無憂疑惑的神情，一旁的宋嬤嬤笑道：「二姊，您猜猜這點心是誰買的？保准您啊猜不著。」

看到宋嬤嬤的表情，無憂不禁擰了眉頭，指著宋嬤嬤道：「不是您讓平兒出去買的？」宋嬤嬤又搖搖頭。這下，無憂真是納悶死了，那到底是誰買的？朱氏的娘家在京城根本就沒有什麼親戚啊？

這時候，朱氏開口了。「是妳二娘今兒早上送過來的。」

「二娘？」聽到是李氏送來的點心，無憂不禁吃了一驚，心想——她可是已經都三個月沒出過門了，反正自己是沒有碰見過她，這次怎麼這麼殷勤地送點心來？按照她和蓉姊兒的性子，應該是恨透了她們母女才是吧！

「是啊，對了，前兩天還送了梨子來。看到她，我自己都有些不自在，不過她好像比以前更加恭敬了，真不知道在想什麼呢！」朱氏搖了搖頭道。

「恐怕是黃鼠狼給雞拜年，沒安什麼好心吧？」一旁的宋嬤嬤插話說。

「妳說現在老太太和大爺都厭煩看到她，她還能耍什麼花樣出來？」朱氏不解地道。

不過，無憂倒是贊同宋嬤嬤的話，所謂本性難移，他們要變壞很容易，若是變好的話，還真是不大可能，所以便囑咐朱氏道：「娘，以後您凡事小心一點為好，沒事的話不要理會二房他們。」

「我也不想理她，可是俗話說伸手不打笑臉人，人家過來恭恭敬敬地給我請安，又拿了東西來孝敬我，我也不能太冷了人家，再說畢竟以後還是要在一個屋簷下生活的。」朱氏無奈地道。

「奶奶您就是太心善了。」宋嬤嬤撇了撇嘴道。

第二日一早，無憂在朱氏屋裡用過早飯，正陪著朱氏和宋嬤嬤說話，不想這時候連翹跑進來稟道：「大奶奶，二奶奶的娘家姪子來給您請安呢！」

聽到這話，朱氏不禁擰了眉頭，道：「以前她娘家人逢年過節的都不過來給我請安，今兒這是吹哪陣風了？」

李氏的娘家姪子以前無憂曾見過幾次，只記得此人長得肥頭大耳，一雙眼睛一點正氣也無，她對這人一點好印象都沒有。

這時候，宋嬤嬤道：「奶奶，二奶奶的娘家姪子老奴見過幾次，不是什麼正路上的人，不見也罷了。」

朱氏隨即點了點頭，便對平兒道：「妳去告訴他，就說我身子不爽利，不便見他，叫個小廝招呼他去前廳喝茶吃點心。」

「是。」平兒點點頭，便應聲去了。

平兒走後，宋嬤嬤笑道：「奶奶，您說這幾日這二奶奶那邊是怎麼回事啊？不但自己又送東西又請安的，還讓她娘家姪子都過來了，這些年她哪曾如此過。」

聽了宋嬤嬤的話，無憂心想——如果真是為了義哥兒考舉人的事，也用不著她娘家姪子過來給母親請安吧？那還不如去求老太太來得直接，薛老太太就這一個孫子，雖然知道義哥兒不爭氣，但畢竟他是薛家唯一的男丁，薛家以後還是要靠男人的。

正說著，只聽外面一陣嘈雜的聲音。「李少爺，你不能進去，大奶奶在休息呢！」

「妳別攔著我，我是來給大奶奶請安的……」這聲男音傳來的時候，平兒已經攔不住李大發，只見他手裡提著好大一塊豬肉大剌剌走了進來。

看到這個李大發如此的莽撞，無憂厭煩地擰了下眉頭，朱氏則是面慈心軟，只好道：「快請李家少爺進來吧！」

聽到主子的話，平兒只好無奈地讓了路。那李大發手裡提著大概有十幾、二十幾斤的豬肉，走到屋子中央作揖道：「姪兒給大奶奶請安。」

「免了、免了，快給李家少爺看座上茶。」朱氏的臉上勉強扯出一個笑容。

「謝大奶奶，對了，我家的肉鋪又重新開張了，這不揀了一塊好肉來孝敬大奶奶呢！」說著，李大發的眼眸一閃，瞥見坐在一旁的無憂，眼眸不禁一亮，眼神竟然發愣了，那種垂涎欲滴的目光簡直讓無憂作嘔，她一刻都不想多待，起身就要走。

朱氏也看到李大發看無憂的眼神了，她心中很不悅，但依舊忍耐著道：「你有心了。」瞅了一眼平兒，平兒趕緊過來接了。

「娘，我還有事，先回屋了。」無憂對朱氏說了一句，朱氏點了點頭，無憂轉身要走，可是那李大發竟然擋住她的去路，無憂不禁有些惱了。

「怎麼我一來，二小姐就要走啊？還想著和二小姐說幾句話呢！」李大發一邊說，眼眸一邊在無憂身子上下打量著。

李大發的行為簡直讓無憂氣炸了肺，只是還不好發作，便冷冷地道：「我還有事，失陪了。」說完，便轉身頭也不回地走了。

「欸，二小姐……」見無憂走了，李大發邁步竟然想追上去。

還是一旁的宋嬤嬤攔住他的去路，語氣中有些嘲諷地道：「李少爺，茶來了，您喝杯茶潤潤嗓子吧。」

見無憂已經出了門，李大發才轉眼看看宋嬤嬤，很不客氣地說了一句。「多謝。」說完，便一屁股坐在繡墩上，接過平兒遞過來的茶水，低頭喝了起來，上茶的平兒也是氣得不得了。

喝了兩口茶後，那李大發好像並沒有發現朱氏的不悅，反而聊起家常來。「大奶奶最近身體可好？家母改日想來拜訪您呢！」

「我身體現在還不錯，你們家現下做著買賣，別讓你母親辛苦跑這一趟了。」李氏那個弟媳她知道幾分，簡直就是個潑婦，所以她還是不要來了吧！

「不辛苦、不辛苦。我母親在家裡時常提起大奶奶呢，說和您最投緣了。對了，我母親說了，您要是想吃個什麼豬耳朵、豬頭肉、豬蹄子之類的，只要派個人來說一聲就是了，我肯定給您留下最好的孝敬您。」李大發說話時那一臉的橫肉啊，尤其他又提到什麼豬頭肉、豬耳朵、豬蹄子，簡直就令人作嘔。

又說了兩句話後，朱氏便不想再和李大發說一句話，扶著頭道：「賢姪啊，我有些倦了，不能陪你說話，不如你去你姑母那裡坐坐吧！」

聽到朱氏下了逐客令，李大發只得訕訕地站起來，笑道：「那小姪就告退了。」說罷，便轉身走了。

李大發走後，朱氏不禁手按著自己的太陽穴道：「真是頭疼死我了。」

「這是什麼人啊？剛才看到咱們二姊，眼珠子簡直都要掉下來了。而且不讓他進來，他還硬闖了，當初老太太給大爺找的妾，怎麼就找了這麼個人家？怪不得二奶奶那個脾性呢！」宋嬤嬤抱怨道。

「好了，別嘮叨了，沒來由地心煩，幫我揉揉頭。」朱氏給煩得不得了。

宋嬤嬤趕緊上前幫朱氏揉太陽穴，並且吩咐平兒道：「平兒，趕快把那個李大發喝的茶碗拿出去給下人用，還有他坐過的那個繡墩，也拿出去用水刷刷。」

「知道了。」平兒說著便搬著繡墩出去了。

無憂窩了一肚子的火，從朱氏屋裡出來，回到自己的房間，正在打掃的連翹看到二小姐回來臉色不對，手裡拿著雞毛撣子趕緊上前問道：「二小姐，您這是怎麼了？大清早的誰惹您生氣了？」二小姐這個人一直都是喜怒不怎麼掛在臉上，今日這般生氣，肯定是有什麼事了。

無憂轉身坐在八仙桌前，說：「給我倒杯涼茶來。」

連翹趕緊倒一杯茶，端到無憂面前，陪笑道：「二小姐，天涼了，大清早的喝涼茶對身子不好，這茶是溫的，正好喝。」

無憂伸手接過連翹手裡的茶碗，仰頭便咕嚕咕嚕地喝了個底朝天，把茶碗放在八仙桌上，便道：「二娘那個娘家姪子，真是噁心死我了，一雙眼睛直愣愣地往我身上看，好像八輩子沒看過女人似的。」

聽到這抱怨，連翹不禁道：「二奶奶的娘家姪子不就是那個叫什麼李大發的？這名字取得可真俗不可耐，那一臉的橫肉還真像個暴發戶呢，二小姐，您怎麼看到他了？」

「他提著一塊豬肉，剛才來給娘請安。娘根本不想見他，可是那個人不識趣地硬是闖進來，估計娘也是被煩死了。」無憂還在抱怨著。

「哦，聽說二奶奶娘家的肉鋪子又開張了，那個李大發的樣貌倒是挺適合賣豬肉的，呵呵……」連翹的一句話讓無憂也不禁笑了起來。確實，他那張臉長得真像豬頭肉呢！

見二小姐笑了，連翹上前笑道：「二小姐，您說他們二房這幾日怎麼總是跑到大奶奶跟前獻殷勤啊？」

一句話正好說到無憂的疑惑之處，不過還摸不清楚他們到底是想做什麼，遂說了一句。

「誰知道他們又在搞什麼鬼？」

「依奴婢看啊，不管搞什麼鬼，總沒安什麼好心眼，咱們可得提防著一點才是。」說完，便轉身又倒了杯熱一點的茶水，放在無憂的面前。

無憂端起茶碗，若有所思，心想——就算是為了義哥兒考舉人的事，也用不著讓她娘家的姪子來跑這一趟啊？再說，若為了義哥兒的事，就該來討好她，而不是每每去討好自己的娘。看來，她真得好好想想他們這葫蘆裡賣的是什麼藥了。

時候過得很快，一晃就是一個月有餘，天氣也真正轉涼了，夜涼如水，夜裡都要蓋上厚棉被才能抵禦寒冷。

那日以後，無憂再也沒有看到過李大發，也就把這件事放在了一邊，因為製藥作坊和莊子上有好多事都等著她籌劃，也就顧不上其他了。

多日來，李氏和蓉姊兒也非常安分守己，沒事也不出自己的屋子，見到朱氏也很恭敬地行禮請安，隔三差五的還會送點果子、點心來孝敬朱氏，見到無憂也都和顏悅色，彷彿變了個人似的，所以這些日子，薛家也算是一家和樂。不過無憂總是隱隱覺得彷彿這裡面並不簡單，可是又沒有發現什麼蛛絲馬跡，也就只能以不變應萬變了。

咚咚……咚咚……

二更天的更鼓響起的時候，無憂還坐在書案前看著醫書，連翹則是往一個大木桶裡舀著熱水，不一會兒，屋子裡便到處都是升騰的氤氳水氣了。

試了試木桶裡的水溫，連翹又往裡面撒了些玫瑰花瓣，才轉頭對無憂道：「二小姐，水好了。」

聽到這話，無憂打了一個哈欠，放下手中的書本，起身走過來。此刻，無憂身上只穿著一件粉紅色的對襟小襖，裡面露著蔥綠色的抹胸，雪白的頸子露在外面，一頭濃密的秀髮毫無束縛地披散在腦後，顯得她的臉龐更加白皙雪嫩。下身是一條白綾百褶裙，最尋常的家常打扮，舉手投足之間卻有說不出的清麗窈窕。

「二小姐，奴婢幫您寬衣吧？」連翹上前道。

「還是我自己來吧！」無憂擺了擺手，自己開始寬衣。

穿衣戴帽這些小事無憂都是自己來的，這些還讓人伺候，她很不習慣。連翹也不勉強她，畢竟這麼多年了，她也明白主子的性子，所以只在一旁伺候著。

剛脫下身上的小襖，露出蔥綠色的抹胸，胸前的曲線讓人引起無限的遐想。正在此時，無憂的眼眸似乎看到外面窗子上有個黑影一閃。她趕緊背過身去，蹙緊了眉頭。

「二小姐，怎麼了？」看到無憂的樣子，連翹趕緊問。

這時無憂則是背著身子，朝著連翹做了一個噤聲的動作，她不能打草驚蛇。然後低頭望望腳底下一桶還在冒著熱氣的熱水，嘴角扯起一個狡黠的笑意。眼眸朝連翹示意了一下，連翹轉頭望望窗子的方向，也眼尖地看到似乎真有一道黑影正趴在窗子上偷看，她不禁會意地一勾嘴唇，笑著大聲道：「二小姐，要不要奴婢幫您脫裙子啊？」

「不用了，我自己來。」無憂回答了一句。

只見連翹悄悄地提著水桶往窗子處挪了挪，然後便猛地雙手推開窗子，隨後迅速地彎腰提起水桶就往外潑去。

「唉唷……」隨即，外面連同水聲同時響起了豬嚎般的聲音。

這時候，無憂早已把小襖套回身上，她和連翹一起衝出門外。連翹手裡執著燈火，來到窗子底下一看，只見是李大發躺在地上，身上全都是泥水，並且哭嚎著。

「唉呀！燙死了……」

待到無憂看清楚是李大發的時候，不由得皺起了眉頭，質問道：「你怎麼會在這裡？」

「我……我……」被燙著的李大發支支吾吾地說不上來。

連翹卻是發狠地道：「二小姐，您還問這多餘的話做什麼？他來偷看您洗澡，真是罪該萬死！」說完，便上前狠狠地用腳踢著那團肉。

「唉唷！唉唷！二小姐饒命啊……」那李大發疼得更嚎了。

這時候，夜裡的這一陣嘈雜聲大概是把院子裡的人都吵醒了，只見一個人影一邊喊一邊跑了過來。「唉呀！大發啊，這是怎麼了？」

看到來人是李氏，李大發直哭嚎道：「姑姑，救命啊！」

李氏看了一眼地上的姪子，便抬頭求無憂道：「二姊啊，妳大人有大量，就饒了大發這一次吧？他下次再也不敢了。」李氏的聲音很大，在深秋的夜裡格外的顯聲。

聽到李氏這話，無憂不禁一愣。就在這個當口，大概這裡吵鬧的聲音把眾人都吵醒了，各屋都亮起了燈，先趕出來的是幾個下人，隨後薛金文和朱氏都披著衣服走了出來，還有宋嬤嬤、平兒等也都提著燈過來了。

「怎麼回事？」薛金文披著外袍上前問。

一時間，眾人都噤了聲，無人回答，朱氏上前一望，不禁皺了眉頭道：「這不是李家少爺嗎？」

看到薛金文和朱氏，李大發則是呼天搶地求饒道：「姑父、大奶奶，饒命啊！姪兒下次再也不敢了……」

「到底是怎麼回事？」薛金文怒喝道。

這時候，李氏忽然道：「大爺，大發也是因為愛慕二姊，一時糊塗才……做出了這樣的事，還請大爺、大奶奶饒恕他吧！千不該萬不該是我今日不該把他留宿在咱們家。」

眾人一陣狐疑，薛金文和朱氏對視了一眼後，便繼續問道：「金環，妳把話說明白點，到底是怎麼回事？」

李氏瞟了一眼冷眼望著她的無憂和直盯著她看的眾人，回答：「大爺，自從我這姪子大發看到二姊後，就茶不思、飯不想的，從前幾日就一直纏著我來求親，可是我想大發怎麼配得上二姊呢，就一直沒有答應。誰知道這孩子死心眼，今兒在我那裡吃醉了酒，沒想到……沒想到就跑到這裡胡來了，唉……」

聽到這話，朱氏先是一驚，然後轉頭望了無憂一眼，只見她的秀髮都披散著，上身只穿了一件露頸小襖，下身是一條白綾裙子，這幾乎是睡覺時候穿的衣服，所以趕緊推了無憂一把，關切地道：「無憂，妳沒事吧？」

「沒事。」無憂搖了搖頭。此刻，無憂大概明白了李氏他們要打什麼主意了。

「胡來？怎麼胡來了？」一聽「胡來」這兩個字，薛金文不禁怒吼起來。

薛金文的怒吼讓在場的人誰都大氣不敢出，因為他們都看得出薛金文是真的生氣了。薛金文的眼睛往地上一看，只見到處都是水跡，那個李大發身上幾乎都濕透了，剛才雖然是熱水潑在他身上，可是現在天涼，不一會兒他就冷得縮成了一團，還在瑟瑟發抖呢！轉頭望望無憂身後大開著的窗子，屋子裡只見有一個大木桶，那明顯是洗澡用的。看到這裡，薛金文的眼眸一瞇，眾人的眼光也循著他的視線看到了那個洗澡用的大木桶，一下子大概都明白是怎麼回事了。

這時候，李氏忽然帶著怯意地回答了薛金文的問題。「大爺，大發真的不知道二姊在洗澡的，他只是借著酒勁過來跟二姊表白的。唉呀，真是該死的，怎麼就碰到了這個當口呢！」

在場的人聽得都是一陣唏噓，薛金文不由得便發怒了，他的手指著躺在地上的李大發怒斥道：「你……你這個下流胚子！竟然打起我女兒的主意來了，你……你……」薛金文氣得在原地來回走了兩趟，便吩咐一旁的興兒道：「拿棍子來，給我打出去！」

「是。」興兒一聽這話，立即吩咐旁邊的兩個小廝抄棍子，那兩個小廝也趕緊拿著棍子上來就朝李大發打。

「大爺啊，饒了大發吧！他真的只是愛慕二姊而已。」李氏哭天喊地地求著。

可是薛金文這次真的是被氣壞了，一腳便把李氏踹到一邊，吩咐小廝們把李大發一頓好打，然後直接給拖了出去。

站在廊簷下來回走了好幾趟，薛金文指著下人們道：「今日的事誰也不許再提起，要是讓我聽到一個字，都一頓板子打死為止。」

「奴才們謹記大爺的話，誰都不敢說一個字！」興兒帶著眾家奴跪倒在地道。

這晚，回到朱氏的臥室後，朱氏不由得在薛金文面前哭泣。「大爺，你可得給無憂作主啊，這孩子怎麼就這麼七災八難的？要是有什麼不好，全部都落在我身上好了，不要再折磨我的二姊了，嗚嗚……」

看著妻子哭泣，薛金文不禁攥緊了在袖子裡的拳頭，咬牙切齒地道：「明日我就去報官，怎麼也要把那個畜生流放到邊關去受幾年苦。」

「不要！」薛金文的話讓朱氏一陣緊張，趕緊道：「這件事還是要壓下去才是，無憂還沒有訂親，這要是傳出去，說不定得傳得多難聽呢，她以後更不好嫁人了。」

聽到妻子的話，薛金文拍了一下腦門，道：「唉，看我都氣糊塗了。」

低頭想了一下，朱氏道：「這件事要不要告訴老太太？」

「還是不要了，省得讓她老人家擔心，今日也暴打了那個畜生一頓，以後我會吩咐門上，再也不讓那個畜生登門。」薛金文面色嚴肅地說。

朱氏點了點頭，半晌後才道：「也只能如此了。」

回到房間，無憂坐在床前半天沒有言語，連翹小心翼翼地把一杯熱茶遞過來，道：「二小姐，喝杯熱茶壓壓驚吧！」

「嗯。」點了下頭，無憂接過連翹手中的茶水抿了一口。

見無憂臉上沒有任何表情，連翹張了張嘴巴，半天沒有說出話來。

無憂見了，扯了下嘴角道：「有什麼話就說吧！」

聽到無憂的話，連翹才道：「二小姐，您……沒事吧？」畢竟，在古代未婚女子被男人偷看洗澡可不是什麼光彩的事，尤其是這話好說不好聽的。

「妳看我像有事的嗎？」無憂反問。

連翹對自家主子的脾性還是很瞭解的，她應該不會把這件事放在心上，可是這畢竟關係到女子的名節，所以道：「那個李大發今日也受了些教訓，您就別生氣了，小心氣壞了身子。」

想到李大發先是被燙傷，後又被凍著，然後被連翹踢了幾腳，最後被小廝又打了幾棍子，再說自己也沒有讓他看到什麼，倒還挺讓人痛快的，而且想到他那副狼狽樣子，也不禁微微一笑。「我才不會為那樣的人生氣呢！」

「二小姐說得是，那畜生怎麼值得您生氣呢？」連翹趕緊陪笑道。

起身走到八仙桌前，放下手裡的茶碗，無憂不禁問道：「我不是吩咐妳那個畜生再來時讓小廝跟著嗎？怎麼今晚讓他自己跑過來？」

一聽這話，連翹趕緊說：「奴婢確實是吩咐下去了，肯定是小廝們光顧著玩沒有盯緊，明兒奴婢就去讓興兒看是誰偷懶，保管打他幾板子。」

「算了，這事也不怪下頭的人。」無憂擺了擺手。

「不怪他們怪誰啊！要是他們能夠把人給看住了，就不會有今晚上這一齣了。」連翹叫道。

聽到連翹的話，無憂冷笑道：「妳以為今晚的事，只是那個畜生一個人所為嗎？」

「那還有誰？」連翹不禁皺了眉頭，不明白無憂話裡的意思。

「咱們薛家雖然不是什麼大戶，但畢竟也不會隨便留男子住宿的，二娘自然知道這個道理，就算是留她姪子過夜，也該讓丫頭們看著，不要隨便在內宅亂走，難道她不知道內宅裡住的都是奶奶和小姐嗎？而且那個畜生縱然再色膽包天，也不至於做出這樣沒腦子的事情，難道咱們家父親和那些小廝們都是吃素的嗎？」無憂分析道。

「也是啊，難不成那個畜生是有人縱容不成？難道是……二奶奶？」連翹一邊踱著步子一邊猜著。

「除了她以外還會有誰？剛才在外面我就感覺事情有些不對勁了，二娘住得離娘她們遠不少，怎麼就比這個院子的人來得還早？再說現在都已二更天，一般都睡下了，爹和娘都是披著衣服出來的，可是二娘卻穿得很整齊，好像就是算準了那個時候跑出來的一樣。」無憂繼續說。

連翹低頭回憶了一下剛才的事，不禁點頭道：「對啊，剛才二奶奶說話的聲音好像也比平常大，還把罪名直接扣在她姪子身上，要是換作以往，二奶奶可是會找出千萬個理由來，抵死不承認她姪子會做出這種事的。」

「所以說他們很可能是商量好這麼做的。」無憂接話說。

「他們也太可惡了！整天閒著沒事就想著害人。」連翹憤恨地道。
「可是這樣做對他們有什麼好處？」無憂不禁冥思苦想。
想了半晌，連翹突然說：「他們是想敗壞二小姐的名節吧？」
聽到連翹的話，無憂牽動了一下眉頭道：「這個我也想過，可是那個李大發沒必要為了破壞我的名節挨這一頓打罵，他根本就一點好處都得不到，這不符合常理。」
「也許那個李大發是受二奶奶指使呢！」連翹想了一下說。
無憂緩緩地搖了搖頭。「妳說那個李大發平時有這麼孝敬他的姑姑嗎？不顧任何後果來幫她報復咱們？」
「要說也是，那個李大發和他爹一個樣，都是無利不起早的，沒有好處的話，他們哪會來做這樣吃力不討好的事啊。」連翹點點頭。
「所以今日我才疑惑，這裡面肯定有什麼內情。」無憂的手擺弄著茶碗的蓋子說。
「好了，二小姐，反正那個李大發這次也沒少挨折騰，您想昨兒他是一熱又一凍的，肯定今兒不發燒也得著涼。而且我可是狠狠地踢了他好幾腳的，又有幾個小廝狠狠地打了他幾棍子，他也受到教訓了，保准以後再也不敢做這種下流卑鄙的事了。」連翹笑道。
想想昨兒李大發那狼狽樣倒也有幾分解氣，不過無憂還是道：「恐怕事情沒有這麼簡單就完了。」
「他們還能怎麼著？頂多也就是玷污您的名節，可是大爺昨兒不是吩咐了嗎？昨夜的事誰也不許透露一個字出去，要不然就打了攆出去！再說二小姐您也沒有被那個畜生怎麼樣啊。」一連翹不解地道。

「靜觀其變吧！」雖然如此說，但無憂還是有一種預感——這件事應該只是個開端而已。

話說李大發昨夜被打了幾棍子，幸虧有李氏護著他，興兒才不至於帶著人把他給打殘了。被轟出薛家的時候，全城都已經宵禁了，他不能隨便亂走，只能蹲在牆角處避風，身上都濕透了，這樣夜涼如水的天氣簡直是如履薄冰，陰森森的風兒吹在他濕漉漉的衣裳後，把他凍得牙都在打哆嗦。幸虧後半夜的時候，李氏命紅杏偷偷拿了一條被子過來給他披上，要不然這一夜非把人凍死不可。直到天明以後，李氏才和蓉姊兒以及紅杏、綠柳雇了一輛馬車，悄悄把李大發送回家裡去。

「哈啾！哈啾！哈啾！哈……」身上裹著被子，手裡抱著暖爐，李大發還是一個噴嚏又一個噴嚏地接著打個不停，鼻子裡不斷冒出鼻涕來，在熱呼呼的炕上坐了有半個時辰，身子還在瑟瑟地發抖。

看到寶貝兒子被折磨成這個樣子，李大發的娘田氏心疼得不得了，眼眸中都含著眼淚，伸手接過身後丫頭遞來的熱騰騰薑湯，遞到兒子的嘴邊讓他喝了。隨後，田氏瞅了瞅一直坐在旁邊陪著的李氏，抱怨道：「我說姊姊，不是我這個做弟妹的說妳，妳那都是什麼破主意啊，差點把妳姪子的命給搭進去。」

畢竟是自己的親姪子，李氏也很擔心，只得陪笑道：「弟妹，這不入虎穴焉得虎子，今日大發吃的苦，以後那可是有大報酬的。」

「什麼大報酬啊？不是說那個無憂根本就不拿正眼看我們大發嗎？這次又把你們家大爺給得罪了，說是再也不允許大發進薛家大門。這下可好，沒有吃到狐狸肉，倒弄得一身騷。」田氏不滿地發著牢騷。

「妳有點耐性好不好？就憑大發這樣子，怎能讓他們心甘情願把無憂嫁給他？總要吃點苦，經歷一些波折的。」李氏只得勸道。

這時候，裹著好幾層被子的李大發發牢騷道：「姑姑、娘，我不要娶那個什麼無憂了，長得又不是天仙，還讓少爺我受這樣的苦。」

聽到姪子的抱怨，李氏皺著眉頭，也有些不耐煩了。「不願意就不願意，我還不是為了你們好。你們現在日子過到了什麼地步？就只剩下幾十畝地和這棟老宅子，外加一個肉鋪而已。我兄弟辛辛苦苦在外面給人家跑跑腿賺幾兩銀子，你們以為就憑這樣的家當能娶到什麼好媳婦？你們還想著讓人家陪嫁金的銀的過來？你們還在作夢呢！」

聽到這話，田氏趕緊假意當著李氏的面訓斥兒子道：「你這個渾小子，老娘我嘮叨兩句罷了，你怎能不領你姑姑的情呢？這可是你親姑姑，萬般都是為了你好，快跟你姑姑說聲好聽的。」

李大發被田氏訓了幾句後，知道自己不該那麼說，尤其是他心裡還想著那金的銀的呢，所以趕緊嘿嘿笑地拉著李氏的袖子道：「姑姑，您大人不計小人過……哈啾！哈啾……」話說了一半，李大發又開始噴嚏打個不停。

這時候，田氏笑著對李氏道：「我說妳妳，咱們下一步可怎麼辦啊？現在大發都進不了薛家大門了，再說你們家大爺那麼討厭他，這門婚事能成嗎？」

「哼，這就要看咱們的手段了，由不得他們不成。」李氏十分有把握地道。

「那我們接下來做什麼？」田氏問。

「妳這般……」隨後，李氏就附在田氏的耳邊說了幾句。

聽完李氏的話之後，田氏點頭道：「好，我等晌午過了就去辦。」

「嗯。」李氏點了點頭。

隨後，李大發突然開口問：「姑姑，您說的那個有沒有準啊？薛家真的會把那個莊子給無憂做陪嫁嗎？」

「那還有假？這可是老太太親口說的。再說那個莊子畢竟是無憂掙回來的，要是不給她做陪嫁，她自己也不願意啊，還有她那個娘也不會願意的。要不是為了這個，我會想讓你娶她嗎？」李氏的眼眸中透著一抹不屑。

「呵呵……姑姑，那個莊子姪兒前些天去城外辦事的時候看過兩眼，那個位置真是不錯，而且去年好像還荒著，今年就被打理得井井有條的，好像都種了藥材，還有不少雞鴨什麼的。我悄悄打聽了一下，說這一年下來至少也有幾千兩銀子的淨利呢！」說到這裡，李大發的眼眸中透出強烈的貪婪光芒。

「你說什麼？幾千兩銀子的剩頭兒？嘖嘖嘖，要是一年有幾千兩銀子的淨利，那咱們家幾年不就發起來了，到時候就不用住這種老宅子，咱們換間大的新的，對了，要比薛家還要大的。」田氏一聽這麼多銀子，簡直是樂開了花。

最後一句話可是讓李氏和蓉姊兒都不怎麼高興，蓉姊兒不禁撇了撇嘴，李氏則道：「這就高興成這樣？聽說人家還和人合夥開了一個什麼製藥作坊，對了，隔三差五的還出去給大戶人家看個病，那個診金就夠你們一家人吃喝不盡了。」

「是嗎？」一聽這話，李金貴夫婦和李大發簡直是瞪大了眼睛。

「這還有假？你看看她自己掙下的那個莊子不就知道了？」說到這裡，李氏的話鋒一轉，揚著下巴道：「不過這件事要是成了，你們可別忘了我從中穿針引線的這份苦勞啊。」

「姑姑，姪子怎麼是忘恩負義的人呢？姪子知道您從小最疼姪子的。」李大發趕緊表態道。

隨後，田氏也幫腔說：「是呀，姊姊，別說妳姪子，就是我和妳弟弟也不會忘了妳這些年的幫襯的。」

聽到田氏的話，李氏不由得冷冷一笑。「哼，你們的話說得倒是挺好聽的，可是這話誰不會說啊？」

這時，田氏和李大發一對視，田氏便會意道：「姊姊，妳放心，要是咱們家的日子緩過來，那金的銀的到了咱們家，還不是我和妳姪子說了算？到義哥兒和蓉姊兒成親的時候，我和妳姪子肯定會分別出個千八百銀子的。妳看怎麼樣？」

李氏聽了，心中自然是歡喜的，只是面上卻不動聲色，半晌才笑道：「我畢竟是大發的親姑姑，是我弟弟的親姊姊，我只要妳這一句話，別涼了我為你們的一顆心，銀子不銀子的我倒是不在乎。你們放心，以後義哥兒和蓉姊兒會知道好歹，大發也是一根獨苗，他們以後不也都是個膀子不是？」

「那是、那是！」李金貴夫婦紛紛點頭。

第二十四章

這日，平兒一出門，就看到二奶奶帶著兩個丫頭，手裡還提著東西往這邊走來，雖然不想搭理，但是人已經走過來了，她只好步下臺階，福了福身子。「二奶奶，您怎麼這會兒過來了？」

「大奶奶在做什麼呢？麻煩妳通報一聲，我來給大奶奶請安呢！」李氏的眼眸朝屋子裡一瞄，笑道。

「唉呀，真是不巧，大奶奶剛才有些乏了，想必此刻應該是睡著了，昨兒夜裡大奶奶沒有睡好正煩心呢，奴婢也不敢去打擾。不如這樣，二奶奶改個時候再來？」她家主子這兩天心裡不好受，更不願意見這位每每生事的二奶奶，平兒便想把她打發算了。

聽到這話，李氏遲疑了一刻，然後皮笑肉不笑地道：「既是這樣，自然不能把大奶奶吵醒，不如咱們就在這裡等上一等好了。」

聽到李氏說要等，平兒趕緊道：「大奶奶還不知道要睡到什麼時候呢？不如……」

知道平兒在推辭，李氏便打斷平兒的話。「平兒，我們就在廂房裡等好了，記得給我端杯茶水來。」心裡卻十分不悅了，所以也擺起了二奶奶的架子，再怎麼說她也是半個主子，她只不過是個丫頭。

聽到這話，平兒臉一沈，知道對方是不滿了，還讓自己伺候著倒茶水，可是又說不出拒絕的話，畢竟人家也是主子，雖然只是個妾。

正僵持著，站在李氏身後的紅杏不懷好意地笑道：「平兒姊姊，二奶奶最喜歡碧螺春，妳記得要沏碧螺春才是。」

聽到這話，平兒便咬著下唇道：「紅杏，大奶奶從來不喝碧螺春的，我得去找一找，看看有沒有。」哼，能給妳沏杯茶就不錯了，還挑三揀四的。

見平兒好像一點都不拿自己當回事的樣子，李氏不禁有些氣惱，聲音也提高了幾分。「平兒，現在大奶奶正當勢，妳也學會狗仗人勢了是不是？」

「妳……」聽到李氏竟然罵人，平兒氣得咬了下唇，剛要爭辯，這時裡面便傳來一道女音。

「平兒，誰在外面說話呢？」這聲音大家都能分辨，是大奶奶朱氏的聲音。

「奶奶……」聽到屋子裡傳來主子的聲音，平兒轉頭剛想回話。

不想，李氏卻突然就笑著搶先開口了。「姊姊，是我。」說著，就帶著紅杏和綠柳往臺階上走。

「二奶奶，等我去向大奶奶稟告……」看李氏自己就要闖進去，平兒趕緊上前想攔住李氏的去路。

不想，李氏卻根本就不理會她的話，說了一句。「姊姊，妹妹進去了。」說完，便推開平兒，並斜了她一眼，轉身推門走進了朱氏的臥室。

「哼！」紅杏和綠柳也跟著李氏走進去，對著平兒都斜了鼻子眼的，平兒見狀簡直氣死了，可還不得不跟在她們身後進去。

李氏走進朱氏的臥室，見朱氏手裡拿著一個花樣子坐在床邊比著，便福了福身子，笑道：「給姊姊請安。」

看到是李氏來了，朱氏便微微一笑，道：「免了，平兒，給二奶奶看座。」

「是。」平兒趕緊搬了個繡墩過來，放在李氏的身後，然後便站在一邊，沒有主子的話，並不主動上茶來。

李氏坐下後，掃了一眼床上好多的花樣子，不禁笑道：「姊姊，妹妹還以為您在房裡小憩，嚇得我在外面站了好半天都不敢進來呢！」說這話的時候，還瞥了旁邊的平兒一眼。很明顯，那意思是妳主子二人唱的雙簧可真是逼真，不就是不想見她嗎？

聽到這話，朱氏轉頭望了平兒一眼，平兒趕緊道：「剛才奶奶確實是睡著了。」

「喔，我剛才確實是睡著了，不過一會兒就醒了，感覺沒意思，也睡不下，所以就拿出這些花樣子來擺弄著。」朱氏趕緊替平兒打圓場。

聽到這話，李氏嘴角扯了扯，含笑道：「我還以為姊姊還在生我的氣，不願意見我呢！」

「哪裡的話，妳我都是一家人。」朱氏應付著。

「有姊姊這句話，我就放心了。」李氏笑道，然後轉頭對紅杏和綠柳道：「趕快把東西拿過來。」

紅杏和綠柳應聲，便把食盒還有點心放在八仙桌上，朱氏不知何意，看了一眼，知道那紙張裡包著的是桂發祥的點心，食盒的蓋子被紅杏揭開，裡面都是葡萄、香蕉等賣相很好的水果，朱氏不禁問道：「妹妹這是……」

「姊姊，這桂發祥的糕點，還有這些水果，都是我那個不成器的姪子打發人送來給您賠罪的。」李氏腆著一張笑臉道。

聽到這話，朱氏一下子就沈了臉，她現在都快恨死那個畜生了，怎麼還會要他送的東西，所以很生硬地拒絕道：「我還不少這些東西，妳拿回去還他吧，告訴他，以後我們薛家沒有他這門親戚。」

朱氏是個性情溫和的人，幾乎沒有說過這樣讓人下不了臺的話，不過這也在李氏的意料之中，所以仍舊陪著笑臉，道：「姊姊，我知道您還在生氣，換作是我，也是氣不過的。不過現在大發他已經知道錯了，要不是那日著了風寒，現在還在炕上躺著，他就過來給您和無憂磕頭認錯了。您啊，大人不計小人過，就原諒他這一次吧？」

「知道錯了又有什麼用？妳趕快把這些東西拿走，我不是大人，也不會不計他這小人過。」現在提起那個李大發，朱氏還是一肚子氣！

「姊姊，我知道您現在還在氣頭上，就等過幾日再讓大發過來給您磕頭認錯吧？他這次也受到教訓了，那天先被熱水一燙，又在外面著了涼，再被大爺的小廝打了一頓，那傷還沒好呢！」李氏仍舊在絮叨著。

「那也是他咎由自取。再說大爺不是說了嗎？以後不許讓他再進薛家的門。當然，妳是他的親姑姑，妳要是想姪子的話，就回娘家看吧！」朱氏仍舊板著一張臉。

「姊姊一向仁慈心地善良，這次估計是被氣糊塗了，總之說一千道一萬都是我那個姪子的錯。」李氏這次可是放低了姿態，一直求著朱氏原諒。

不過朱氏可是沒有心情跟她周旋了，道：「我有些倦了，想休息一下，妹妹改日再來說話吧。」

聽到朱氏下了逐客令，李氏只好站起來，笑道：「那妹妹就告辭了，改日再過來看姊姊。」

「嗯。」朱氏點了點頭，感覺頭都疼了。

李氏剛走到門口，紅杏和綠柳也跟了出來，只聽身後嚷了一聲。「平兒，把東西讓二奶奶帶回去。」聽到這話，李氏的嘴角扯動了一下，便抬腳邁出了門檻。

剛步下臺階，只見平兒一隻手裡提著食盒，另一隻手裡提著那幾盒點心，快步來到李氏跟前，稍稍揚著下巴，道：「二奶奶，我們奶奶讓您把東西都拿回去！」說完，便將手中的東西都塞到紅杏的懷裡，便轉頭回去了。

掃了一眼紅杏懷中和手裡的東西，李氏回頭望了一眼朱氏的臥室，鼻子裡冷哼了一聲，便轉頭帶著紅杏和綠柳走了。

「蓉姊兒、蓉姊兒！」一踏進自己屋子的門檻，李氏便喊道。

等了一會兒的蓉姊兒聽到母親的叫喚，便趕緊迎上來，道：「來了。」

「來，趕快看看，想吃什麼？這個桂發祥的糕點，娘可是從前些天就想吃呢！」李氏說著便伸手打開一盒糕點，自己拿了一塊，又遞給蓉姊兒一塊，便吃了起來。

接過糕點，低頭咬了一口，蓉姊兒不禁道：「嗯，這個桂發祥的糕點就是好吃，我都好些日子沒有吃了。」

「那是，這桂發祥的糕點就是不一樣。」李氏點頭道。

一旁的紅杏趕緊上前給李氏母女倒茶水，恭維道：「二奶奶，您真是高明，提著這些糕點和水果，打了個過場，就又都拿回來了。」

聽到這話，李氏笑著對紅杏和綠柳道：「妳們也都拿一塊嚐嚐。」

「謝二奶奶。」紅杏和綠柳聽了，笑著上前一人拿了一塊，歡天喜地吃了起來。

吃了一塊點心後，李氏得意地笑道：「我就知道那個病秧子肯定不會收這些東西的，只不過這個過場還是要走的。要不是這個藉口，咱們是吃不上妳舅舅買的東西的。」

「舅舅每次給娘買的東西都是下等貨，哪會花好幾倍的銀子買這些上好的東西啊，今日咱們倒是有口福了。」蓉姊兒笑道。

「不但今日咱們有口福，咱們今日還要借花獻佛呢！」李氏笑道。

「什麼借花獻佛啊？」蓉姊兒不解地問。

李氏一笑，便轉頭吩咐綠柳，道：「綠柳，妳拿一包點心，再拿一些葡萄等果子給老太太送去，就說是舅老爺送過來孝敬她老人家的。」

綠柳拿著東西便出去了。

蓉姊兒說：「娘，無憂的事祖母大概還不知道吧？」

「就是因為她現在不知道，所以才要送去，到時候她吃了妳舅舅送的東西，自然就有些不好意思的。」李氏笑道。

「聽說爹已經吩咐家裡上上下下，誰也不許透露給祖母那邊的人知道呢！」蓉姊兒說。

「放心，妳娘還沒有傻到要自己去說給老太太聽。」李氏說著便端起茶碗，眼眸盯著茶碗裡的茶半天沒動，彷彿在想著什麼。

望著母親遲疑的表情，蓉姊兒問：「娘，您下一步打算怎麼辦啊？祖母和爹會答應把無憂嫁給表哥嗎？就算他們答應了，大娘那邊恐怕也不會答應，就是無憂自己也不會願意吧。」畢竟李大發的人才和無憂真是差太遠了。

「自古婚姻都是父母之命，媒妁之言，哪有她自己挑挑揀揀？我自有辦法會讓妳祖母和爹同意，等妳祖母和爹同意了，那個病秧子也不會有什麼意見。」李氏自鳴得意道。

這日午後，無憂正在屋子裡研究著藥方，最近幾個月的補藥和強身健體的藥丸賣得特別好，所以也給自己的製藥作坊取了個名字——無憂堂，其實就是她自己的名字，她發現朱氏給她取的這個名字，彷彿冥冥之中就是讓她以後行醫用的招牌。

最近幾個月來，無憂堂這個名號的藥品也在京城的製藥領域引起不小的轟動，因為無憂堂的藥很新穎，而且患者吃了效果都不錯，尤其是那些女人和男人用來保健的藥，很受中層以上人士的喜愛，常常賣斷貨，現在好多家藥鋪都爭著要賣無憂堂的藥。只是製藥作坊畢竟規模和人手有限，常常是藥還沒有做出來就被買家預定了，鑑於這種情況，無憂和孫先生便把製藥作坊的規模擴大了不少，又租賃一個更大的院子，也請了更多人手過來幫忙。總之，無憂堂現在儼然是個中型的製藥廠了。

在古代這個世界，精神層面的享受是十分匱乏的，沒有電視、廣播、網路，甚至連電燈都沒有，更別提什麼酒吧夜店了，所以這裡的人不是琴棋書畫就是烹飪女紅，當然男人更加酷愛床笫之事。古代的富貴男人妻妾一大把，據說都有滿足他們妻妾的義務，所以在這裡，什麼壯陽藥、迷情藥之類的東西是十分暢銷的，而且利潤也非常豐厚，每一家藥店裡都擺著許多這樣的東西。無憂也曾經觀察過，藥店裡的這類藥也是良莠不齊，有的品質還不錯，可有的就是傷人傷身的藥，吃多了會引發各種疾病。所以她就想研製幾種效應溫和的壯陽藥，又不會傷害到身體，一來可以給無憂堂這幾個字豎立口碑，二來這利潤也是相當豐厚的。幸虧古代醫書上有不少這類的藥方，而現代的知識無憂又懂，把兩者結合起來，大概就能夠製出精良之藥了。

無憂正把幾種可以催情的中藥記錄在自製的筆記本上，不想這時候連翹卻突然跑了進來。其實，無憂眼角餘光早就看到連翹，半天卻沒有聽到她言語，等無憂把幾種藥材都寫完了，才抬頭，道：「怎麼進來半天也不說話？」眼眸落在連翹身上後，看到她一副欲言又止的樣子，而且臉色微紅，好像情緒有些激動。

「二小姐……」連翹支支吾吾的。

無憂瞥了她一眼，漫不經心地道：「是不是又有關於我的流言了？」

聽到無憂猜對了，連翹平復了一下情緒，說：「奴婢剛才去街上買東西，發現好多人都對咱們家指指點點的，尤其是那些長舌婦們的話說得好難聽啊。」

上次的事情之後，薛金文已經下令不許任何人說出去，可是沒幾天薛家周圍的鄰居還有幾乎整條街都知道了這件醜事。為了這件事，薛金文還要責打下人，還是無憂勸阻下來，靜下心來想想，也知道這件事是有心人故意散播出去的，至於背後的目的肯定是居心叵測了。可是現在也只能以不變應萬變，看看背後的人究竟在打什麼主意了。

無憂隨後便吩咐道：「多留意二房那邊，那邊有什麼動靜馬上過來回我。」

見自家主子依舊是淡然應對，連翹雖然心中不平，也只得點了點頭。

翌日快晌午時分，薛金文剛一回來，就被薛老太太派人叫進她的屋子裡。

薛金文一踏入門檻，便看到薛老太太面色凝重地坐在正座上，朱氏恭敬地站在一旁，屋內寂靜得很。朱氏抬頭望望薛金文，眉頭是蹙著的。

掃了一眼朱氏，薛金文上前陪笑說話，不想薛老太太卻是劈頭蓋臉地朝兒子高聲罵道：「你這個不孝子！是真看我老了是不是？」

「娘，您這是哪裡話啊？兒子惶恐啊！」薛金文小心翼翼地回話。

「惶恐？哼，家裡出了這麼大的事，現在滿院子裡的人都知道了，就瞞著我這個老婆子，這就是你這孝順兒子做出來的事。」薛老太太數落著。

「娘，兒子不敢。」薛金文垂首認錯。

朱氏見狀，趕緊替薛金文解釋道：「老太太，大爺也是怕您年紀大了，氣壞了身子，才不敢告訴您的，您也要體諒他這一片孝心才是。」

聽到這話，薛老太太的臉色才漸緩，聲音也柔和下來。「我知道你們是怕我這個老婆子氣壞身子，可是也不能就瞞著我一個人啊！畢竟我比你們歲數大，見識也多那麼一點，說不定還能給出個什麼主意幫幫忙，再不然也能勸慰我那孫女幾句不是？」

薛老太太的話立刻就讓朱氏掉下淚來，哽咽道：「老太太說得是，都是我們考慮得不周詳，好在無憂是個心大的，她是沒有什麼，老太太不用惦著。」

聽到這話，薛老太太嘆了一口氣，道：「唉，我這個孫女不是一般女子可以比的，只是在她身上總有些波折。李大發那個畜生竟然幹出這種缺德事，前幾日他們家還給我送來點心和果子，我還納悶他們怎麼想起孝敬我這個老婆子來了，原來是有這一齣啊。」說著，薛老太太便越來氣，伸手便把旁邊桌上擺著的點心和幾個果子一起揮到地上。

砰砰砰……果子和點心滾得滿地都是，碟子破碎了，瓷盤也被磕掉一大塊瓷片。

看到老太太如此生氣，薛金文夫婦滿臉的緊張，趕緊跪在地上道：「老太太息怒啊！」

瞥了一眼跪在地上的兒子和媳婦，薛老太太道：「好了，我是生那個畜生的氣，又不是生你們的氣，還不趕快起來？」

「是。」聽到這話，薛金文趕緊起來，並拉著朱氏一起。

稍稍平復了一下情緒，薛老太太問：「這件事的來龍去脈我已經都問過你媳婦了，你也不必再隱瞞，聽說你昨兒還要去找那個畜生算帳？」

聽到這話，薛金文抬眼瞅了一眼朱氏，朱氏對他點了點頭，索性就承認道：「兒子也實在氣不過，現在整條街上都弄得人盡皆知，肯定是那個畜生散布的謠言。」

薛老太太輕輕地嘆了一口氣。「唉，你平時也算沈穩，在這件事上畢竟關乎自己女兒的名節，一時衝動也是有的。可是你想想這件事已經鬧得沸沸揚揚的，你再去找那個畜生算帳不但挽回不了什麼，不是更加讓人議論嗎？這時候倒不如息事寧人，不理會外面在說什麼，估計過陣子那些好事的人說膩了也就過去了。」

「是，還是老太太想的多些。」薛金文只得點頭。

「我不是怕事。這件事雖然咱們打碎了牙吞在肚子裡，但這筆帳還是要記著的，等以後肯定要為無憂討回來才是。」薛老太太說這話的時候臉色十分陰沈。

「娘的話兒子記住了。」薛金文點頭的同時，眼眸中也帶著銳利之色。

又說了幾句話，外面就傳來燕兒的聲音。「老太太、老太太！」

「去看看什麼事。」薛老太太轉頭對媳婦朱氏說。

朱氏點了點頭，便走到門口，伸手打開了房門，只見燕兒站在外面，朱氏問：「什麼事？」

「回大奶奶的話，突然來了一個媒婆，說是來給二小姐提親的，現在人在門房上等著呢，來問問老太太、大爺和大奶奶見還是不見？」燕兒趕緊回道。

聽到這話，朱氏一怔，轉頭望著薛老太太和薛金文，問：「老太太，您看……」

因為自從無憂有病的事情傳出去之後，就鮮少有媒婆來說親了，就算是有時候來個一、兩次，說的也都是不堪的人家，為此朱氏還生了好幾次氣，對來說媒的媒婆也不怎麼熱情地應承，後來也就沒有媒婆再來過。媒婆不來之後，朱氏心裡更是著急，可也是無可奈何，總不能好好的姑娘家自己上趕著去讓媒婆說親吧，有病的名聲在外，就算去差不多的人家說了，人家肯定也不願意，所以就一直這麼等著。

薛老太太和兒子對視了一眼，問外面的燕兒道：「知道那媒婆說的是什麼人家嗎？」因為前幾次的教訓，如果還是那些不堪的人家，那就不用見了。

「奴婢問了，那媒婆不說，只說等見了老太太、大爺或是大奶奶再說，還說什麼除了她，現在可是沒有人願意登門給……二小姐說親呢！」燕兒照實回答。

聽到這話，薛老太太不禁不悅地道：「這是什麼話？難不成咱們無憂除了他還嫁不出去了不成？」雖然心裡氣不過，他們也知道現在無憂的婆家是更不好說了。前幾次媒婆說的不是家裡窮得只有三間茅屋，就是家裡的孩子不長進，吃喝嫖賭樣樣通，要不就是龜公老鴇的兒子，簡直就是不堪入目。不過因這次事情又變得每況愈下，但如果是家世清白，就算窮苦點，孩子上進倒也可以考慮，總不能在家裡做老姑娘，一輩子都嫁不出去吧？

「打發走吧！」薛金文此刻哪有心情談這些，再說也知道媒婆說的沒有什麼好人家。

「等一下。」燕兒剛想轉身，卻被薛老太太叫住了。薛老太太轉頭對兒子和媳婦道：「反正閒著也是閒著，不如叫那個媒婆進來，聽聽是什麼人家再說。」

這時候，朱氏趕緊附和道：「是啊，要是孩子好，家世清白，窮點也不怕，畢竟無憂是個能掙錢的。只要女婿以後對她好，婆婆也良善，咱們也可以考慮。」朱氏當然明白現在無憂的身價更是不比以前，所以要求也放低了。

「你媳婦說的和我想的一樣。」薛老太太點了點頭道。

聽到婆婆贊同自己的說法，薛金文又沈默不言，看來是默許了，便轉頭吩咐燕兒道：「妳把那媒婆請到大廳，給她上杯茶，老太太、大爺和我這就過去。」

「是。」燕兒應聲便轉身去了。

隨後，薛老太太便拿著枴杖站了起來，由朱氏扶著走到門口，突然又轉頭說：「金文，我和你媳婦去問問就好，都是些娘兒們的事，你不用去了。」

「那兒子在後堂聽聽。」薛金文趕緊道。畢竟無憂的婚事也是他的心病。

薛老太太點了點頭，表示同意了，便跟著朱氏帶著幾個丫頭婆子一起去了前廳。來到前廳，只見一個穿得花花綠綠的媒婆坐在椅子上喝茶，看到薛老太太來了，趕緊起身，笑道：「請老太太安，請大奶奶的安。」

薛老太太坐在正座上後，掃了一眼媒婆，嘴角扯出一個笑容，道：「妳就是來給我家二姊說媒的媒婆？」

那媒婆趕緊點頭，道：「是啊，是啊。老太太，我叫王四姑，專門在附近這幾條街上幫人說媒拉縴的，這幾條街上提起我啊，沒有不知道的。」

「嗯，我這幾條街上也有幾門子親戚，妳的大名我倒也聽說過。茶水涼了沒有？要丫頭再給妳添上點熱的。」薛老太太不免客套了兩句。

「謝老太太，不用、不用，我今日可不是來喝茶的，我是來給你們家二小姐說親的。」王四姑的嘴巴當然都如同其他媒婆一樣利索。

聽到要言歸正傳，薛老太太笑道：「不知妳給我們家二姊說的是哪一家啊？」

聽到薛老太太的問話，王四姑伸出兩根手指頭，笑道：「離你們家不遠，就兩條街，而且你們家的人都認識，這也算親上加親呢！」

聽到最後「親上加親」四個字，薛老太太和朱氏不禁對視一眼，疑惑地問：「王四姑，妳這親上加親是什麼意思？難不成說的人家和我們家是親戚？」

「是親戚、是親戚，就是你們家二奶奶的娘家姪子李家肉鋪的少掌櫃。」王四姑笑嘻嘻地撥弄著紅色手絹回答。

一聽這話，薛老太太和朱氏皆一愣，然後便不可置信地問：「妳說什麼？妳說的親是李金貴的兒子李大發？」

「是啊，是啊。」王四姑趕緊點頭。

確認了自己聽到的沒有錯之後，薛老太太沈著臉，朱氏也很不悅地問：「是妳自己來說的？還是他們李家央求妳來說的？」

「是李家專門請我來說的。老太太、大奶奶，雖然李家不是讀書的人家，但是到底有買賣、有宅子，和你們家又是親戚，這門親事雖然不算上好的，可是你們家二姊嫁過去也是要做少奶奶的，不如將就一些算了，畢竟你們家二姊……在外面的名聲現在不太好嘛。」那王四姑笑著說。

王四姑的話立刻引起朱氏的不滿，一向軟弱的她這時也異常激動起來，道：「什麼叫將就？我們家的二姊的名聲哪裡不好聽了？都是你們這些搬弄是非的人在胡說。妳回去告訴他們李家，我們家的二姊就是這輩子不嫁人，也不會嫁給他們家，簡直都是些卑鄙下流的人。」

聽到朱氏說話如此強硬無禮，那王四姑騰地站起來道：「我說大奶奶，我王四姑是好心來給你們家二小姐說媒的，妳說話也太不客氣了吧？」

沒等朱氏說話，薛老太太就開口了。「這就算對妳客氣了，什麼下作的人妳也來給我們二姊說？簡直是氣死人了！」

「你……你們家什麼人啊，難怪有閨女嫁不出去呢！」王四姑拿著手絹的手對著薛老太太和朱氏指指點點的。

「妳說什麼？妳的嘴巴怎麼這麼惡毒？」聽到王四姑的話，正好戳在朱氏的心口上，她氣得渾身都在發抖。

這時候，一直在後堂聽著的薛金文都忍不住快步走出來，高聲衝外面喊道：「來人，拿棍子給我打出去！」

外面的興兒和平兒早已經聽到裡面所說的話，正氣得不得了，聽到大爺發話，便高聲答應著，一個拿著棍子，一個拿著掃把就走進來，看到王四姑就要打上去。

王四姑一見拿著棍子和掃把要打她，不禁跳起來，指著薛金文咒罵道：「老娘好心給你女兒說婆家，你竟然還打人……你真是不知好人心，哎呀……」隨後，王四姑便在興兒和平兒的追打下，一邊跑一邊嚎著出了大廳的門。

薛金文氣憤地追到大廳門口，指著埋頭往外跑的王四姑喊道：「給我打出去，以後再也不許她進我家的門！」

「是，大爺。」興兒拿著棍子在王四姑的身後趕著。

王四姑被打出去後，薛金文轉頭走進大廳，看到薛老太太臉色很是陰沈，便責怪朱氏道：「就不該見什麼媒婆，想想也沒有好事。」

「是我讓見的，你怪她做什麼？」薛老太太白了兒子一眼。

「讓娘生氣了，兒子扶您回去吧？」薛老太太一發言，薛金文便不敢再說什麼。

薛老太太點了點頭，薛金文和朱氏便扶著薛老太太回了屋子。坐下後，薛老太太便朝兒子和媳婦擺了擺手，道：「我也累了，你們都回去歇著吧！」

「是。」低首應一聲，薛金文和朱氏便退下去。

朱氏一五一十地把今日的事情都告訴了無憂。聽完朱氏的敘述，無憂冷笑道：「原來他們真是打這個主意。」

站在一旁的宋嬤嬤不平地道：「看來在這條街上散布那些話的也是李家，簡直太不要臉，想娶咱們家二姊竟然用這種下三濫的手段，也不怕將來生個兒子沒有屁眼的。」

「根本就是癩蝦蟆想吃天鵝肉！也不想想自己長的那副德行，就算是天下的男人都死絕了，二小姐也不會嫁給他啊！」連翹氣得咒罵道。

聽到這話，無憂知道爹娘自然是不會答應的，便轉頭望著朱氏，道：「娘，不知祖母的意思如何？」

「妳祖母自然是氣得不得了，臉色十分不好看呢！」朱氏回答。

聽到這話，無憂稍稍放心了些，因為自己的名聲現在畢竟很不好聽，在古代娘家人更是注重自己家裡姑娘的名節，也有好多人家在自家姑娘受辱後，不得不選擇把她嫁給施暴之人，無憂心裡不禁也有些這方面的擔心。

第二十五章

第二日傍晚時分，薛金文從外面回來，看到李氏在一處廊簷下等候著他。李氏自從上次挨打後便很少單獨和他在一起過，畢竟他吩咐人打得她很重，心裡難免有些愧疚，雖然她有錯在先，但到底也是同床共枕多年的夫妻，很有些情分在裡頭。李氏心裡也難免對薛金文有些怨恨，兩個人便著實地冷了。

看到李氏，薛金文頓了下腳步，便徑直走了過去。

李氏看到薛金文走過來，福了福身子，道：「大爺。」

「天這麼涼，妳在這裡站著做什麼？」李氏畢竟花容月貌，雖然現在已經三十多歲，但畢竟是風韻猶存，尤其此刻看到薛金文，眉目含情，眉眼間更有一番我見猶憐的韻味。往日恩愛歷歷在目，薛金文不由得也生了惻隱之心。

聽到這句還算暖心的話，多日的冷淡在這一刻讓李氏的心又有了絲毫的暖意，不由得眼眸裡都帶上一層霧意，柔聲回答：「知道大爺差不多這個時候會回來，所以在這裡等您一等，要不然還真是不好見您呢！」這段時日薛家只是逢年過節等有事的時候才一大家子吃飯，平時吃飯都在自己房裡吃，薛金文好長時候沒有去過李氏的屋裡，現在連吃飯都不在一起，當然單獨見他也很難了。

薛金文心中莫名一動。尤其李氏眼眸中霧濛濛的東西更是讓他心下不舒服，便扯出一個笑容道：「有事？」

「是有幾句話想對大爺說。」李氏含笑道，轉頭望了望自己的屋子，雖沒有明說，意思還是表達了出來，想讓薛金文去她的屋子裡說話。

眼眸循著李氏的目光，朝李氏的屋子看了一眼，薛金文眼眸中帶著一抹抱歉地道：「老太太急著喊我過去呢！」

聽到這話，李氏眼眸中帶著一抹失望，隨後才勉強笑道：「妾身知道大爺是嫌棄妾身了。」

一句話說得異常委屈，眼淚也在眼眶中打轉，就差沒有掉下來。看到此情景，薛金文畢竟是男子，眼淚這種武器仍然是絕殺他的，他便趕緊道：「妳有什麼事，現在跟我說就好了。」

李氏知道此時不說恐怕就沒有機會了，趕緊道：「還不是二姊的事。大爺，妾身知道都是我娘家姪子的錯，讓您和老太太都跟著生氣了。」

一聽是這事，薛金文不禁面上一凜，剛才的柔情也在瞬間少了一半，隨後他便問：「那件事妳事先知不知道？」

聽到這話，李氏一愣，然後便問：「大爺，您這話是什麼意思啊？」當然，心下多少有些發虛。

李氏的話讓薛金文有些不耐煩，他抬眼望著別處，說：「妳不用跟我繞彎，我問妳，妳姪子是不是想娶無憂，怕咱們薛家不答應，才弄出這一齣來？」

這時李氏的眼淚撲簌簌地滑落下來，哽咽道：「大爺，妾身知道以前做了許多錯事，可是您也不能僅憑這一點就這樣冤枉妾身啊！」

李氏的眼淚讓薛金文有些煩躁，說道：「好了，妳沒做就沒做，哭哭啼啼的做什麼？」

李氏擦了把眼淚，很委屈地說：「大爺您剛才問妾身的語氣，就像是妾身做的一樣，妾身能不著急嗎？」說完，便往前靠了一步，姿態比剛才親暱地道：「大爺，妾身不瞞您，出了這事之後，我娘家兄弟和弟妹確實找我商量過。雖然我那娘家姪子不成器，做出了這種下作的事，妾身也是氣憤得很，可那畢竟是我兄弟的兒子，我是他親姑姑，這打斷了骨頭還連著筋呢，出於人之常情，妾身也不能不管吧？」

李氏的話讓薛金文也說不上什麼來，畢竟也是人之常情，便催促了一句。「好了，有什麼就快說，老太太還等著我呢！」

李氏便趕緊道：「我那娘家姪子我已經見過，他知道錯了，罵自己不是人。」

「現在想起自己的錯有什麼用？無憂的名聲生生是被他給弄壞了。」說起這事，薛金文仍然是氣憤難當。

「所以現在得想法子補救啊！」李氏趕緊接話道。

聽到這話，薛金文不禁瞥眼看著李氏，不滿地道：「怎麼補救？妳的補救法子就是讓無憂嫁給那個畜生？」薛金文的聲音不禁也提高了。

見薛金文不悅了，李氏趕緊上前拉下薛金文的胳膊，柔聲說：「大爺，您先別著急，聽妾身把話說完。雖說我娘家姪子是不成器，可是他跪在地上對我說，是真心喜歡無憂的，只要無憂肯嫁給他，他以後肯定會好好對待她的，讓她這輩子都不受委屈。」

「哼！」薛金文聽到這話仍舊是嗤之以鼻。

李氏仍然繼續道：「大爺，您想想無憂現在的狀況……真的是找不到什麼好人家了。過了年她可就十八歲了，哪家的姑娘這個年紀就算是沒有成親也早就訂親，再這樣拖下去豈不成了笑柄？」

「誰敢笑話？」薛金文嚷嚷道。

「人言可畏啊，咱們管不住別人的嘴。」李氏道。

「哼，就算是無憂找不到好人家，難道妳兄弟家就是個好人家嗎？他們心術不正，別以為我不知道妳那個姪子是個什麼東西。」薛金文道。

「是，我姪子身上是有許多缺點，可是現在他已經在經營肉鋪，已經改了許多，要是能有一個好媳婦約束著，以後肯定會走正路。當然，這親事也不是只為了我姪子好，難道您想讓無憂以後一輩子都孤苦無依，一個人過一輩子？」李氏問道。

「那也比嫁給那樣的畜生好得多！」薛金文仍舊不認同李氏的話。

「一個女人一輩子都不嫁人，一輩子沒有兒女，就這樣孤老一生？大爺，您可能會說讓她在薛家過一輩子，可是您能陪伴她多少年？沒有了您和大奶奶之後，她要過什麼樣的日子？雖然大發是配不上無憂，但畢竟他是打心眼裡喜歡無憂的，再說以後他們還會有兒女，兒子才是無憂以後的依靠。」

這次，李氏的話一字一句都說到了薛金文的心裡，讓薛金文半天都沒有言語，因為李氏的話確實是很有道理，在這個時代，一個女人沒有丈夫、沒有兒子是一生最大的不幸。

見薛金文站在那裡不說話，李氏知道她的話已經起作用了，便道：「大爺，妾身想說的話已經說完，老太太還等著您，妾身就先告退了。」

「嗯。」薛金文輕點了下頭，李氏便轉身往自己屋子的方向走去，背過身去的時候，嘴角還勾起一個隱約的笑意。

這日晚間，薛金文和朱氏一起進薛老太太的屋子，只見薛老太太正坐在炕上的小桌前用著晚飯，薛金文和朱氏請過安後，薛老太太便道：「你們兩個不如在這裡跟著我用晚飯吧？」

「兒子和媳婦巴不得呢！」聽到這話，薛金文趕緊陪笑道。

薛老太太便吩咐燕兒道：「快去把你大爺和大奶奶的晚飯都傳到我這裡來。」燕兒便趕緊應聲去了。薛金文便脫了鞋子上了炕去，朱氏則是坐在炕沿。

一時間，屋子裡只剩下薛老太太、薛金文和朱氏三個人，見無旁人了，薛老太太才說：

「叫你來是想和你商量無憂的事，正好麗娘也在，妳也聽聽。」

聽到這話，朱氏趕緊道：「媳婦還是想討老太太的主意呢，我……真是沒什麼主意了。」

「是啊，兒子也想聽聽娘的意思。」薛金文也趕緊附和著。

「我這個老婆子就是吃的鹽比你們多些罷了，其實見識也有限，主要是心性也就如此罷了。既然你們都想聽我的主意，那我就說說。」薛老太太笑著說完之後，臉上便散去了笑意，正色道：「李家託媒婆來說親的事咱們一開始都很生氣，而且不難讓人想到那個李大發是因為對無憂打了壞主意才做出這麼一齣來，想想如果他早先來提親的話，憑他的家世、人品和學識，咱們家肯定是不會同意的。」

「那是當然。」薛金文趕緊點頭道。

隨後，薛老太太話鋒一轉。「可當時是當時，現在是現在，現在的話也要另當別論了。」

朱氏聽出老太太的想法大概有活絡的意思，便趕緊道：「老太太，難道咱們真要上人家的當？他們李家可是擺明了在算計咱們薛家，算計咱們無憂的。」

掃了著急的朱氏一眼，薛老太太說：「話是這麼說，可是咱們也得看清楚自己現在的處境不是？無憂先前有病已經傳得街頭巷尾到處都是，這大半年鮮少有人來提親，就算是說親，說的也都是不堪的人家，都還不如李家呢！」

「老太太的意思是……」薛老太太的話讓薛金文夫婦遲疑了半刻才問。

薛老太太緩緩道：「據說那李大發是真心喜歡無憂的，如果真是那樣，無憂找一個能真心疼愛她的人也是她的福分，畢竟咱們女人這一輩子有什麼好求的？其實錦衣玉食都抵不過一個知冷知熱的男人。」

這最後一句話倒是說進朱氏的心坎裡，朱氏皺著眉道：「誰知道那個李大發是不是真心喜歡無憂，要不是真心，到時候豈不是晚了？」

「妳的擔心和我的擔心是一樣的，這個咱們也不急於一時，還是要緩一緩，看看那李大發以後的為人再說。總之，咱們也不要把不行兩個字先說出去，留一個活路再說。」薛老太太道。

朱氏心裡仍舊不甘，這老太太的意思就是如果觀察一段時候，那個李大發沒有什麼不妥，就要把無憂嫁給他了。低頭想了一下，朱氏忽然抬頭道：「老太太，您說咱們要是給無憂物色個別人呢？比如說家裡窮的讀書人，只要身家清白，孩子肯讀書就好，別的咱們也就不挑了。畢竟無憂有這個行醫的本事，又有她自己掙下的莊子和製藥作坊做陪嫁，以後的日子肯定是難不著的。」

聽到朱氏的話，薛老太太低頭想了一下，道：「這個我也不是沒想過，可是讀書人是最注重名節的，大概有骨氣的讀書人也不會願意。就算找一家願意了，如果將來真的能考中個舉人進士的，有機會又謀個官做做，到那時候一定會嫌棄咱們無憂。讀書人一朝平步青雲，以後休妻再娶的事情也不是沒有，到時候豈不是更加糟心。」

薛老太太的話讓朱氏不言語了，只是低頭不語，薛金文也沈默了。

見他們不言語了，薛老太太又道：「我畢竟是無憂的祖母，你們才是她的爹娘，她的婚事自然是該由你們作主。我這個老婆子也只不過是說說自己的想法罷了，你們聽也可以，不聽也可以。」

「娘這是哪裡的話？我和麗娘自然是願意聽您的話，只是這到底是無憂一輩子的事，所以還想再斟酌斟酌。」薛金文趕緊道。

聽到兒子和媳婦的話，薛老太太點頭說：「那好，明日我就去城外的白馬寺一趟，那裡的靈籤很靈驗的，不如我去向菩薩禱告，希望菩薩能夠給咱們一點啟示。」

「那是再好不過了。」薛金文和朱氏趕緊點頭稱好。

第二日一早，薛老太太便坐馬車離開薛家，去城外的白馬寺，大概也是不想讓太多人知道，只帶著貼身大丫頭燕兒和一個打小就伺候她的婆子。

一個上午，朱氏都是坐立不安的，在屋子裡來回走動著，連午飯都沒有吃下去幾口。午飯過後便問了幾次老太太回來了沒有？平兒來回看了幾次都說沒有回來。這日等到薛老太太一回來，朱氏便迫不及待地去了她的屋子，一坐就是半天，回來的時候對此事卻是閉口不談。

兩日後的午後，連翹輕輕地步入無憂的房裡，無憂正歪在榻上小憩，耳邊聽到細碎的腳步聲，就知道是連翹，並沒有睜開眼皮，聲音慵懶地問了一句。「妳可打聽到什麼了？」

這幾日，無憂雖然沒有從朱氏的口裡問出什麼，但是也能看出大概和尋常不大一樣，還聽說李氏偷偷去見過薛老太太，薛金文和朱氏也去薛老太太屋子裡長談過幾次，而且薛老太太還破例出過一次門。無憂便打發連翹拿一些東西去和老太太屋裡的燕兒聯絡感情，看是否能打聽出什麼來。

見主子醒了，連翹趕緊上前，在榻邊站住，彎腰小聲地道：「二小姐，奴婢這幾日終於和燕兒說上話了，把您給的十兩銀子都給了她，並且說這是您一輩子的事情，今兒如果她能幫上忙，以後二小姐是忘不了她的，她便將事情都告訴了奴婢。說是二奶奶前幾日去了老太太房裡說了許多她姪子的好話，老太太的心就活了，和大爺、大奶奶說過之後，便親自去城外的白馬寺上香，說是給您求了一支上上籤，說是您紅鸞星動呢！」

無憂不禁眉頭一皺，紅鸞星動？怎麼跟自己求的籤是一樣的？怪不得朱氏見了她也不提這事，原來短短幾日風向就變了。隨後又問：「還打聽到什麼？」

「燕兒說老太太今兒早上又叫了二奶奶過去，老太太把燕兒支出去了，她只聽到了幾句，並不真切。好像說是讓二奶奶告訴李家，這樁婚事需要考慮一下，說二小姐這個彎現在還轉不過來，一切等過了年再說。」連翹回答道。

聽到這話，無憂沈默了一刻，心想——看來祖母和娘他們都已經作了決定，如果這幾個月那個李大發表現得還可以，那麼明年就會把他們的婚事辦了。今日之事可要怎麼辦？這次的婚事不同於以前，想個辦法就可以輕易化解，很明顯這次李家是什麼都不在乎，只想一心娶到她。

見無憂半日不言語，連翹沈不住氣地道：「二小姐，您快想想辦法啊，這到過年也就不到三個月的時間，您怎麼能嫁給那樣的人呢？」

「這件事我自有主張，記得讓燕兒有什麼風吹草動，趕快傳信過來。」無憂吩咐道。

「知道了。」連翹趕緊點了點頭。

日子一天一天不鹹不淡地過著，一晃就是一個月，轉眼已經到了臘月，外面滴水成冰，很是寒冷。

一連數日，無憂都窩在屋子裡研究藥丸。書案上放著一些大黃和生地，這兩樣都是清熱瀉火的藥材，如果在一些保健類的藥丸裡摻入這兩樣藥材的粉末，吃藥丸的人應該會鬧肚子大便，有這種不良反應，到時購買藥丸的人就會去找藥鋪，而藥鋪就會把責任歸咎於製藥商了吧？之所以選擇保健類的藥物，是因為吃這種藥的人一般沒什麼大病，如果是身體異常虛弱的病人吃了瀉火的藥，說不定會搭上性命。雖這麼說，可是如果吃保健藥的人也有身體異常虛弱的，那可怎麼辦？

她是個醫生，職責是讓病人減輕痛苦，藥到病除，而現在她竟然要用藥讓病人痛上加痛，那真不是她所願。可是看看時節，已經進了臘月，離過年不到一個月的時間，如果再不採取行動，等過了年一旦和李家把親事定下來，到時候可就很難再有轉圜的餘地了。

那李家估計就是看上她的陪嫁，她現在就是要把陪嫁都折騰沒了。到時候賠償病人也會需要不少銀子，說不定還會把自己的莊子搭上，而她的藥廠到時候也會開不下去，那李家的算盤就徹底打空了。他們視財如命，如果知道自己身無分文說不定還會有債務，估計到時候急著撇清都來不及呢！雖然這樣做會讓自己好幾年的心血付之一炬，但現在到底也沒有一勞永逸的辦法。

正在冥思苦想的時候，外面忽然傳來一陣嘈雜聲，彷彿出了什麼事。無憂剛皺了下眉頭，門就被從外面推開，連翹慌慌張張地跑進來，道：「二小姐，宮裡忽然來了一位公公和兩個宮女，現在人在大廳，老太太喊您快過去呢！」

聽到這話，無憂不禁一驚。宮裡怎麼會突然來人呢？姊姊薛柔已經入宮多年，這幾年來都沒有什麼音信，難道是和姊姊有關嗎？下一刻，無憂便站起來，低頭整理了一下身上的青色棉褙子，慌張地便邁步朝門外走去。

無憂快步走進大廳，只見堂上正座坐著一位穿土黃色衣服，手裡拿著拂塵的太監在喝茶，薛金文、薛老太太、朱氏、李氏以及義哥兒和蓉姊兒已經站在大廳裡，眾人看到突然有宮裡的太監到來都很惶恐。其中薛金文站在那太監跟前，正在客套地說著話，而大廳裡還站著兩位穿著宮裝的年輕女子，看打扮穿得都一樣，她們應該是宮女吧？

這時候，只見那太監掃了一眼整個大廳，用尖細的嗓音問道：「人都到齊了嗎？」

薛金文看了眾人一眼，趕緊低首回道：「回公公的話，薛家人都在這裡了。」

那太監聽到這話，便把手中茶碗放在跟前的桌上，道：「那就宣讀聖旨吧！」

聖旨？聽到這兩個字，薛老太太、朱氏和李氏都面面相覷，因為這聖旨可不是個個人家都可以有的，這可是皇上的指令，不過就不知道這聖旨裡寫的到底是吉是凶？無憂等一干眾人心裡也很是嘀咕，怎麼突然有聖旨過來呢？他們家又不是什麼顯赫的官宦之家，薛金文也只有六品官，這樣的人家和官職幾乎一輩子沒有什麼聖旨可接。

薛金文到底是個六品官員，也見過世面，雖然很意外，很快就反應過來，趕緊指揮一家大小跪倒在地準備接聖旨。那太監站起來，從衣袖中拿出一軸明黃色的布軸，上前兩步，雙手打開那布軸，只見上面繡著兩條明晃晃的金龍，那爪子都在騰雲駕霧之間，很明顯那是二龍戲珠的花樣。隨後，那太監尖銳似女人的聲音便響徹大廳之上。

「奉天承運，皇帝詔曰：薛氏有女薛柔，入宮數載，才德兼之，克勤克儉，每每記錄皇家事宜謹慎詳盡，故特加封為從五品司記。其父薛金文、其母朱氏教女有方，特賜銀五百兩、絹二十疋以示褒獎。領旨謝恩啊。」那太監在堂上朗朗讀著聖旨。

一開始，跪在地上的薛家人都戰戰兢兢的，當聽到一大半聖旨的時候，總算是鬆了一口氣，而且個個都還喜上眉梢，尤其是薛老太太、薛金文、朱氏和無憂心裡簡直高興極了。好幾年都沒有薛柔的消息，沒想到一有消息，竟然就是這樣的大喜事。

隨後，薛金文趕緊雙手舉過頭頂，接了那太監手中的聖旨，並且大聲道：「謝主隆恩！

吾皇萬歲萬歲萬萬歲！」

這時候，那太監的神色才算不似剛才那般嚴肅，虛扶了薛金文一把，道：「薛大人快快請起，薛司記雖然是一介女流，但是也給你家光耀門楣了，從五品的官職在男子中也不多見啊。」

「是，是，是。」薛金文激動地握著聖旨，都不知該說什麼好了，大概這份驚喜來得實在是太意外了些。

倒是朱氏雖然驚喜過度，到底好幾年都沒有女兒的消息，母女連心，她顧不上許多，趕緊上前急切地問：「公公，不知您可有我家女兒的消息？她在宮裡一切可好啊？」

「薛大人已經榮升司記，當然一切好得很，夫人也不必掛心。皇上恩旨，特許薛司記三日後回家省親，到時候你們家人有幾個時辰可以相聚，你們提早準備準備吧！」那太監笑著回答。

聽到女兒三日後可以回家，朱氏真是激動得眼淚都在眼眶裡打轉，眾人也都十分高興。無憂心中更是不淡定了，姊姊離家數載，有幾年沒有見面了，此時她還記得小時候在姊姊懷裡寫字的情景，朱氏多年來一直纏綿病榻，可以說是姊姊把她帶大的，那份深厚的感情別人無法比擬。想到三天後就能看到她了，無憂的心竟然也十分激動。

「那真是太好了。」朱氏高興地望望薛金文，又望望薛老太太。

這時，只見那太監朝站在大廳中那兩個宮女裝扮的女子一招手，那兩名宮女便提著兩個十分精緻的描金漆盒走上前來，只見她們把漆盒放在桌子的一角，打開蓋子，從裡面拿出托盤來，走到那太監的身側。那太監指著托盤裡的一柄玉如意，道：「薛司記託咱家帶了一些東西過來，這柄碧玉如意是薛司記孝敬她的祖母薛老太太的。」

聽到那碧綠得如同菜葉般晶瑩剔透的玉如意是給自己的，薛老太太不禁有些老淚縱橫，畢竟她以前對朱氏母女並不怎麼上心，那個薛柔她也沒有真心疼愛過，只不過是面上的事而已。沒想到時隔多年，那孩子有了出息，竟然還第一個想著她這個祖母，薛老太太不禁有些慚愧。不過還是由燕兒扶著上前接過了那玉如意，哽咽地道：「多謝公公。」

隨後，另一位宮女走上前來，只見托盤裡放置一塊和田白玉珮和一對鎏金鑲嵌紅寶石的金釵，宮裡的東西自然都是做工極其精緻的，擺在鋪著紅綢的托盤裡十分耀眼。那公公手指著托盤裡的玉珮和金釵道：「這玉珮是薛司記為薛大人準備的，金釵自然是為薛夫人準備的。」

聽到這話，朱氏真是喜出望外，伸手接過托盤，轉頭對薛金文帶著哭腔道：「是柔兒給咱們準備的。」

「是啊。」薛金文點點頭，眼眸望著朱氏手裡的托盤，亦是激動不已。

看到這個情景，無憂也是非常高興，姊姊能有今日，算是苦盡甘來。畢竟這麼多年她一個人在皇宮裡完全生死未卜，女官中從五品位分不低，最起碼知道她以後的日子肯定不會太苦，多年的牽掛終於讓她吁了一口氣。

可是，李氏和她的一雙兒女則是心裡極不舒服，他們從前就跟薛柔一點也不親。薛柔在薛家的時候，李氏曾經對她很刻薄，現在想想李氏心裡還有些擔憂：畢竟現在薛柔不同往日，竟然混到從五品的女官，真要記恨她找她算帳，那可就糟糕了。

隨後，一名宮女又拿出一個托盤，只見鋪著紅綢的托盤裡放的是一對白色玉鐲，眾人看到那對玉鐲都以為是給無憂的，李氏不禁白了那玉鐲一眼，就把眼光望向別處，誰知稍後那名太監就問了一句。「請問哪位是二夫人？」

一聽這話，眾人一愣，薛金文趕緊指著一旁的李氏道：「這位是我的妾室李氏。」

聽到那太監問自己，李氏很詫異，隨後，讓她更詫異的事情發生了，那太監竟然指著那托盤裡的白玉鐲說：「這對白玉鐲是薛司記為二夫人準備的。」

聽到這話，李氏當場傻了，她瞠目結舌望著那太監道：「什……什麼？這對白玉鐲是給我準備的？」

「如果妳是薛司記的二娘，那就是為妳準備的。」那太監微笑道。

聽到這話，一旁的蓉姊兒拉了拉李氏的袖子，李氏趕緊點頭，伸手接過那宮女手中的托盤。「是、是！我是薛司記的二娘沒有錯！」接過托盤後，李氏望著托盤裡的白玉鐲眉開眼笑的，低聲嘮叨道：「唉呀！這鐲子真是漂亮啊……」

看到姊姊還給李氏準備了禮物，無憂不禁想——姊姊這樣做應該是為了她和母親著想吧？可能她還不知道家裡這一年已經發生了天翻地覆的變化，她和娘在這個家裡已經揚眉吐氣，不再是李氏能夠隨便拿捏的人了。

接著那太監指著最後兩個托盤裡的東西說：「這裡是文房四寶，是給你們家少爺準備的。這些是兩對珠花、兩串手串，是給府上的兩位小姐準備的。外面還有一簍銅錢，是司記大人打賞府上奴才們的。」

聽到這話，無憂、蓉姊兒和義哥兒分別上前接過東西，薛家上上下下人人都有禮物和賞賜，這次真的是全家都很歡喜。

隨後，薛老太太低頭盤算了一下，然後道：「三日後宮裡應該會來不少人，咱們得先把飯食、紅包、茶點、休息的房間都先準備好。還有門口處要鋪紅氈迎接，門楣上掛紅綢，宅子裡所有地方都好好打掃一遍，把庫房裡存放的能看得上眼的擺設也都拿出來，還有所有吃喝的器具也都要把最上等的準備出來。」

聽完薛老太太的話，朱氏趕緊笑道：「還是老太太想得周到，不像我一下子就懵了，什麼重要的事都想不起來了。」

「這也難怪，好幾年沒有柔兒的音信，妳這個做母親的一時間難免會失了分寸。再說妳身子也不是太好，無憂，妳辦事謹慎妥當，幫著妳娘料理料理。我老了，還有好多事沒有想到，就都交給妳去想了。」薛老太太最後吩咐道。

「祖母放心，無憂一定盡心盡力辦好這件事。」無憂福了福身子道。

「嗯，我也倦了，先回去了，你們各自去忙吧！」說了一句，薛老太太便歡喜地讓丫頭雙手捧著那碧玉如意，由燕兒扶著回房去，其餘人等也都各自回房。

薛金文、朱氏和無憂則是去朱氏的臥室內，商議這次要如何迎接薛柔回來省親的細節。而李氏帶著一雙兒女卻是回自己的房間，自從受罰過後，薛家的事已經都不用他們處理，只管自己吃飽穿暖就好。

坐在八仙桌前，李氏手裡拿著那對白玉鐲，透過陽光仔細看著，並不停地說：「唉呀，這對鐲子的玉石真是上好的，在陽光底下都沒有什麼瑕疵，這宮裡出來的東西真是沒有話說。」

一旁的蓉姊兒瞥一眼自己面前的珠花等物，撇了撇嘴道：「娘，不會一對白玉鐲就把您給收買了吧？」

蓉姊兒的話讓李氏把白玉鐲放回托盤裡，道：「妳這丫頭怎麼說話的？人家有什麼好收買我的？人家好歹叫我一聲二娘，現在有出息了，送我一樣東西不行嗎？再說了，人家不是也送給妳和義哥兒了嗎？人家難道還要把你們兩個也收買了不成？」

李氏的話卻是讓蓉姊兒冷笑道：「哼，娘，人家這是拿東西來打咱們的臉呢，您忘了原先您是怎麼對待人家的，她現在會那麼好心？不但不計前嫌，還要拿這麼多東西來討好咱們？說白了，人家只不過是拿這些東西來告訴咱們，以後咱們得看著人家的臉色過日子罷了。」

「哼，她們都不是什麼好東西，能幫我就是故意不幫，我要是將來高中了進士，難道會虧待她們嗎？娘，兒子看她們就是怕咱們二房將來發達了會打壓她們罷了。」一旁的義哥兒也把那上好的文房四寶扔到一邊，眼神中還帶著憤恨。

聽到一雙兒女的話，李氏想想也是，她以前做了那麼多對不起大房的事情，人家怎麼會這樣以德報怨呢？看著剛才還喜歡得愛不釋手的白玉鐲，竟然有些礙眼了，便推了一下面前放著白玉鐲的托盤，厭惡地道：「紅杏，收起來吧！看著就心煩。」

這日，無憂把該吩咐的事情都吩咐下去，又帶著幾個得力的下人去庫房挑選能夠用得上的擺設和器具。隨後，下人們全忙碌起來，採買、打掃、清洗，該忙什麼都忙什麼去了，一直到黃昏時分，無憂才疲憊地進了自己的房間。

剛坐在八仙桌前的繡墩上，連翹就貼心地奉上一杯熱茶。「二小姐，忙了這半日，您肯定又渴又餓的，奴婢給您準備了茶點。」

瞥眼看看面前一碟綠豆糕，無憂笑著點點頭。「嗯。」隨後便吃了一塊綠豆糕、喝了一杯茶水，疲乏也被這杯熱茶給沖走了。

這時，連翹把一個鋪著紅綢的托盤放在八仙桌上，笑道：「二小姐，您這半日只顧著忙，還沒好好看看大小姐給您準備的禮物呢！」

可不是嘛，忙了半日連茶水都沒顧上喝，當然更沒有時間看姊姊送給她的禮物了。低頭望著紅綢布上靜靜躺著兩朵用珍珠和寶石編製而成的珠花，真的是很精巧雅致，而那一串紅色瑪瑙手串更是靚麗，那深深的紅色放射著瑩瑩玉潤的光芒。伸手拿過那瑪瑙手串，戴在白皙的手腕上，既能襯托手腕的潔白，也能顯示那瑪瑙的紅，而且手感水潤冰滑，是件很漂亮的飾物，無憂看著很是喜歡。

「二小姐，這麼好的瑪瑙手串，您說大小姐怎麼捨得給二房那邊？還有那對白玉鐲，當時奴婢們都以為是大小姐為您準備的呢！沒想到是給二奶奶的，而且連義哥兒都有禮物，您和三小姐還都是一樣的，她怎麼能跟您比呢？奴婢看大小姐是忘了曾經怎麼被二奶奶刻薄地對待過了。」說起這事連翹還憤憤不平的。

也難怪連翹會如此說話，以前連翹都是跟著大小姐薛柔，薛柔進宮之後，她才轉而伺候無憂，連翹小時候等於也是跟著薛柔長大。薛柔待人和善，尤其對比自己小好幾歲的連翹也很寬厚，連翹對薛柔也有很深的感情，那一段艱難的歲月和大小姐一起度過，連翹自然知道其中的苦楚。

「姊姊做事自有她的道理，她現在身分畢竟有所不同，皇上身邊的從五品女官，掌管著記錄皇上和後宮娘娘們日常起居的事宜，行事都要大氣得體才是，哪裡還能總是記住這些陳年往事中的小恩怨？再說姊姊大概也是為了咱們大房裡的人不被二房太嫉恨，也為了祖母和爹的面子著想，不得不如此罷了。至於我和蓉姊兒的東西一樣，那也只不過是明面上堵住眾人的嘴罷了，姊姊從小最疼愛我，等她三日後回來，肯定有更好的東西相贈的。」無憂笑著解釋道。

其實送什麼東西她是一點也不在乎，反而想到三日後可以見到姊姊，她的心竟然從來沒有如此激動過，不知道姊姊這幾年變成什麼樣子？她可是有一肚子的話想對姊姊說呢！

聽了無憂的話，連翹笑著點頭道：「還是二小姐說得是，奴婢畢竟見識淺薄，不明白這道理。」

「好了，忙活這半日，妳也累了，告訴廚房把飯傳到屋子裡來吧。我也倦了，今日早點休息，明日還有一大堆的事等著咱們呢！」無憂吩咐道。

「是。」連翹應聲後便趕緊去了。

連翹出去後，無憂的眼光落在書案上那些大黃和生地上，不禁皺了眉頭，心想——姊姊回家省親的事看來又要讓這件事延後了。不過今日已是臘月初，等姊姊的事忙過之後，那就是離年關越來越近，她的心不由得也著急起來。不過她這個人就是會自我調節，在心中告訴自己——

不要著急，不要著急，一定要冷靜才是！

第二十六章

經過幾日熱火朝天的忙碌，終於到了三日後，臘月一個陽光和煦的日子。今日薛家門口鋪了很長的紅氈，門楣上也掛了紅綢，一大早，薛家上下一干人等就站在大門外等待著宮裡馬車的來臨。

今日，薛家家眷們都穿著盛裝，薛老太太、朱氏、李氏、無憂和蓉姊兒都穿著鑲皮毛的披風，髮髻上戴著鑲嵌寶石或赤金的步搖，並且每人頭上還戴著紅色或粉紅色的堆紗（注），顯得格外喜氣洋洋。

眾人等了大概半個時辰後，興兒便飛跑著回來稟告道：「稟告老太太、大爺，有一隊朱輪馬車朝咱們家這邊來了。」

聽到這話，薛金文趕緊道：「趕快去準備迎接大小姐。」

「是。」興兒急匆匆地去囑咐小廝們，看到大小姐來了要馬上放鞭炮。

聽到姊姊的馬車過來了，無憂的心莫名地一緊。幾年未見，思念如同潮水般地湧來，伸長了脖子望著前面的路，果不其然，一會兒工夫便看到有一隊大概四、五輛馬車正朝這邊而來。

注：堆紗，用薄絹摺疊縫製成花朵或某種裝飾物。

「柔兒。」身旁的朱氏呼喚了一聲。

聽到這迫切的聲音，無憂轉頭一望，只見站在自己身側的朱氏望著越來越近的馬車竟然落下淚來，隨後，她便上前扶住朱氏。朱氏感覺到自己的胳膊一緊，轉頭一望眼圈已經紅了的無憂，她才擦了把眼淚，趕緊抑制住自己的情緒。

只見馬車緩緩地朝薛家大門移動而來，為首的是一輛朱輪華蓋馬車，後面跟著三輛朱輪青色平頭馬車，駕車的都是青一色穿土黃色衣服的小太監。雖然這一行人並不十分張揚，但一看就知道是皇宮裡出來的人。

這時，興兒親自去點燃放在地上的一千響紅色鞭炮，隨即，只聽噼噼啪啪地上的鞭炮開始一陣亂響，大紅色的鞭炮被炸了個粉碎，地上到處都是飛揚的紅色紙屑，一時間街坊鄰居都跑出來看。薛家的閨女今日從宮裡回來省親的消息早已傳遍幾條街。

鞭炮放完後，後面馬車上已下來好幾個宮女，其中一個穿粉色宮裝，梳雙螺髻的宮女走到那華蓋馬車前，伸手撩開車簾，並朝馬車裡伸出手。眾人的眼光都落在那輛馬車上，一刻後，只見有一隻素白的手搭在那宮女的手上，然後便從馬車裡走出一位身穿粉色披風、領子上鑲白色貂毛的女子，只見那女子約莫二十出頭，梳著左右對稱的髮髻，髮上只戴著一支攢珠赤金的菊花紋髮釵，別無其他的裝飾，臉上也是淡淡的妝容，卻給人一種很大氣端莊的感覺。這副打扮也很合她宮中女官的身分，既比宮女高貴許多，卻又一點也不奢華張揚，沒有皇家妃子公主那種花枝招展的尊貴。

仔細端詳一下姊姊，她仍如同幾年前一樣溫柔端莊，眼神中依舊是如同一汪靜謐的湖水般嫻靜。這時候，薛柔已在宮女的攙扶中走下腳踏，看到迎上來的母親，薛柔的眼圈一紅，然後又看看由丫頭攙扶過來的滿鬢蒼蒼的祖母，以及站在不遠處的父親薛金文，薛柔的眼淚已經蓄滿了眼眶，隨即，她便趕緊翩翩下拜道：「參見祖母，參見母親。」

朱氏剛想上前去握住女兒的手，倒是薛老太太知道一些規矩，連忙道：「趕快起來，妳現在是皇家的女官，怎麼好對我們這些白衣行禮呢？」

聽到這話，薛柔趕緊點點頭，走進薛家大門。薛柔看到闊別已久的家，當然是百感交集，但是看到親人更是激動，一隻手拉著母親朱氏，另一隻手拉著祖母薛老太太，眼光在無憂的身上一掃，眼淚已經止不住地流下來。

看到女兒的眼淚，薛金文當然也心生感慨，只不過他是個男子，所以強忍著把淚水憋了回去。李氏、蓉姊兒和義哥兒只在他們身後默默地跟著，臉上沒有什麼表情。

步入正廳後，薛老太太母子執意讓薛柔坐在正座上給她行禮，薛柔拗不過，畢竟禮法如此，只好如坐針氈地在正座上坐了。眾人剛剛行禮，薛柔便趕緊上前把祖母、父親和朱氏扶了起來，道：「你們行這樣的大禮，讓柔兒怎能承受得起？祖母、爹、娘，還有二娘，趕快上座，讓柔兒給你們請安。」

薛老太太、薛金文、朱氏和李氏上座後，薛柔一併下跪請過安，便轉身打量了無憂、蓉姊兒和義哥兒一眼，不禁笑道：「都長這麼大了，都是大姑娘、小夥子了。」

「給姊姊請安。」隨後，無憂帶著蓉姊兒和義哥兒給薛柔行了禮。

這時候，李氏趕緊跑過來，拉著義哥兒笑道：「大小姐，義哥兒知道妳要回來，可是高興得不得了，這兩天一直都跟著小廝們忙活呢！」

聽到這話，站在邊上伺候的連翹不禁撇了撇嘴，無憂則是扯了下嘴角。

薛柔望著義哥兒微笑道：「弟弟辛苦了。」

薛柔隨後便坐在大廳右首的位置上，望著薛老太太問：「這幾年祖母身體可還安康？」

薛老太太笑著點頭道：「我這老婆子除了腿疼腰疼以外，倒是沒什麼要命的病，這兩年多虧無憂常常給我把把脈，有什麼小病小災的，吃點藥也就好了。」

「那就好。」薛柔點點頭，然後道：「無憂小時候就特別愛看醫書，看來長大還真派上用場。」

「何止派上用場，這幾年妳沒回來不知道，她的醫術在一些達官貴人那裡還是很有名的，只是礙於是個女流，都是偶爾出去行醫。不過這一年她開了間製藥作坊，經營得還不錯，對了，在城外還買了一處莊子，只可惜妳沒有機會去看看。」薛老太太笑著望了一眼無憂道。

薛柔轉頭望著無憂，笑著點了下頭，彷彿並不感到意外。隨後又望向朱氏，眼眸中多了抹揮不去的關切和牽掛，道：「看著娘的氣色，身體應該比以前好多了吧？」

聽到女兒的話，朱氏忍不住掉下淚來，哽咽得都說不出話，惹得薛柔眼圈也紅了。坐在旁邊的薛金文趕緊用嗔怪的語氣說：「女兒在跟妳說話，妳哭什麼？惹得女兒也哭了。」

朱氏趕緊用手絹擦了淚，可是鼻子還是紅的，趕緊笑道：「我的身體比以前好多了。柔兒，妳呢？妳這幾年過得怎麼樣啊？有沒有遇到什麼為難的事？有沒有吃苦？」

聽到娘的噓寒問暖，薛柔聲音有些哽咽了。「娘不必掛念女兒，在宮裡吃得好穿得暖，並沒有什麼為難的。至於吃苦，一開始是吃了一點苦，不過現在也用不著吃苦，娘一切放心，只要保重自己的身體就好。」

這時候，好久沒說話的李氏開口了。「是啊，姊姊，皇宮裡都是錦衣玉食的，況且大小姐是女官呢，您就放心準備在家裡享福就是了。」

聽到這話，薛柔含笑道：「倒是二娘風采依舊，美貌不減當年。」

聽了薛柔誇讚的話，李氏伸手摸著如雲的鬢邊，笑道：「是嗎？妳二娘現在都老了，比不得妳們姊妹三個都是妙齡呢！」

「蓉姊兒也這麼大了，記得前幾年我回來的時候，她還是個小丫頭呢！」薛柔望著坐在一旁的蓉姊兒笑道。

「姊姊回來那年我只有十一歲。」蓉姊兒說。

薛柔點了點頭，李氏趕緊又把話接了過去。「今年蓉姊兒都十五了，春天的時候剛及笄的。」

「都及笄了？那就是大姑娘了。」薛柔點了下頭說。

「可不是說嘛，這過了年可就十六，也是到該議親的時候。」李氏笑道。

這時，薛金文插話道：「無憂的婚事還沒有議，蓉姊兒著急什麼？」

李氏卻道：「大爺，無憂的婚事差不多有些眉目，也該想想蓉姊兒的婚事了。」

聽到李氏的話，薛柔瞥了一眼坐在斜對座的無憂，轉頭問祖母和父母道：「不知無憂的親事可定下來了？」

聽到姊姊問起自己的婚事，無憂抬眼望著薛老太太、薛金文和朱氏，想聽聽他們怎麼說，畢竟現在姊姊的身分已不同往日，姊姊在這件事上能夠有發言權，也許會是一個轉機也說不定。

聽到薛柔問起無憂的婚事，薛老太太和薛金文夫婦對視了一眼，想到這已經進了臘月，馬上就要過年，這些日子以來那個李大發倒也挺安分守己地經營著肉鋪。這幾日正不知道該怎麼對無憂開口這門親事，不想薛柔在此時問起，也罷，早晚都得說，不如此刻說出來好了。薛柔畢竟是無憂的親姊姊，也可以對這件事出個主意。薛老太太便開口了。「前些日子有一家託媒婆過來說親，我們有些躊躇，所以就晾下來。不過這些日子我和妳爹娘想想倒也算還好，就想著是不是等過了年，就把無憂的這門親事定下來好了。」

薛老太太說這話的時候，有意無意地看了無憂一眼，聽到這話，無憂也望了望薛金文和朱氏，見他們神色自若，看來應該是同意老太太的說法。又把眼光望向姊姊薛柔，正好薛柔的目光也望來這邊，這一刻，無憂多想告訴姊姊——她不願意啊、她不願意！

看了無憂一眼，薛柔問：「不知祖母說的親事是哪一家公子？」

「妳在家裡的時候也認識，就是妳二娘娘家兄弟的兒子。」薛老太太回答。

聽到這話，薛柔略略地皺了下眉頭。

還沒等薛柔說話，李氏趕緊道：「是我娘家的姪子大發，您小時候也見過的。」

薛柔低頭想了一下，抬頭道：「好像是小時候長得虎頭虎腦的那個吧？」

「是，大發小時候長得就壯實，跟一頭小老虎一樣的。」李氏趕緊陪笑道。

聽到這話，無憂不禁輕蔑地扯了扯嘴角，還小老虎呢？簡直就是一頭豬好不好？姊姊也太會說話了點。

「不知現在大發在做什麼？」薛柔笑問。

「我娘家原來不是一直都開肉鋪嗎？現在大發就在經營肉鋪。呵呵，雖然是個買賣人，但以後也能豐衣足食。就算是讀個書，將來也撈不上個功名，那有什麼用啊？還是日日能進錢才是實在的。」李氏說這話的時候有些訕訕的，因為薛家畢竟也是幾代書香門第，配個肉鋪的少爺那還真是有點委屈，要不然十幾二十年前，她這個肉鋪家的小姐也不會到薛家來做妾了。

聽到這話，眾人的目光都望著薛柔，無憂就等姊姊能夠說一句話來否定這件事，而薛金文夫婦對這樁婚事還是不怎麼樂意的，無奈是形勢所逼，也有些拿不定主意，所以也想聽聽大女兒的意思。還有薛家老太太，她是個封建守禮者，無憂的名聲已經如此，不嫁給李大發，她認為也沒有別的辦法，更何況廟裡的菩薩也有了指示，可是李家到底和薛家不怎麼般配，也想聽聽薛柔的意見。李氏則是趕緊奉承著薛柔，希望她對這樁婚事不要有異議，畢竟這馬上就要過年，等過了年，這樁婚事可就能成了。

薛柔低頭凝了下神，然後半晌才在眾人的注視下說了一句話。「這樁親事倒也算是親上加親。」

說完這一句，眾人還想聽下面的，可是薛柔竟然就不說話了。這時候，坐在一旁的無憂都快急死了。我的好姊姊，妳就不能再說一句，李家和咱們家不合適！

接著，薛柔端起茶碗喝了一口茶，才道：「對了，我來的時候聽說爹已經升任吏部主事了？」

聽到薛柔這樣就轉換話題，無憂真是洩了氣，坐在椅子上一言不發，只是耳朵還在聽著。薛老太太和朱氏也沒有再繼續說下去，而是跟著薛柔轉到下一個話題。

薛金文道：「是啊，都二十年了，終於是升遷了這一步，妳爹這輩子估計也就到這一步了。」

「爹才剛過四十，怎麼就說這樣的話？您現在正是年富力強的時候，說不定以後還會成為國之棟梁呢！」薛柔笑道。

「柔兒妳可別拿妳爹尋開心了，妳爹我只是一個區區六品的吏部主事，在京城裡這樣的品階沒有一千也有八百，還談什麼國之棟梁？我這輩子算是看到了頭，以前的雄心壯志也都煙消雲散了。」薛金文擺擺手笑道。

薛柔則是陪笑道：「其實普通人的生活未必不好，比起榮華富貴，女兒更希望爹和娘歲歲長健，恩愛福樂。」

「到底是我的女兒，最知道我的心。」朱氏點頭稱是。

又說了一會兒的家常話，平兒忽然進來低首回稟道：「老太太，午飯準備好了，現下擺在您的房裡。」

薛老太太道：「柔兒，我的炕上暖和，就把午飯擺在那裡。奔波了半日，妳也餓了吧？妳娘給妳準備了許多妳在家時愛吃的菜呢！」

薛柔笑道：「讓祖母和娘費心了，你們不知道在宮裡的時候，每天作夢都想著家裡的飯菜呢！」

「好了，咱們邊吃邊聊去。」薛金文說了一句，隨後眾人便簇擁著薛老太太和薛柔走出大廳，朝薛老太太的房間走去。

一頓飯的工夫很快就過去了，吃完飯後，又和薛老太太等人說了一會兒話，薛柔就藉口累了，往朱氏這邊來休息。一時間，支走了下人，無憂去外面張羅打賞薛柔帶來的人的事宜，並且安排他們午飯和休息，榻上只歪著已經脫去外衣的朱氏和薛柔，母女倆說著一些私密的話。

朱氏把這幾年的經歷都說給薛柔聽，對於朱氏在薛家翻身做主人的事，薛柔似乎並不怎麼感到驚訝，好像她都已經預料到一樣。不過說到無憂的婚事，朱氏思慮再三，還是把李大發的那件事告訴薛柔，雖然不想讓她在宮裡為無憂擔心，但到底也是一件大事，她也想和大女兒討個主意，剛才在大廳裡她不便明說，畢竟是當著李氏的面呢！

聽完朱氏的敘述，薛柔低頭凝了下神，彷彿並不感到意外，只說了一句。「這件事無憂怎麼看？我想她多半是不願意的。」

朱氏嘆了一口氣。「我也知道她自然是不樂意的，可是妳祖母說得也有道理，而且在寺廟裡求籤也說無憂已經紅鸞星動。我和妳爹雖然拿不定主意，可也沒有更好的辦法，總不能看著她以後孤老在家裡吧？」

「娘不必憂心，據我看無憂是個有福氣的，以後不但會嫁個好夫婿，更會子孫滿堂。」薛柔笑道。

「我知道這是妳勸我的話，唉，只要讓她別跟我一樣就好了。」朱氏道。

正說著話，外間門一響，便有個清脆的聲音傳來。「娘、姊姊，妳們在說什麼呢？」抬眼看到是無憂來了，薛柔趕緊起來。無憂解開外衣，走到榻前，薛柔趕緊拉住她的手，道：「快坐下，讓姊姊看看。」說著，薛柔的手便摸了摸無憂的臉頰、髮髻，然後眼眸從上到下地看過一遍，神情裡有說不出的喜愛。

這一刻，無憂才感覺到那個溫柔的姊姊又回來了，只是剛才在大廳裡不便表現出來而已。薛柔在端詳無憂的時候，無憂也在仔細地看著姊姊，這幾年下來她比以前更美麗了，白瓷般的臉龐，彎彎的眉毛，嫻靜的雙眼，性感的雙唇，全身上下透露出一抹成熟嫻靜的美。

「真是大姑娘了，幾年不見，要是走在大街上，姊姊都不敢認了。」薛柔笑望著朱氏道。

「姊姊是越來越美麗了。」無憂笑著坐在姊姊的身邊，彷彿想起小時候，她就是姊姊的一個跟屁蟲，薛柔去哪裡，她都要跟去哪裡。

聽到這話，薛柔笑道：「妳呀，真是越來越會說話了。」薛柔伸手掐了一下無憂的臉蛋，感覺臉頰被輕輕地一捏，無憂衝著姊姊單純地笑著。

看到兩個女兒如此要好，朱氏笑道：「妳們姊妹倆從小感情就好，這麼多年未見了還是如此。唉，只是不能夠常常在一起，柔兒要不是去了宮裡，怎麼著妳們以後也是個臂膀不是？」說著，朱氏又傷感起來。

看到朱氏傷懷的樣子，無憂趕緊笑道：「娘，無論姊姊在哪裡，我們的心都在一起的。」

薛柔對著無憂一笑，點頭道：「無憂說得對，再說誰知道以後會變成怎麼樣呢？也許會常常見到也不一定。」

「但願吧！」看到兩個女兒相親相愛的樣子，朱氏點了點頭。

「姊姊，快跟無憂說說妳這幾年在宮裡過得怎麼樣？這次又是怎麼升到司記的？」無憂關切地問著薛柔。

聽到無憂的問話，薛柔抿嘴一笑，輕描淡寫地說：「在宮裡每天都過著差不多一樣的日子，也沒什麼好說的。至於升任司記的事，當然是每日兢兢業業做好自己分內的事情，時候久了，上面就會看到，再加上從來沒有出過什麼大差錯，等到上面有空缺的時候，自然就升上去了。」

「這倒也是。」無憂點了點頭。

「對了，聽說妳的醫術很是了得，妳們這些年的境遇也不錯。我不在娘身邊，一切都得靠妳，真是辛苦妳了。」薛柔對於不能在朱氏身旁盡孝，很耿耿於懷。

「姊姊哪裡話，這些都是我應該做的。」無憂笑了笑，然後又道：「對了，姊姊，妳這次回來，無憂也沒什麼好送姊姊的。平時我都有在研配藥丸，給妳準備了一些平時保養的補藥，妳帶回去吃吃看。還有我那個小莊子上的一些新鮮吃食，我剛才已經一併都準備出來，讓妳帶來的宮女搬到馬車上去了。」

「妹妹有心了。」薛柔笑著點了點頭。

娘兒三個又說笑了一會兒，外面便傳來平兒的聲音。「大奶奶，大爺叫您去看一下給大小姐準備帶回去的東西呢！」

朱氏站起來，道：「妳們姊妹兩個先說著話，我去看看就來。」

「有勞娘了。」薛柔笑笑。

朱氏走了之後，房間裡只剩下薛柔和無憂兩姊妹，薛柔見四下無人，便抓住無憂的手，問：「無憂，姊姊對妳還算了解，和李家這門親事妳一定不樂意。妳可有心上人了？」
聽到姊姊突然問起，無憂的臉還是一紅。雖然在現代這根本就不算什麼，但是畢竟在這個時代生活太久，她也變得羞赧了，更何況在現代她也是個矜持的人。
看到無憂的臉都紅了，薛柔卻是笑道：「害羞什麼？本來妳已經是大姑娘了，少女懷春也是理所應當的事，更何況現在並沒有別人，只有妳我姊妹二人，咱們是說一些私房話而已。」
聽到姊姊的話，無憂只得搖搖頭。「姊姊，無憂並沒有什麼心上人。」
「既然沒有心上人，那妳可有比較喜歡的男子？或者說比較有好感的男子？」薛柔繼續追問著。
「姊姊，我都說沒有了。」無憂趕緊回答，眼眸有些奇怪地望著姊姊，不知道她問自己這個做什麼？不過想想也並不奇怪，朱氏一說起自己的婚事就擔憂不已，姊姊從小最疼愛自己，而且幾年了才回家一次，等到下次再相見都不知道何年了，而婚事又是她的終身大事，姊姊難免會多問幾句。
薛柔點了點頭，說：「雖然妳有時候也出去行醫，但是到底接觸的青年男子不多，沒有什麼有好感的人也是有的。」
「姊姊，那在宮裡妳可有心上人呢？」無憂很好奇地問。姊姊已經二十多歲了，如果在民間，早已兒女繞膝了。難道進了那不見天日的地方，姊姊真的會一直一個人走下去嗎？

聽到無憂的問話，薛柔一怔，大概沒有想到妹妹也有此一問吧？隨即又微微笑道：「有沒有心上人是一回事，能不能跟自己的心上人終成眷屬又是一回事，好多事是不能強求的。好了，別說我，那妳告訴姊姊，妳喜歡什麼樣的男子？」

「啊？」姊姊的問話讓無憂真的是在雲裡霧裡，她問自己這麼多做什麼呢？其實只要去跟祖母和爹娘說一聲，不要讓她嫁到李家去不就行了？她現在做事沒有重點好不好啊？

「快說啊，妳是喜歡溫文爾雅的讀書人，還是威風颯爽的武人，或者是精明幹練的商人？」薛柔笑著問。

緣分的事情怎能用做什麼職業來劃分呢？愛情是不分身分的，只要兩顆心相依，姊姊到底明不明白啊？可是這種前衛的思想無憂又不能說出來，姊姊又非要自己回答，無憂只能含糊地道：「百無一用是書生，酸文假醋的我可不喜歡。」這時候，不知怎的無憂想到了秦顯，他也是個讀書人，不過卻沒有任何讀書人該有的迂腐和酸文假醋，反而是個很開明好相處的人。按理說秦顯有家世，有才能，有品德，還對自己極為關懷，可是為什麼她對他就是沒有那種怦然心動的感覺呢？大概這就是緣分吧？

「也是，我感覺有時讀書人是挺清高迂腐的。那富甲一方的商人妳喜不喜歡？家裡有良田千頃，商鋪雲集，奴婢成百上千，雖然身分不及官宦人家尊貴，卻有官宦人家沒有的富庶，正好妳不也在經商嗎，那算是志同道合吧？」薛柔笑道。

「妳沒聽說過商人重利輕別離嗎？我是嫁人又不是嫁給良田千頃。唉呀！好了，姊姊，妳就別問這些了。現在祖母他們要把我嫁給李家呢，妳要快幫我想辦法才是。」雖然她自己也有辦法，但那個辦法真的不想用，那是有違醫德的。

這時候，房門吱呀一聲從外面打開，宋嬤嬤走進來，笑道：「大小姐，老太太問您休息好了沒有？如果休息好了，請您去前廳用茶點呢！」

聽到這話，薛柔便從榻上下來，站在腳踏上後，無憂趕緊拿了薛柔的披風幫她穿戴上，薛柔欣然接受妹妹的服侍，眼眸一掃站在一旁的宋嬤嬤，柔聲道：「宋嬤嬤，我看妳的身體還挺硬朗的，不過畢竟年紀大了，自己好生保重才是。」

宋嬤嬤也是看著薛柔長大，雖然名分上是奴才主子，但其實跟薛柔的奶奶外婆也差不多，這次薛柔回來，宋嬤嬤也是高興得直掉淚，趕緊點頭道：「這幾年奶奶都不怎麼讓老奴幹活，只是看著平兒和小丫頭她們而已，唉，老奴都不中用了。」

聽了宋嬤嬤的感慨，薛柔走上前去，伸手握了一下宋嬤嬤的手，笑道：「宋嬤嬤哪裡話，妳是我娘的奶娘，有妳在娘的身邊我才放心。我和無憂小時候幸虧有妳在，妳就是娘的主心骨呢！以後可千萬不要再說自己不中用了，妳的用處大得很！」

薛柔的話讓宋嬤嬤不禁眼中都帶著淚花，哽咽道：「有大小姐這句話，老奴這輩子肯定為大奶奶鞠躬盡瘁。」

「嗯。」拍了拍宋嬤嬤的手，薛柔含笑拉著無憂一起出了朱氏的屋子。

來到正廳，薛老太太、薛金文夫婦以及李氏和她的一雙兒女都已經在正廳裡等候了。院落裡下人們都往外抬著給薛柔帶進宮的吃食和東西，那些太監宮女們領了賞錢還算高興，紛紛都在準備回宮的事宜了。

看到那些宮女太監們在準備回程之事，薛柔和無憂對望了一眼，姊妹兩個的眼眸中充滿不捨和哀傷，不自覺地相互拉著的手也都緊緊一攥。畢竟剛剛重聚，不足幾個時辰後就又要分別，眼圈霎時間都泛紅了。

又坐下來說了會兒話，喝了一杯茶，外面就進來一位穿著土黃色衣服的小太監，低首道：「稟告司記大人，已經申時正，請司記大人起身回程了。」

聽到這話，薛柔的臉色一黯，眼眸呆滯了一下，才對那太監緩緩地道：「準備回程吧！」

「是。」那太監得了令後，便低首退下去。

下一刻，薛柔緩緩地站起來，薛老太太、薛金文、朱氏等也都無奈地站了起來，眼圈都紅了，但都隱忍著，無奈眼淚還是流出眼眶。薛柔的眼眸在薛老太太、薛金文、朱氏、無憂等人身上一一掠過，終究掉下了兩行清淚，聲音哽咽地道：「今日一別，不知何日能再相逢？我走後，不要惦念，以免徒增傷感。柔兒不孝，不能床前盡孝，只能給你們磕三個響頭以報生養之恩了。」說罷，便提起裙子跪倒在地，一連磕了三個響頭。

薛金文和朱氏見狀，趕緊上前一把拉起薛柔，朱氏早已經淚流滿面，伸手摸著薛柔的額，心疼地問：「妳這個傻孩子，疼了沒有？嗚嗚……」

看到此情此境，無憂也擦了兩把眼淚，她是最不愛哭的，因為她知道女人的眼淚不值錢，那也是脆弱的表現，哭能解決什麼問題？還不如利用哭的時間去想想該如何解決問題。當然也有人說女人的眼淚是對付男人的最佳武器，但無憂在前一世就對這句話很不屑，她認為女人做什麼都要憑實力，不需要流眼淚。不過，在這一刻的親情流露下，她還是忍不住流了淚，要知道她的眼淚可是很值錢的。

隨後，在眾人的不捨和哭泣中，薛柔被眾人簇擁著走出大廳，一路依依不捨地出了薛家的大門。

「祖母、爹、娘、二娘，你們都保重。」回頭望了最後一眼送別她的親人，薛柔轉身拉著無憂的手走到自己的馬車前。

抬腳登上小腳踏，無憂扶著薛柔上了馬車，坐在馬車上，薛柔淚眼婆娑地望著無憂，無憂發自內心地叫了一聲。「姊姊。」

隨後，只感覺自己拉著姊姊的手心裡突然多了一個硬硬的東西，低頭一望，只見竟然是一枚和田白玉扳指，無憂剛想開口問，不料姊姊卻用低得只有她能夠聽見的聲音道：「趕快收好，不要讓別人看到，萬一有十萬火急的事就拿出它來，這比菩薩都來得管用。」

「什麼？」這話讓無憂怔怔地盯著姊姊。

「記住，要十萬火急的事才可以。」囑咐了一句，薛柔便收回自己的手，然後眼眸望向站在離馬車大概一丈遠處的薛老太太、薛金文夫婦以及薛家上下人等，不覺眼睛都迷茫了起來。

「啟程！」一刻後，一聲尖銳的太監聲音傳來，馬車的車簾就被一個宮女撩下來，馬車也緩緩地啟動了。

「柔兒……」朱氏含淚喚了一聲，便歪在薛金文的身上。

直到一隊馬車漸行漸遠，再也看不到影子，薛家眾人才轉身回了府。薛柔走後，朱氏自然是柔腸百轉，無憂等勸慰了好一會兒，晚飯後又有薛金文陪著才漸漸好了些，無憂才回到自己的房間裡。

忙活了幾天，無憂疲憊得很，坐在椅子上，小腳踏上放著一盆溫水，她正用溫水泡腳，一整天的疲勞慢慢緩解。一旁的連翹則站在床前鋪床，不過嘴巴可是沒有閒著，一直都在嘮叨著——

「二小姐，您說二奶奶那邊真是太勢利眼了。妳看看大小姐一回來那個巴結奉承啊，以前大小姐在家裡的時候，她可是都不拿正眼看大小姐一眼的。今兒吃午飯的時候又是倒酒又是挾菜的，還說特地給大小姐做了衣服繡了鞋墊，其實那些東西哪是她和蓉姊兒做的，我私下裡聽說都是紅杏和綠柳代勞的。還有義哥兒，說什麼他在家裡待了好幾天，就為了大小姐回來的事忙活，天地良心，這幾天裡裡外外的事情不都是二小姐您在操心？」

聽了連翹的一頓嘮叨，無憂微笑著搖搖頭說：「唉，以後誰敢把妳娶回去，我真是佩服死他了。」

聽到這話，連翹轉過身子望著正在泡腳的二小姐，摸不著頭腦地道：「二小姐您什麼意思啊？」

「是人都會被妳嘮叨死的。」無憂笑道。

無憂的話讓連翹氣得噘起了嘴，嗔怪地道：「二小姐就會拿人尋開心，人家也是為大小姐打抱不平嘛，哼！」哼了一聲後，連翹便轉過身，使勁地拍打被子鋪著床。

床鋪好後，無憂便躺下了。連翹走後，無憂從懷裡摸出那枚扳指，低頭望去，只見那扳指是用羊脂白玉做成，摸上去細膩無比，便知道這件東西肯定是十分貴重。掂掂這東西的分量，看看尺寸，感覺這應該是男人用的東西，可是姊姊怎麼會給自己一件男人的用物呢？而且還說什麼萬一有十萬火急的時候比什麼菩薩還管用？無憂真是弄不懂這話了。姊姊又不許她讓別人看到，所以還是先收起來，等以後有機會再慢慢研究吧……

第二十七章

雖然是寒冬臘月，但是承乾殿東廂房內仍舊溫暖如春，紫檀花架上的白瓷蓮花盤裡插著鬱鬱蔥蔥的水仙花，此時粉色和白色的花兒開得正旺。青色的鏤空雕花香爐中飄出裊裊的香煙，整個廂房內寂靜非常，不知道的還以為空無一人，其實有一個人坐在明亮的燈火下已經很久了。

幾年不曾回去，每日都在惦念著家人，可是回去了，再回來反而更加惆悵，好在家裡的一切還好，比她離家以前不知道好了多少倍。皇上真沒騙她，一切都如他所說，可她依舊是悶悶不樂的。

咚咚……咚咚……

二更的鼓聲傳來，薛柔抬頭望了望門的方向，大概還抱有一點他可能會來的希望吧？

一直在旁邊垂手侍候的貼身侍女薔薇見主子省親回來後，一直都悶悶不樂的，便趕緊道：「大人，已經二更天了，不如讓奴婢服侍您安歇吧？大概……皇上今晚是不會過來了。」

聽到薔薇的話有些支吾，薛柔轉頭望了她一眼，便知道肯定是有什麼緣故，畢竟薔薇已經跟在她身邊很久了，所以問：「妳怎麼知道皇上不會來了？」

「這……」聽到主子的問話，薔薇支吾了一下，趕緊道：「今日有外省覲見的官員，聽說皇上還要賜飯，都這個時候，皇上肯定不會過來了。」

薔薇的話讓薛柔扯了一下嘴角，沈下臉色，道：「薔薇，跟我說實話。」

見主子如此說，薔薇趕緊跪下，畏懼道：「奴婢該死！奴婢不該說謊的，可是奴婢怕說出來會惹您傷心，所以奴婢才……」

瞥了一眼跪在地上求饒的薔薇，薛柔的臉色漸緩，說：「起來吧！」

「是。」薔薇這才敢起身。

「妳跟著我也時候不短，妳知道我最忌恨說謊話，就算傷心也罷、生氣也罷，我只想聽真話，知道嗎？」薛柔抬眼望著面前的薔薇道。

「奴婢知道、奴婢知道。」薔薇趕緊道。

「說，到底怎麼回事？」薛柔隨後又問了一句，臉色已經不大好看。

這次，薔薇不敢再說謊，也不敢再敷衍，趕緊低首回答：「回大人的話，晚飯過後，奴婢偶然聽到小安子說寒星殿已經派人過來請萬歲爺兩次了。」

聽到這回答，薛柔半天不語，面上沒有任何表情，分不出是不悅還是傷心，嚇得薔薇在一旁動都不敢動。過了好半晌，薛柔才道：「既然如此，那就不要等了，給我卸妝準備安歇了吧！」

「是。」聽到主子的話，薔薇趕緊應聲。

薛柔剛從紫檀雕花椅上站起身來，不想外面便傳來一陣沈穩的腳步聲，還有一聲帶著些許威嚴的男音。「不等朕來就要安歇了？」

突然聽到他的聲音，薛柔那面無表情的臉上立刻露出驚喜，轉身一望，只見一身明黃色的頎長身影，已經穿過同色布幔來到她的面前。

看到德康帝，薛柔趕緊翩翩下拜，道：「參見皇上。」

還沒等拜下去，德康帝便一把將她拉起來，嗔怪道：「不是說只有妳我的時候不用妳行禮的嗎？妳怎麼總是記不住呢？」

「可是現在不是只有你我啊。」薛柔調皮地反問。

聽到這話，德康帝轉頭一瞥在一旁侍立的薔薇，朝她揮了下手，道：「退下。」薔薇趕緊低首退下去。

薔薇走後，暖閣中便只有德康帝和薛柔，他拉著她的手坐在梳妝檯前，他站在她的背後，雙手握住她的肩膀，從銅鏡中望著她，柔聲說：「今兒有外省的封疆大吏進京覲見，所以朕宴請了他們，又說了許多朝廷上的事，沒想到已經到了二更天。怎麼樣？今日回家省親高不高興？朕還等著妳回來向朕彙報呢！」

「能回家見到親人當然高興了，不過相聚的時候畢竟太短了，回來之後又有些傷感。」薛柔說這話的時候垂下眼瞼，眼前還都是娘、爹、妹妹、祖母他們的畫面。

德康帝沈默了一下，然後望著銅鏡中輕蹙蛾眉的美人，充滿歉疚地道：「都怪朕不好，幾年了都沒有讓妳回去見過家人。」

聽到德康帝的自責，薛柔趕緊抬起頭來，望著銅鏡中的他道：「這怎麼能怪皇上呢？柔兒知道這次皇上能夠恩准柔兒回家看看，也是冒了極大風險的，柔兒都不知道該說什麼好了。」

聽到薛柔善解人意的話，德康帝握在薛柔肩膀上的手加重一點，像是在保證地道：「妳放心，等時機成熟了，朕一定准允妳想什麼時候回家就什麼時候回家，保准妳回家回得都嫌煩了。」

「呵呵，每天都回一次我都不嫌煩，再說要是有那麼一天，我就讓皇上恩准我可以在家裡常住了。」薛柔笑著轉過身來望著德康帝道。

「什麼？常住？那可不行。妳回家常住了，把朕一個人留在宮裡嗎？那朕豈不是要寂寞死了？」德康帝呵呵笑道。

聽到這話，薛柔不禁撇了下嘴角，帶著一抹拈酸吃醋的語氣道：「皇上怎麼會寂寞？皇上可是有三宮六院七十二妃呢！而且還有各個附屬國進貢來的美女，皇上只怕樂還樂不過來呢！」

聽了薛柔的話，德康帝嘴角一勾，手指也捏住薛柔那精巧的下巴，笑道：「朕怎麼聞到這麼一大股的醋味？妳是不是在吃那個南越國送來的美人的醋，還是在吃其他宮殿裡妃嬪們的醋？」

「我才沒有吃醋呢！」說著，薛柔便拉下了德康帝握住她下巴的手，轉身面對銅鏡坐著，又道：「人家只不過是一個給皇上和妃嬪娘娘們記錄言行的司記罷了，哪裡有什麼資格吃醋的？」

聽了這話，德康帝愣望著銅鏡裡的人一刻，忽然伸手拔去鏡中人髮髻上的金簪，又伸手去幫她摘耳環。見狀，薛柔趕緊拉住德康帝的手，詫異地問：「皇上，你做什麼啊？」

「時候不早了，咱們也該歇了才是，朕今兒有些累了。妳是不知道那些封疆大吏們還是很難纏的，管朕要這要那的，朕不能強說不給，還得跟他們周旋到底。」說完，又去摘那沒有摘下來的耳環。

薛柔卻是又拉住他的手，兩個人的目光在銅鏡中交會後，她才輕柔地道：「你今晚還是不要在這裡安歇了。」

「怎麼了？剛才不是還在吃醋嗎？這麼快就要攆朕走了？」德康帝的手摩挲著她那潔白的素手。

對視了一刻他那幽深的眼眸，薛柔笑道：「我哪捨得皇上走呢？每次只有我當值的時候我們才能夠相見，而且為了不讓別人起疑心，我當值的時候你又不能都留在承乾殿裡，所以我很珍惜能夠和皇上在一起的時間。」

一句話就把德康帝說得心都柔軟起來，他的眼光定定地望著銅鏡中的人，他的眼光有一絲無奈，薛柔能夠看得出來，同樣她心裡也很難過。幾年了，他們就是這樣愛不敢愛，每日裡苦苦相思，偷偷見面，不能讓外人知曉，那種苦澀他們真是已經品嘗很久了。下一刻，薛柔的身子便靠在德康帝的身上，倚靠他的感覺是那麼溫暖舒適，可是她又必須要把他推去別人的懷裡，想到這裡她的心彷彿在滴血。

「朕許諾妳，等有一天，朕會讓妳時時刻刻都陪在朕的身邊。」德康帝的臉色有些泛紅。

「嗯，我會等到那一天的。」薛柔點了點頭，然後才道：「聽說謝貴妃那邊今日都來請了皇上兩次，你已經半個多月沒有去過寒星殿，再不過去會以為你故意冷淡她，再鬧到太后那裡就不好了。」

德康帝默然了一刻，隨後點點頭道：「好吧！」

雖然都是為了他著想，但是看到他答應了去寒星殿，薛柔心裡又不是滋味起來，隨後她便挺直了腰身，身子不再靠在他的身上，道：「時候不早了，趕快過去吧，明日還要早朝呢！」

「讓朕再陪妳一會兒。」說完，德康帝的手拉下薛柔輕綰在頭上的髮髻，一頭濃密的黑髮瞬間像瀑布般灑落下來，那黑髮在燈火下閃耀著黑幽幽的光芒。

雖然知道時候真的已經不早了，但是薛柔在心中想——就讓他再陪自己一刻好了，就一刻。

「我有一件事想求皇上答應。」薛柔突然對著銅鏡說。

德康帝一笑。「妳我還用得著這個求字嗎？有事夫人儘管吩咐為夫的就好。」最後一句話德康帝也開起了玩笑。

這句話讓薛柔心裡很受用，只是表面上卻是故意嗔怪道：「誰是你夫人啊？你不要亂叫啊。」

「好啊，妳如果不承認是我夫人的話，那我可就不幫妳的忙了。」德康帝調笑道。

聽到他竟然你啊我啊地說起話來，薛柔會心一笑，轉過身子來，拉住德康帝的袍子笑道：「那我承認你是我的夫君，我的忙再棘手你也要幫。」

「我的好夫人，我一定幫，行了吧？」一句夫君就讓德康帝高興不已。

隨後，薛柔緩緩站起來，雙手抵著德康帝的胸膛，笑道：「今兒晚了，等我下次當值的時候再和你說，你也幫我出出主意，看看該怎麼做才好。」

聽了薛柔的話，德康帝翻了翻眼睛，說：「後天妳當值，那咱們就後天晚上再一起研究研究？」

「嗯。」薛柔點了點頭，隨即，便往外推著德康帝道：「都過了二更天很久了，你趕快去寒星殿吧！」

「唉，哪有像妳這樣做人家夫人的？就只想把夫君往外攆？」嚷嚷了兩句，薛柔還是把德康帝推出東廂房的門外。

哐噹。

德康帝被推出東廂房後，薛柔便趕緊關閉房門，後背靠在門上，眼眸卻是充滿了哀傷，眼眶中也透出淚光，心想——她又有什麼辦法？若非是萬不得已，她又怎麼會把他往外推到別的女人懷裡？也許這就是身為皇帝女人的悲哀吧？她必須要忍受和其他許多女人來分享他，其實在這一刻她能夠得到皇帝的心也已經算是幸運了吧？

半晌後，薛柔才挺直腰身，剛邁步想往屋裡走一步，不想，外面門縫裡卻傳來一道熟悉的嗓音。「柔兒，等後日朕再來和妳說話。」

「欽風？」原來他還沒有走？薛柔轉頭望著緊閉的房門，在嗓子眼處輕輕地呼喚了一聲。

隨後，外面便再也沒了聲響，薛柔知道，這次他是真的走了。望著到處都是明黃色布幔和裝飾的屋子，她頓時感覺心裡空落落得很，沒有了他，這個屋子太大，也太空了。坐在床邊，懷裡抱著軟枕，這一夜，注定她又將是無眠了……

不知怎的，姊姊這次省親走後，無憂感覺身心俱疲，所以歇了好幾日，既沒有製藥，也沒有出外行醫。安定侯沈鎮的腿已經大有起色，最起碼可以自己走十來步，施針和湯藥現在對他病情的作用已經不大，尤其是施針，因為他的腿部筋脈都已經打通，剩下的只需要平時的訓練和運氣來決定了。所以，無憂已經不再頻繁地往安定侯府跑了。

眼看已經過臘月十五，再十幾天就到了除夕。那件事已經不能再等。所以這兩日無憂一直都在做藥丸，自己做的原因，是要把大黃和生地的粉末都加到藥丸裡去，這樣吃下去的人就會不同程度地鬧肚子疼，當然這種藥丸只有保健作用，不會對嚴重的病人有不好的作用。她想了一下，這藥丸還是標價高一點，那些窮苦的百姓絕對不會買這種價格太高的保健藥丸，如此他們也就不會受牽連。再者富人又很講究，吃了有問題的藥丸，肯定不會善罷甘休，到時候一定會找上門來，而她要的就是這種效果。

這日快到晌午的時候，無憂終於做好一共二十盒玫瑰排毒養顏嫩白丸。書案上都是用精緻的描金黑漆紙盒包裝的丸藥，這種丸藥一看包裝就十分高檔。無憂想好了，就賣五兩銀子一盒，雖然貴了點，但是有她無憂堂的名號，肯定能賣出去的。因為以前無憂堂出品的另外幾種也是美容養顏的丸藥，一上市就被搶了個精光，隨後一批又一批的丸藥幾乎是供不應求，一些高檔的養顏丸更是許多達官貴人家夫人和小姐的最愛。唉，想想那些夫人小姐們可都是她薛無憂的搖錢樹，這次是非常時期，如此做真的很對不起她們，不過她也實在沒有什麼別的辦法了。

「連翹。」整理好藥丸，無憂朝外面喊著。

「來了。」在屋外掃院子的連翹聽到喊聲，趕緊跑進來。

見連翹進來，無憂的手拍了拍放在書案上的一摞盒子，道：「這些是我新研製的藥丸，記得明日送到西城大街的王記藥鋪裡去。」西城大街都是達官貴人的聚集地，那裡高檔貨的銷路一直都很好。

聽到這話，連翹走到書案前，掃了一眼那一摞藥丸，點頭道：「知道了。」

正在說話的當口，只見平兒慌慌張張地跑進來，上氣不接下氣地喊道：「二姊，趕快去前廳。」

看到平兒如此焦急，無憂皺著眉頭問：「出什麼事了？」

「剛剛又來一位公公，指名要見您呢！」平兒回道。

聽到平兒的話，無憂一陣狐疑，可是卻來不及多想，趕緊起身隨著平兒快步朝前廳走去。

一跨入前廳的門檻，只見一位穿著土黃色衣服、拿著拂塵的年輕公公正坐在堂上喝茶，薛老太太在另一邊坐著，母親朱氏則是侍立一旁。見無憂來了，薛老太太便指著她道：「這就是我的孫女，閨名無憂。」

聽到薛老太太的話，那太監趕緊放下手中的茶碗，站起來問：「妳就是薛無憂？」

「無憂拜見公公。」無憂趕緊福了福身子，行了個禮。

上下打量了無憂一眼，那太監點了下頭，然後便很鄭重地站直身子，用帶著尖銳的嗓音喊道：「傳皇上口諭。」

一聽這話，大廳裡的眾人皆一驚，無憂也是一怔，不過也知道趕緊跪倒在地接旨。聽說有聖旨要傳，薛老太太也趕緊站了起來。一刻後，那太監才繼續道：「傳薛無憂即刻進宮，前往重華宮陪伴碧湖長公主待產，欽此。」

聽到要讓她進宮去照料待產的孕婦，無憂略略牽動了一下眉頭，隨即趕緊磕頭道：「薛無憂接旨謝恩，吾皇萬歲萬歲萬萬歲。」

聽到不過是進宮去照料孕婦，薛家的人都鬆了一口氣。

待無憂站起來，那公公便道：「捎帶著妳的藥箱，趕緊跟咱家進宮去吧！」

這時，薛老太太上前陪笑著問：「公公，現在就要我孫女進宮嗎？」

「老太太，您剛才沒聽到咱家說的是即刻嗎？這是聖旨，半點也延遲不得。」那太監道。

朱氏掃了一眼穿著家常服的無憂，對那公公道：「那也容她換件衣服吧？」

「宮裡什麼衣服沒有？吃喝拉撒都會有專人為薛姑娘準備的。好了、好了，趕緊走吧，咱家還等著回去向皇上交差呢！」那太監有些不耐煩地朝天上作了一個揖。

無憂轉頭吩咐了一句，讓連翹趕緊把她的藥箱拿過來，又看到祖母和朱氏擔憂的眼神，無憂拍了拍朱氏的手，對她們笑道：「只是去陪護待產而已，沒事的。」

很快，連翹便把藥箱拿來，並拿了一件無憂素日穿的鑲狐狸毛的棉披風給她披上。隨後無憂便跟著那公公走出大廳，出了大門後坐上一輛朱輪平頭馬車，跟著幾個小太監一起走了。

馬車快速地行駛，大概快到皇宮的時候，馬車忽然緩緩地放慢速度。無憂好奇地往窗外一望，只見前方那幾個騎馬的太監忽然停下來，後面她所乘坐的馬車也緩緩停下來。只見前方有個穿白色袍子的人從一輛馬車走下來，正在和那個為首的太監說話。那個穿白色袍子的人真的很眼熟，定睛一看，只見那人竟然是秦顯。

正在疑惑的同時，那個為首的太監早就下了馬，和秦顯說了幾句話後，兩人一前一後往馬車這邊走來。秦顯跟在那個太監的身後，一步步地靠近馬車，多日不見，他彷彿清瘦了一些，眉宇之間也是微微蹙著，不過氣質仍舊是溫潤如玉，那一貫如往昔的白色袍子，更讓他有一抹謫仙的味道。

稍後，那個為首的太監對駕車的小太監打了個手勢，小太監便立刻跳下馬車，並伸手撩開馬車的車簾，秦顯已經走到馬車前，跳上馬車，在無憂的對面坐下來。

車簾被秦顯一把拉下來，不大的車篷內，只有秦顯和無憂，兩個人對視一眼，無憂皺著眉頭問：「秦大人，你怎麼來了？」

秦顯望了披著淺粉色棉披風的無憂一眼，然後道：「我跟妳長話短說，這次不知皇上是怎麼知道妳的，昨兒聖上忽然傳我進宮，讓我舉薦妳去給碧湖長公主照顧待產。」

聽到秦顯的話，無憂也很詫異，趕緊問：「碧湖長公主懷孕幾月了？」

「已經九個月，大概過了年就應該生產。碧湖長公主雖然和皇上不是一母所出，但是關係向來親厚，可是卻為當今聖上的生母皇太后所不喜。宮中人的關係十分複雜，妳到了重華宮後只要安分守己就好，萬事不要多言。總之這次不求有功，只求無過就好。還有，重華宮裡的幾個管事太監和宮女，我都為妳打點好了，妳也不必太緊張，在重華宮熬上二十天一個月，就可以順利出宮回家。」秦顯說話的速度很快，邊說還邊看了一眼窗外。

聽完秦顯的話，可以看出他為自己做了很多，忽然間自己的心有一種莫名的疼痛，眼前這個人為何到現在還對自己這般好？

「你……」

還沒等無憂把一句話說完，秦顯彷彿知道她想說什麼似的，馬上打斷她道：「好了，不能跟妳多說，我先走了。」說完，秦顯便轉身撩開門簾，就要跳下馬車。

「秦大人。」無憂趕緊喊了一聲。

聽到背後的喊聲，秦顯的後背僵了一下，然後轉過頭來，無憂望著他說了一句。「多謝。」

聽到這兩個字，秦顯一笑，露出兩排潔白的牙齒，然後點了下頭，便轉身跳下馬車。門簾隨風飄下，遮擋住他的背影。無憂透過窗子，看到那個為首的太監和秦顯說了兩句話，秦顯便走到自己的馬車前上車走了……

馬車在皇宮門前就停下來，太監也下了馬，無憂跟著那幾個太監進了巍峨的紫禁城。皇宮真的很大，地上都是青磚鋪地，藍天白雲下是一座接著一座輝煌高大的宮殿，沿著一條不是很寬闊的路，無憂跟著那幾個太監在一座座迴廊、樓臺間穿梭。所到之處三步一亭、五步一閣，到處雕梁畫棟，建築和建築之間種植著奇花異草，要不然就是擺著奇石盆栽。在路上也遇到了不少太監和宮女，不過都是低首做事，誰和誰也沒有交頭接耳，除了風聲鳥語四周一片寧靜，靜得都有些讓人心生膽寒了。

又繞過一處樓閣，無憂跟著那幾個太監終於來到一座宮殿門外，抬頭望去，只見大理石的門樓前雕刻著重華宮三個字。往內望去，只見裡面到處都是白色大理石的地面和欄杆，給人一種彷彿到月宮一般的感覺。

邁進重華宮，踩在大理石地面上，無憂環顧了一下，只見四周有許多株盛放著鮮花的植物，不禁皺了皺眉頭，現在可是寒冷的臘月，怎麼還會有鮮花綻放？經過一株開著的粉紅色牡丹花，低頭一望，不禁愕然，原來那些花朵都是絹花，精緻程度足以亂真了。

走到正殿的臺階前，那個太監便轉身對無憂道：「薛姑娘，妳在這裡等一下，待咱家進去稟告長公主。」

「公公請便。」無憂低首道。

那太監轉身走到正殿大門口，進去之前還整理了一下頭上的帽子，才畢恭畢敬地進去。不多時，剛才那個太監從正殿裡出來道：「薛姑娘，長公主傳妳進去。」

「嗯。」點了下頭，無憂趕緊跟著那位公公走進去。

步入重華宮正殿，只見宮內金碧輝煌，到處都是金色，連殿內的家具都是黃花梨木，看得人眼睛都閃閃的。殿內的正座上歪坐著一位身穿絳紫色宮裝，高聳的髮髻上插著都是赤金纍絲髮釵的女子，那女子大概也就二十歲左右，面容如玉，五官入畫，很是美麗。大概是懷孕的緣故吧，臉部有些虛胖，肚子已經挺了起來，看樣子是有八、九個月的身子。

那太監上前弓著腰稟告道：「稟告長公主，薛姑娘到了。」

無憂趕緊跪倒在地。「民女薛無憂拜見長公主殿下，千歲千歲千千歲。」

只見碧湖長公主朝下面瞟了一眼，說了一句。「起來說話吧！」

「謝長公主殿下。」無憂隨後站起來，只是仍舊垂著頭，不敢把頭抬起來。

「把頭抬起來，妳這樣低著頭，本宮怎麼看得清妳啊？」接著，耳邊又傳來長公主的聲音。

「是。」無憂應聲後，只好趕緊抬起頭。

只見碧湖長公主的那雙眼睛仔細打量了無憂兩眼，便說了一句莫名其妙的話。「眉眼倒是有點像，只不過長相就差遠了點。」

聽到這話，無憂不禁皺了下眉頭，不禁疑惑起來——長公主這是在說什麼？什麼眉眼很像？說她像誰？還有什麼長相差遠了點？和誰差得遠了？

見無憂疑惑地望著自己，碧湖長公主一笑，道：「好了，妳也奔波半日了，下去歇著吧，有事我會傳妳的。」

「是。」無憂趕緊低首應聲。

隨後，碧湖長公主便對站在旁邊的貼身侍女道：「紅鸞，去給薛姑娘安排住處，好生照看，她可是皇兄請過來的人。」

「是，長公主。」紅鸞點了點頭，然後走到無憂跟前，道：「請薛姑娘跟我來吧！」

「喔。」無憂低首跟著紅鸞退出重華宮的正殿。

紅鸞帶著無憂走進重華宮偏殿的一間廂房內，笑著對身後的無憂道：「這裡是偏殿，萬一長公主有事也離得近些，方便妳馬上過去。」

「嗯。」無憂點了點頭，環顧一下這間廂房，只見房間雖然不大，卻異常的乾淨整潔，並且家具都是紅木雕花，擺設也很講究，都是青一色的青花瓷，非常的古樸大氣。不過這也難怪，畢竟是長公主宮裡的客房嘛。

紅鸞指著屋子中央一張八仙桌道：「妳的藥箱剛才已經送來了。」

無憂掃了一眼自己的藥箱，上前道：「不知什麼時候能讓我給長公主請脈？」她是個大夫，又是奉旨進宮來照料長公主生產的，沒道理來了不給長公主請脈的。

聽到這話，紅鸞道：「這個得等長公主什麼時候吩咐了。」

「那長公主約莫什麼時候會吩咐呢？」無憂又問了一句。她現在已經有點職業病，如果是請她來看病的，卻對她不提看病的事，她就會渾身都不舒服，像是早上沒有洗臉、梳頭一樣彆扭。

紅鸞笑道：「這個麼就不知道了，也許長公主明兒就想起來吩咐了，也許就得多等些日子了。」

聽到這話，無憂不禁有些錯愕。多等些日子，長公主的肚子都那麼大了，再等些日子豈不都要生了？生了以後再請脈還有什麼意義啊？這時，無憂突然想起進宮之前秦顯對她說的話——不求有功，但求無過，千萬不要多管閒事，以免惹禍上身。想到這裡，無憂便按捺住自己的情緒，心想——還是不要著急。長公主身邊的御醫肯定少不了，自己的身體狀況長公主肯定最清楚了。不過，她還是忍不住問了一句話。「請問紅鸞姑娘，長公主現下懷孕多久了？知道大概什麼時候生產嗎？」

「長公主現在懷孕快九個月了，太醫說大概過了年最多到上元節就差不多要生產了。」紅鸞笑道。

「今日已經臘月十八，豈不是最多也就二十日了？」無憂心下一盤算道。

「是啊，所以皇上這兩天不僅多安排了兩名太醫過來，還請了兩位宮裡最有經驗的接產嬤嬤，再就是薛姑娘您了。」紅鸞笑道。

「皇上對長公主真是關切。」無憂陪笑道。

「那當然。在皇上的眾多兄弟姊妹中和我們長公主最為親厚，這可是全宮裡都知道的。好了，我不跟妳多說，長公主一會兒該找我了。」說罷，紅鸞便轉身要走。

「紅鸞姑娘請便。」無憂在她身後說了一句。

紅鸞走後，無憂坐在八仙桌前，看到桌上擺放著一套精緻的青花茶壺茶杯，她伸手一摸，茶壺還是熱的，原來連茶水都已經準備好，可見這皇宮裡還真講究。伸手倒了一杯茶水，無憂咕嚕咕嚕喝了半碗。欣賞了一下屋內的青花瓷，無憂不禁托腮想——說來這次也挺奇怪的，秦顯說是當今皇上傳召他，讓他舉薦自己進宮照料長公主生產，可皇上是怎麼知道自己的呢？難道真的是安定侯告訴皇上？唉，不想這些了，反正她現在可是名聲在外了，連當今皇上都知道有她這麼一號，現在她只能既來之，則安之了……

接下來，無憂就在這間屋子裡待了好多天，每天都很無聊，只能透過窗子往外看這金碧輝煌的重華宮。轉眼竟然在這宮裡過了除夕和新年，而碧湖長公主她是一次也沒有再見過，更別提給長公主請脈了。

新年的時候紅鸞來過一次，給她帶來許多精緻的吃食，說是碧湖長公主賞下來的。這個紅鸞倒也挺健談，坐了一會兒，無憂就從她口中知道了一些關於碧湖長公主的事情。

原來碧湖長公主的駙馬名叫崔勳，是一位武將，和長公主成親沒多久便去了邊關，沒想到出城的時候遭遇敵軍的埋伏，不幸戰死沙場。長公主本來和駙馬琴瑟和鳴，恩愛異常，經此一挫，長公主鬱鬱寡歡，幾次要跟隨駙馬崔勳而去，直到後來發現自己已經身懷六甲，才算又有了生的勇氣。所以在長公主面前是不能提「駙馬」這兩個字的，大概這也是紅鸞委婉地告訴自己長公主的忌諱吧！

第二十八章

這日早上，無憂剛在房間裡練幾下瑜伽，不想才剛做幾個動作，就聽到外面一陣嘈雜聲。

聽到外面亂糟糟的，無憂疑惑地走到窗前，推開一點縫隙，往外一看，只見太監和宮女們亂成一團，好幾個人在正殿裡進進出出的，手裡都還拿著東西。看到這裡，無憂不禁皺了眉頭，心想——難道是碧湖長公主要生了不成？

咚咚……咚咚……

就在這時候，房門突然被急促地敲響。

「薛姑娘、薛姑娘！」

「進來。」無憂上前伸手把門打開。

門一開，只見外面站著一個小宮女急促地道：「薛姑娘，長公主可能要生了。」

「要生了？這麼快？」原來真的是要生了，怪不得那些太監和宮女們都那麼慌張地進進出出。

「紅鸞姊姊請您趕快過去呢！」那小宮女焦急地道。

「我馬上就去。」無憂轉身從八仙桌上拿了自己的藥箱，便急匆匆地走出房門直奔正殿而去。

步入正殿，在那宮女的帶領下，穿過一道屏風，走過一道珠簾，便來到碧湖長公主的寢宮。只見鵝黃色的布幔外站了好幾位穿紅色官服的男子，無憂想這幾位應該是太醫吧？布幔內不時傳來女人痛苦的呻吟，因為太醫們都是男子，不便入內，只能在外面等候。

這時候，在五、六名太醫中，無憂看到了一個人有些眼熟，五十餘歲的年紀，鬍子有些花白，哦，想起來了，這不是周太醫嗎？當日給秦老夫人做闌尾炎手術的時候他也是在場的。

剛想上去打個招呼，不過低頭望望自己此刻這一身女裝，大概周太醫是認不出自己來的，畢竟那日在秦府她可是女扮男裝，而且望一眼周太醫，此刻他的目光都在那布幔上，可以看得出他是有些緊張的。下一刻，無憂便直接走進布幔內，看來有的時候女人行醫還是比男人方便的，比如說在女人生孩子的時候。

走進布幔內，進入一道黃花梨木的月亮門洞，就看到一張同樣是黃花梨木製的大床上躺著已經披頭散髮、腦門都是汗水的碧湖長公主。這個時候她痛苦地抓著紅鸞的手，一個勁兒地喊疼，已經完全不是那日召見她的那個高貴典雅的女人。這就是生孩子的女人，無論高貴與平凡，經歷的痛楚都是一樣的，因為母親是沒有高低貴賤之分。

「使勁啊，長公主，使勁，不使勁的話，孩子是出不來的，請長公主使勁啊！」兩個穩婆在長公主的床前不斷地叫著。

看到這情形，無憂不禁皺起眉頭，畢竟長公主身分尊貴，那些穩婆是放不開的，一個勁兒地求著長公主使勁。換作現代，大夫應該是用命令的口氣，別說那個時候每個產婦都還挺聽話的。

「啊……疼……啊……不……不要了，好疼，我不要生了……我不要生了！」大概是太痛了，也大概是碧湖長公主從小就養尊處優，是名副其實的金枝玉葉，她哪裡受過如此的疼痛，在努力了半日宣告失敗後，便直接哭鬧起來。

這一刻，兩個穩婆嚇得趕緊直接跪在地上，全身哆嗦地求道：「長公主，您不能這樣啊！孩子已經快出來了，您這樣孩子會窒息的，長公主……」

一旁抓住長公主手的紅鸞也趕緊勸道：「是啊，長公主，您就再使點勁。」

可是，碧湖長公主大概已經使盡了全身的力氣吧？她癱軟地躺在一個宮女的懷裡，微閉著雙眼，對於求她的人一點反應都沒有。見狀，屋子裡的人都面面相覷，不知道該怎麼辦才好？

「這可怎麼辦？這可怎麼辦？」急得兩個穩婆跪在地上不知所措。

看到這情形，無憂一皺眉頭，便把藥箱從背上取下來，放在一旁，然後徑直走到床前，跪在地上，先是抓住碧湖長公主的脈搏為她把脈。

把了一刻的脈，又查看了碧湖長公主的臉色以及生產的情況，無憂瞬間便皺緊了眉頭，臉色也凝重起來，道：「長公主有大出血的徵兆，快吩咐太醫去熬製止血的藥，要快！」

可是，一個穩婆卻不把無憂的話當回事，冷笑道：「我說這位姑娘，我們在宮裡做接生婆也已經好幾十年，宮裡的許多皇子公主們都是我們姊妹兩個接生的，現在長公主好好的，怎麼會大出血呢？妳別危言聳聽了，妳大概是想邀功領賞吧？」

「要邀功領賞也不是這樣的，也不看看這是什麼地方，妳要是滿嘴胡說可是要殺頭的。」另一個穩婆和這個穩婆一唱一和的。

無憂卻絲毫不把她們的冷嘲熱諷放在心上，因為現在要以病人為重，可不是鬥氣的時候。所以，她轉頭對坐在床上握著碧湖長公主手的紅鸞道：「紅鸞姑娘，現在形勢危急，長公主此刻已經昏迷，嚴重的話會母子不保。請妳趕快讓外面的太醫去準備止血的湯藥，要多準備幾種，有時候病人會有抗藥性。」

聽到這話，紅鸞自然是不敢怠慢，她先看了看那兩個穩婆，又看了看無憂，最終還是決定聽從無憂的話，畢竟萬一出了紕漏，任誰都擔待不起。便趕緊吩咐一旁的一個小宮女道：「聽到薛姑娘的話了嗎？趕快讓外面的太醫去多準備幾樣止血的湯藥。」

「是。」那小宮女趕緊應聲去了。

紅鸞看看長公主確實是半天沒有說話了，不禁急切地問無憂道：「薛姑娘，長公主確實沒有意識了，這可怎麼辦？」說話間，紅鸞已經急得要掉眼淚了。

「我用銀針讓她清醒。」說罷，無憂便走到藥箱前，打開藥箱，從裡面拿出一只黑漆描金的盒子。打開來後，只見裡面放置好多根銀光閃閃的針，根根都冒著寒氣，在這種危急情形下，真是讓人都感覺到一抹寒意。

這一刻，看到碧湖長公主真的不省人事了，叫了幾聲都沒回，那兩個穩婆也有些慌了。隨後，在眾人的矚目中，無憂拿起一根銀針扎向長公主的清醒穴。只見她捏著銀針在那個穴位上轉了幾轉，碧湖長公主便輕輕地哼出了聲音。

「嗯……」

「長公主醒了。」紅鸞驚喜地道。

碧湖長公主緩緩地睜開雙眼，看到眼前的一切，不禁問：「孩子生下來了沒有？」

「還……」那兩個穩婆剛想回答。

無憂搶先道：「長公主，孩子馬上就要生出來了，現在還需要您再努力。」

「我……我真的沒有力氣了。」碧湖長公主的聲音很虛弱。

「快把參湯拿過來，給長公主喝下。」無憂吩咐道。

旁邊兩個小宮女趕緊去把參湯端過來，請長公主服下，可是碧湖長公主不肯喝，大概已經被剛才的痛苦嚇怕了吧？見狀，無憂來不及多想，從一名宮女手中拿過那碗參湯，伸手抱起長公主的脖頸，強硬地給她灌下去。

「咳咳……咳咳……」大概長公主也沒預料到無憂會如此大膽吧，她直接被嗆得咳了起來，不過參湯卻已經喝下了大半碗，而旁邊的穩婆、紅鸞以及其他宮女都看傻了眼，畢竟這可是大不敬的。

「妳……妳好大的膽子，竟然敢對本宮無禮。」無憂的行為可是大大地傷了碧湖長公主的顏面。

無憂卻神態自若，就拿她當一般的病人看待了，在前世也受過不少自以為尊貴的病人的氣，不過她還是要以病人的安危為重，所以她低首道：「長公主，要想懲罰民女很簡單，但是請在長公主順利生產之後，現在最要緊的是長公主腹中的胎兒，您如果再不用力生下他的話，他可能會窒息而亡。」

一聽腹中的孩子可能夭折，碧湖長公主的怒氣馬上煙消雲散，低頭摸著仍然高高聳起的腹部，害怕地道：「那該怎麼辦？趕快幫我接生啊！穩婆，妳們都在做什麼？」

長公主的話立刻讓兩個穩婆又圍上來幫長公主生產，並且不停地喊著用力用力，可是碧湖長公主用了些力氣後便再也沒力了，兩個穩婆急得是團團轉，連一旁的紅鸞也急得流下了眼淚，在一旁哀求道：「長公主，您就再使使力氣吧，要不然……」

見碧湖長公主氣若游絲，彷彿已經沒有了任何信念和力氣，無憂知道對一個病人來說，如果沒有了信念，那麼有再好的醫生也是枉然，她皺著眉頭在心裡盤算著應該怎麼辦？突然想起了那日紅鸞的話——碧湖長公主和駙馬崔勳婚後恩愛異常，琴瑟和鳴，可是新婚不久後駙馬卻戰死沙場……

隨後，她便毅然地走上前去，坐在床邊，把已經筋疲力盡的碧湖長公主抱在懷裡，眼眸盯著額上都是汗水、臉色蒼白如紙的碧湖長公主，大聲地道：「長公主，這個孩子是您和駙馬的骨肉，是你們愛情的結晶，您一定要替駙馬生下這個孩兒，您一定不能放棄！您知道嗎？」

聽到「駙馬」兩個字，果然，碧湖長公主的眼睛瞪得大大的，神情中有一刻的呆滯，然後便掙扎起來。「駙馬？駙馬在哪裡？」

「薛姑娘，妳千萬不要刺激長公主啊！」紅鸞和另外幾個宮女想制止無憂，無憂此刻心裡卻只想讓碧湖長公主順利地生下孩兒，雖然心中是有些害怕，但是此刻已經全然顧不得了。

無憂只對旁邊的紅鸞道：「長公主再這樣下去，肯定會一屍兩命，與其如此，還不如姑且一試。」

紅鸞聽到這話，愣了一下，大概是也想了一下吧？她畢竟是長公主身邊最得力的人，主僕多年感情自然不一般，知道無憂說得在理，便點了點頭，但是臉色卻非常的凝重。此刻，她也沒有別的辦法，只知道這個孩子對長公主確實是很重要，如果沒有孩子，恐怕主子早就活不下去了。

「現在駙馬就在天上看著公主，公主您一定要用力把孩子生出來，您一定會生一個長得很像駙馬的孩子。」無憂對碧湖長公主道。

「真的嗎？我的孩子會長得像駙馬？」碧湖長公主的眼睛望著無憂，其實，這個想法在她知道自己懷孕的第一天，她就想過了。

「嗯。」無憂先是點了點頭，然後便對長公主急切地道：「長公主，從現在開始您全都聽我的，我幫助您把寶寶生出來好不好？」

「嗯。」碧湖長公主很堅定地點了點頭。

隨後，無憂便朝那兩名穩婆看了一眼，那兩名穩婆趕緊過來接生，而無憂則是指揮現場的一切，並且鼓勵長公主生產。「用力、再用力！對，對，就是這樣……歇一下，深呼吸，再用力、用力、用力……」

這次，碧湖長公主非常配合，不久之後房間裡便傳來響亮的嬰兒啼哭聲。

「生了、生了！」兩個產婆看到剛出生的嬰兒都高興得不得了。一時間，房間裡的人都吁了一口氣，每個人的臉上都掛起喜悅的笑容。

「生了、生了！」布幔外，那幾個靜候的太醫和太監也都激動得不得了，眾人總算都放下心。

「生了是男是女？」碧湖長公主虛弱地靠在軟枕上，髮絲散亂，臉色蒼白，但卻伸長了脖子，看著穩婆在擦洗那個剛剛落地的小嬰兒。

「回長公主殿下，是位小公子。」其中一名穩婆回答道。

「快抱過來……讓本宮……看看。」碧湖長公主道。

隨後，一名穩婆便抱著已經包裹好的嬰兒走過來，彎腰給躺在床上的碧湖長公主看。只見那嬰兒頭髮很黑，臉色因為剛出生的緣故很紅潤，眼睛大大的，雖然剛出生，但可以看得出是個很漂亮的小男娃。無憂看到這麼可愛的小娃娃，不禁露出微笑。

這時候，紅鸞笑道：「長公主，您看小公子長得多可愛啊。」

「是啊、是啊，一看就是有福之相啊。」抱著小嬰兒的穩婆笑著奉承道。

「那還用說嗎？長公主的兒子那是多大的福分啊，要說是這小公子會投胎，生下來就是富貴命。」另一個穩婆過來附和道。

聽到這些奉承的話，碧湖長公主最初臉上的笑容卻淡淡散去，讓她那張蒼白的臉更加難看，幽幽地道：「什麼會投胎？要是會投胎的話，就不會……生下來就沒有爹了。」說完後，不禁流下兩行清淚，輕輕地閉上眼睛，道：「抱走吧！」

那兩名穩婆沒有討到好彩頭，趕緊抱走嬰兒，交給早就等候在一旁的奶娘來看顧。

看到長公主如此，屋內的人大氣都不敢出，穩婆和宮女都在收拾生產完的一切，無憂心裡其實也不太好受。雖然這個孩子以後有無邊的富貴，但終究是個殘缺的家庭，一輩子都不能享受到應有的父愛，這大概也算是最大的遺憾吧？

這時候，碧湖長公主閉著眼睛問：「紅鸞，派人去稟告皇上了嗎？」

「回長公主的話，已經派人去了。」

聽到這話，碧湖長公主點了點頭，便閉目養神，不再說話了。

兩個穩婆一一處理完胎盤等物，辛苦了這麼久，眾人都感覺可以喘一口氣了，不想，其中一個穩婆朝長公主身下的褥子一看，不禁大驚失色，喊道：「怎麼長公主流了這麼多血？」

聽到這話，眾人皆一驚。無憂趕緊跑到床尾，仔細一看，果不其然，褥子上都是鮮紅的血跡，而且還伴有血塊，她趕緊轉頭道：「趕快把止血的湯藥端進來。」

一旁的紅鸞也看到褥子上的血，早已嚇得面如土色，馬上朝外面喊道：「趕快把止血的湯藥端進來！」

隨後，無憂便走到碧湖長公主的面前，推著她的胳膊喚道：「長公主？長公主？」

「嗯？」碧湖長公主只是抬了下眼皮，輕輕地哼一聲，就沒有別的反應了。

看到她還有反應，無憂心下道，還好，還沒有失去意識。又看了看出血量，她趕緊又取出銀針，往兩個穴位扎了幾下，不自覺連後背都滲出汗水。

一旁的紅鸞見狀，趕緊追著無憂問：「薛姑娘，長公主是不是真的大出血了？」

「有這個徵兆。」無憂點了點頭。

「那……那怎麼辦？」紅鸞慌亂地叫道。

一旁兩個穩婆也不敢再多說什麼，只是不停地換著褥子，一條條帶著血的褥子從碧湖長公主的身下被拉出來，又把一條條嶄新的褥子塞到長公主的身下。雖然兩個穩婆沒說什麼，但是從她們的神情可以看得出來，兩人都緊張無比，額上都開始冒汗了。這也難怪，在古代的落後醫療條件下，大出血如果嚴重的話，可是一發不可收拾，畢竟那個時候沒有輸血這一說，全憑產婦自己的運氣和大夫的一些技巧罷了。在古代，不知道有多少婦女都死於難產和產後的疾病，而且嬰兒的夭折率也是非常高的。

無憂遲疑了一下，然後道：「趕快叫人去挑十個身強力壯沒有任何病症的宮女預備著。不行，要二十個，記住一定不能有任何病症。」

雖然不明白無憂是什麼意思，紅鸞還是選擇信任她，趕緊吩咐身邊一個得力的宮女去辦。當然，紅鸞對薛無憂雖然有幾分信任，還是不敢把所有的希望都押在薛無憂身上。她吩咐人落下窗幔，叫兩個資歷最深的太醫進來給長公主把脈，並且派人把長公主的狀況稟告給皇上。

隨後，便有兩名穿著紅色官服的太醫走進來，其中一名走到床前，坐在一個繡墩上，紅鸞把長公主的手腕伸出床幔，那名太醫開始診脈。這名太醫無憂當然認識，他就是太醫院的翹楚周太醫，只是當日自己是女扮男裝，他一直都沒有認出自己來。

周太醫一搭上碧湖長公主的脈，臉色頓時凝重起來，又看到剛剛穩婆撤下來的帶著鮮紅血跡的棉褥子，他的眼神更是驚慌，便趕緊起身，走到一邊小聲地對紅鸞道：「長公主有血崩的跡象，剛才端進來的湯藥給長公主喝了沒有？」

周太醫在宮裡做太醫也有幾十年了，眾位主子都很信任他的醫術，他這麼說，紅鸞自然是著急得不得了，點頭道：「喝過了！周太醫，那該怎麼辦啊？」

「現在只能盡人事聽天命了，待我給長公主扎針試一試，看看有沒有效果。」周太醫低頭想了一下，趕緊道。

「扎針？剛才已經扎過了。」紅鸞焦急地說。

「扎過了？誰給長公主施針的？」周太醫疑惑地問，剛才並沒有任何太醫進入長公主的寢宮啊？

「是這位薛姑娘，她是年前皇上召進宮照料長公主生產的醫女。」紅鸞趕緊介紹站在窗前的無憂。隨後，紅鸞又叫來一個宮女，讓她把長公主的最新情況再去稟告皇上。

周太醫轉頭一望，只見是一位年紀輕輕的姑娘家，穿戴淡雅樸素，眉目清秀，只是看著有些眼熟，不知道在哪裡見過？不過他是來不及說這些，趕緊問：「薛姑娘，妳給長公主施針了？」

「是，我先封住長公主的兩個穴位，希望能夠暫時阻止血液大量流出體外。不過這種方法只能維持一時，時間久了根本就不管用，咱們還得另尋救治長公主的辦法才是。」無憂簡明扼要地回答。

「止血的湯藥已經喝了，穴位也施針了，常規的法子也只有這些，姑娘是不是有什麼好方法？」周太醫緊鎖眉頭問，雖然他也是太醫院德高望重的太醫，但是這個年代畢竟醫療條件落後，對產後大出血真的沒什麼太好的方法來對付。

「輸血。」無憂說出兩個字。

「輸血？」周太醫顯然很好奇。

「就是把健康人的血輸入長公主的血管內，來補充長公主身體內的血量不足。」無憂用最簡單的話和周太醫說明。

聽到這話，周太醫捋了下鬍子，然後道：「這種輸血的方法老夫在一本古書上確實看到過，不過這種輸血方法早已失傳，難不成姑娘掌握了這項絕技？」

看到周太醫用一雙閃爍著好奇的目光盯著自己看，無憂淡淡一笑，道：「小女子不才，恰恰會這門技藝。小女子已經讓紅鸞姑娘派人去找二十個健康的宮女，應該快要找到了，長公主的情況危急，不能再拖了，不知周太醫意下如何？」

周太醫思索了一下，問：「不知薛姑娘有幾成把握？還有那些宮女會不會因此而受到傷害？」

聽到這話，無憂一笑，周太醫也真算是醫者父母心，還記掛著那些宮女的安危，所以回答：「我有六成把握。你我都是行醫者，應該明白沒有任何一個醫者可以對病人有十成十的把握。那些宮女也不會有什麼事，請周太醫放心。」

「那就好、那就好！」周太醫畢竟已經無計可施，只能點頭，不過隨後又道：「只是事關重大，恐怕我一人不能決定，這個……」隨後一想，又有些不妥，畢竟眼前是位年紀輕輕的姑娘家，她的底細自己又不清楚，再說就連他自己也作不了這麼大的主啊。

看到周太醫的猶豫，無憂知道對方不信任自己，便笑道：「周太醫，您真的不認識我了？」

聽到這話，周太醫愣了一下，然後仔細地端詳眼前人的相貌，確實是很眼熟，可就是想不起來在哪裡見過。

隨後，無憂便壓著嗓子說了一句。「周太醫，您真的認不出我了？我是小王啊！」

聽到這話，周太醫半天才反應過來，指著無憂恍然大悟道：「小王？小王先生？原來……原來妳是……妳是一位姑娘？」周太醫上下打量穿著一身銀紅色棉衣裙的無憂，簡直是不可置信。

看到周太醫想起自己來了，無憂趕緊福了福身子道：「小女子薛無憂拜見周太醫，當時小女子為了行醫方便才女扮男裝，還請周太醫見諒。」

「無妨、無妨！」周太醫本就十分欣賞當日的小王先生，現在發現小王先生竟然是位年輕的女子，更是驚奇中帶著欽佩，心下便信任起無憂，畢竟她的醫術他的確見過。此刻並不是交談的時候，周太醫的臉色凝重起來，道：「這種醫治辦法很特殊，萬一有個閃失……畢竟碧湖長公主是金枝玉葉，妳我都無法擔待，老夫還是要請示一下皇上才行。」

聽到還要向皇上請示才可以動手醫治，無憂不禁皺著眉頭道：「可是碧湖長公主的病情不等人啊。」

「這……」周太醫剛想說什麼，不想外面卻傳來一聲尖銳的太監嗓音。

「皇上駕到！」

聽到這話，無憂和周太醫不禁面露喜色。「皇上來了。」

隨即，便有一名小宮女進來稟告。「稟告紅鸞姊姊，皇上已經在外面等候，請周太醫和薛姑娘出去問話。」

紅鸞趕緊道：「兩位請吧！剛才我已經派人把長公主的狀況稟告給皇上，還請兩位趕快向皇上稟告，長公主的病情不能耽誤。」

「放心。」周太醫說了一句，便率先走出布幔，無憂則是在其身後跟著。

走出布幔，果然，原來空蕩的地方不知道什麼時候已經多了一把金黃色雕刻著龍騰圖樣的椅子，椅子上坐著一位穿著明黃色衣服，頭戴金龍冠的男子。他的身後還站著幾個太監和宮女，剛才那幾個太醫都低首侍立一旁，眾人都一言不發，彷彿空氣都被凝固了。

無憂當然也很想看看當今天子長什麼模樣，但是前面的周太醫看到皇上便直接跪倒在地，呼道：「臣參見皇上，皇上萬歲萬歲萬萬歲。」無憂見狀也只好趕緊跪下，頭垂在地上，當然也看不到皇上長什麼模樣了。

隨即，馬上有個聲音從頭頂傳來。「免禮，快告訴朕，長公主的狀況怎麼樣？」可以聽得出這個聲音中雖透著威嚴，但此時包含更多的卻是焦急。

周太醫趕緊回答：「回皇上的話，長公主現在情況十分危急，已經大出血了，這位薛姑娘給長公主服了止血藥，並用銀針封住穴位，可以暫緩血流，但只能管一時，所以長公主隨時都有血崩的危險。」

聽到這話，德康帝立刻從龍椅上站起來，走到周太醫跟前，低頭道：「那你們趕快想辦法啊！」

「皇上，老臣已經無計可施。」周太醫趴在德康帝的腳下道。

德康帝急得來回走了一趟，指著跪在地上的周太醫道：「你是太醫不是？竟然跟朕說這樣的話？今日長公主如果有任何閃失，讓你們所有人都掉腦袋！」德康帝一甩袖子，眼眸中盡是怒意。

不過，周太醫倒並不十分驚慌，僅叩首道：「就算皇上殺了老臣，老臣也實在沒有辦法，不過這位薛姑娘有個辦法可以試一試，還請皇上聖斷。」

聽到這話，德康帝的眼睛朝跪在周太醫身後的無憂身上一掃，臉色漸緩，問：「有辦法為何不試？」

「回皇上的話，這個辦法是用健康宮女的血輸入長公主體內，以補充長公主流掉的血量，不過任何醫治方法都是有風險的，就是怕……」周太醫沒有說下去，因為他的意思已經表達得很清楚，到底用不用這種方法去救人，只等皇上的決斷。

德康帝眼眸向跪在地上的周太醫和無憂一掃，揹在身後的手一攥，沈默了一刻，畢竟這事關他親妹妹的生死。他不是個當斷不斷的人，朝廷中有多少大事他都不會皺一下眉毛便決斷，可他也是個人，雖然貴為九五之尊，也不能逃脫親情兩個字。

半晌都沒有聽到皇上下決定，無憂不禁有些著急，畢竟時間是不等人的。她皺了下眉頭，心下雖然知道秦顯特別囑咐過她——不要多管閒事，不要強出頭，不求有功，但求無過；可她畢竟是個醫生，她怎麼能看到一個生命就這樣在她身邊溜走，她更不能眼睜睜看著一個出世不久的嬰兒，一生下來便沒了母親。所以，她還是叩首道：「皇上，大出血這種病症其實就是和時間搶生命，只要能夠及時為長公主輸入足夠的血液，長公主的命就能保住，請皇上早下決斷。」

「皇上，時間不等人啊。」周太醫也趕緊叩首道。

德康帝皺了下眉頭，然後走到無憂跟前，低頭望著叩首的她道：「那朕就把長公主的命交給妳了，記住，長公主如果有個好歹，妳也活不成了。」

雖然皇帝這話讓她這個大夫有些冤枉，但事已至此，也別無選擇，她只能選擇盡全力把病人救回來。無憂趕緊道：「民女定當竭盡全力。」

「去吧！救治長公主的事宜就一切由妳定奪。」德康帝最後給了無憂一個主治的權力。

「謝皇上。」無憂隨後馬上站起來，並虛扶了周太醫一把，道：「周太醫，無憂需要您的幫忙。」

「皇上已經給了妳主治之權，老夫和太醫院所有的人力物力都歸妳調遣。」周太醫起身道。

無憂先是對周太醫點了點頭，便轉頭問一旁的宮女道：「那二十個身強體健的宮女都找來了嗎？」

「都找來了，現在都在外面候著。」那名宮女趕緊回答。

「叫她們五個一組依次進來。」無憂吩咐完，便對周太醫道：「請周太醫跟小女子進去。」

快步走進布幔內，無憂來到八仙桌前，從自己的藥箱內拿出幾張試紙，一一擺在八仙桌上，然後對一旁的周太醫道：「周太醫，這是我自己做的血清試紙，在給長公主輸血前，咱們必須得找到和長公主體內流的血一樣的宮女，要是把血型弄錯了，不但於事無補，還會讓長公主送命。」

周太醫也是醫界翹楚，許多醫術上的問題雖然以前沒有看過，但也是一說就懂，便點頭道：「老夫明白。」

隨後，無憂又拿出一支針管，這是用水晶做的，她一共訂做了兩支，可是花了她好幾十兩銀子呢！本來是備以急用，沒想到今日真的派上用場。還有那幾張血清試紙，也是她在閒著沒事的時候，根據不同血型做出來的，就是以防有一天有的病人因為大出血而需要輸血，沒想到今日也派上用場，看來那句未雨綢繆說得還真對。

無憂遞給周太醫一支水晶針管，說：「拿這個針管對準宮女胳膊上的血管扎下去，先吸一點血，然後把一滴血滴在這張試紙上，如果哪個人的血和這張試紙上的反應一樣，那麼這個人的血就是和長公主的血型一樣。」剛才，無憂已經為長公主試過血型，發現長公主的血型是A型，還好不是什麼稀有血型，要是那樣的話，可就真有大麻煩了。

接過無憂手中的水晶針管，周太醫還有些摸不著頭腦，見狀，無憂便拿起另一支針管，道：「我給你示範一下。」說著手裡拿著針管，走向最先進來的那一排五個宮女。

那一排五個宮女在外面已經聽說是要抽她們的血輸進長公主的體內，每個人都嚇得面如土色，有兩個都在瑟瑟發抖了。無憂走到第一個宮女面前，讓她伸出潔白的胳膊，只見那個宮女哭泣著發抖的樣子，無憂不禁皺眉道：「又不是要妳的命，妳幹麼這麼害怕？」

「把血都……抽出來了，還能活嗎？」那個宮女見反正活不了了，索性便道。

聽到這話，無憂不禁有些好笑，不過時間不等人，她也無法和她解釋，只說了一句。

「放心吧，不會要妳命的。」說罷，便用一條繩子勒住那宮女的上臂，對準她的血管，把手裡的針頭扎進去。那個宮女還疼得直哼哼，為了爭取時間，無憂採了整整一針管的血，然後走到八仙桌前，用針管滴了一滴血在試紙上，試紙上便慢慢起了反應。當看清楚那紙張上的反應時，無憂不禁驚喜地道：「也是A型血，和長公主的一樣。」

看到無憂的示範，周太醫也明白怎麼做了，便趕緊叫第二名宮女過來，按照無憂的方式，讓那個宮女伸出胳膊，也用繩子勒緊她的上臂……不過這一次並沒那麼幸運，採的血和長公主的血型不一樣，是B型血。接著，周太醫在無憂的指導下清洗了針管，繼續採下一個宮女的血。那些宮女一開始還以為她們的小命要嗚呼了，沒想到根本就不傷害她們的性命，只不過是要忍受一下疼痛挨兩次針扎，從針管裡取一點她們的血而已，所以她們都沒那麼害怕了。

如此這般，周太醫這邊採血驗血尋找A型血的宮女，無憂那邊則是坐在床前採集A型宮女的血，再把血輸入長公主的血管內……

大概過了整整一個多時辰，周太醫和無憂兩個人的額上都滲出汗水，他們已經感到筋疲力盡了。周太醫在二十個宮女中找出了八個A型血的宮女，畢竟他也算老眼昏花，又是第一次做這種工作，所以很是費力，無憂這一個多時辰內已經不知道把多少針管裡的血輸入長公主的體內。

這時候，一個穩婆望著換下來的棉褥子，驚喜地道：「長公主的血想來是止住了，已經沒有再流出新的血。」

聽到這話，無憂轉頭望了一眼剛剛換下來的幾條小棉褥子，只見上面雖然還有一點血跡，但明顯已經不似先時那般讓人觸目驚心。無憂轉而驚喜地道：「周太醫，長公主的血止住了。」

「真的？」正在忙著給宮女抽血驗血型的周太醫聽到這話，趕緊抬起頭來，看了看穩婆換下來的小棉褥子，臉上不禁露出了笑容。

「周太醫、薛姑娘，長公主醒過來了。」紅鸞撩開床幔的一角朝外面喊道。

聽到紅鸞的話，無憂伸手把了一下碧湖長公主的脈搏，隨即笑著對紅鸞和周太醫道：「長公主的脈象現在很正常，應該已經脫離危險了。」

「真是謝天謝地！菩薩保佑！」紅鸞聽到長公主的命救回來了，喜悅地雙手合十禱告著，眼眶中都含著淚水。

周太醫則是高興得都不知道該做什麼，拿針管的手在空中僵了半天，直道：「太好了、太好了！」

見碧湖長公主已經暫時無事，無憂走到鬆一口氣的周太醫跟前，笑道：「周太醫，您辛苦了。現在已經有八名宮女的血型和長公主的一樣，長公主也暫時沒事，就不用再驗這些宮女的血型了。」

「好、好。」周太醫連連點頭，紅鸞便朝那些宮女揮了揮手，示意她們可以下去了，只留下那八個和長公主血型一樣的宮女靜候情況。

周太醫從繡墩上站起來，詢問一旁的無憂道：「薛姑娘，不知下一步該如何照料長公主？」上次在秦丞相府，周太醫就對無憂的醫術嘆為觀止，這次竟然能把一個大出血的產婦從閻王爺那裡拉回來，並且用的竟然是這種在古書上記載早已經失傳的技藝。這位醫術精湛可以用鬼手來形容的人，竟然是位年紀輕輕的姑娘，周太醫簡直是對無憂佩服得五體投地，要知道他自小學醫，行醫三十多年，在太醫院二十多年，可以說還沒有服過什麼人，現在在這位十七、八歲的姑娘面前真是汗顏。

聽到周太醫的詢問，無憂微微一笑，道：「小女子畢竟年輕，經驗不足，不知周太醫有什麼想法？」其實她研究醫術的時間也不比周太醫短多少，只是在這位沒有一點架子，只用佩服的眼神望著自己的老者面前，無憂還是自謙的好。今日之事如果在別有用心的人眼裡，她就是搶了人家的功勞，畢竟人家才是太醫院的翹楚，她在這個古代只不過是個赤腳大夫。不過她也早就聽說周太醫這個人在太醫院是德高望重的，只拿醫術說話，從來沒有結黨營私過，所以無憂心底是很佩服這位周太醫。

無憂謙虛的話讓周太醫一笑，道：「依老夫的意思是，再讓長公主服用一劑止血藥，這八名血型和長公主一樣的宮女留在重華宮隨時待命，還有就是妳我要在長公主的寢宮外守候三天以應對任何變故。不知薛姑娘意下如何？」

聽完周太醫的話，無憂笑道：「周太醫想得很周到，就這麼辦吧！」

「皇上起駕。」不多時，外面傳來一聲尖銳的聲音。大概皇上已經知道碧湖長公主脫離險境，便起駕離開了。過後便有旨意傳來，周太醫和無憂都是首功，每人賞賜白銀五百兩、絹二十疋。其餘的穩婆、長公主身邊伺候的宮人，以及那為長公主輸血的八名宮女每人賞銀一百兩，所以人人都是歡喜不已。

接下來的三天，周太醫和無憂便日夜守候在碧湖長公主的寢宮外，直到三天後碧湖長公主的身體狀況穩定下來。這三日裡，周太醫和無憂倒是相談許多，從醫術到做人，兩個人一下子就成了忘年之交。

第二十九章

過了上元節，一個晌午後，碧湖長公主的寢宮內。

雖然外面的天氣還是寒冷，寢宮內卻是異常溫暖。碧湖長公主靠在軟枕上，一頭濃密的黑髮披散著，額頭上戴著鑲嵌一枚綠色翡翠的抹額，雖然臉色還有些蒼白，但精神已經很好，說話也有了力氣。

無憂為長公主診過脈後，便站在床邊恭敬地道：「長公主的脈象已經很平和，以後只需好好靜養，出了月子，身體就會慢慢地恢復如初。」

聽到這話，碧湖長公主扯了扯嘴角，微笑道：「幸好讓本宮碰到了薛姑娘妳，要不然這次本宮就要一命嗚呼了。」

「長公主吉人自有天相，一切都是上天保佑。」無憂趕緊道。

「妳過謙了，本宮聽紅鸞說妳的醫術連太醫院的翹楚周太醫都佩服得五體投地，而且妳又年紀輕輕，這真是太難得了。一開始皇兄要妳來照料本宮，本宮還不以為然呢！」碧湖長公主笑著誇讚道。

「周太醫在太醫院德高望重，又肯提攜我們後輩，是無憂佩服周太醫這位前輩才是。」無憂微笑著道。

聽了無憂的話，碧湖長公主點了點頭，然後打量無憂一眼問：「妳今年多大了？」
「回長公主的話，無憂今年十八歲。」無憂回答。
「還沒有許配人家吧？」長公主又問。
聽到長公主的問話，無憂略一垂首，說：「還未曾。」
「那妳可有心儀的人？」碧湖長公主繼續問。
無憂抬頭，詫異地望著碧湖長公主，心想——長公主怎麼突然問自己這個？不過顧不上多想，她便搖了搖頭，記得姊姊前些日子也是追著自己問這個問題。
看到無憂搖頭，碧湖長公主笑道：「不必害臊，本宮也是從妳這個時候過來的，說起來本宮其實也比妳大三歲。前年本宮和駙馬崔勳成的親，不怕妳笑話，崔勳可是本宮一眼就看中，他是三年前金榜題名的狀元，好多名門淑女都很心儀他，本宮就是怕被別人捷足先登，便纏著皇兄把本宮指給了他。想想還真覺得好笑，我和崔勳的婚事定下來後，可是讓京城裡不少的名門閨秀著實傷心了一陣子呢！」
聽完長公主的話，無憂忽然道：「公主，駙馬是不是就是那個幾年前聞名京城的第一美男子？」幾年前，她彷彿也聽市井裡的人說過，有一位狀元長得面若冠玉，好像就是姓崔，只不過名字她給忘了。
「不錯。」碧湖長公主點了點頭，笑容裡透著濃濃的得意。
「原來如此。」無憂道。

隨後，碧湖長公主臉上的笑容便慢慢散去，眉宇間也輕輕蹙起，眼眸中滑過一抹濃濃的哀傷。無憂明白，她是在想她那去世的駙馬崔勳。碧湖長公主還年輕，又是如此美貌，還剛剛生產過，雖然貴為金枝玉葉，也難免讓人感到惋惜。

長公主幽幽道：「現在本宮一閉上眼睛就會想起那段和崔勳新婚燕爾的日子，一開始他對本宮還不怎麼上心，可是在一起日子久了，他就慢慢地喜歡上本宮。那段日子是本宮這一生最幸福的日子，只可惜太短了。」

聽到長公主那帶著濃濃幽怨的話，無憂不知怎麼勸她？很明顯，她還活在丈夫的陰影下，並沒有走出和駙馬的那段感情。這也難怪，女子就是比男子長情，更何況古代的女子，而且她還剛剛產下和駙馬的遺腹子。無憂不由得在內心嘆息了一聲。

凝了一刻神後，碧湖長公主忽然笑道：「瞧我，怎麼給妳說這些呢？不過本宮也是因為妳救了本宮才和妳說這些的，現在本宮還記得當日生產的時候妳對本宮說的話呢！」

一聽這話，無憂立刻便跪倒在地，道：「那日形勢危急，無憂一時驚慌，說了不該說的話，還請長公主恕罪。」

碧湖長公主望著跪在地上的無憂道：「妳誤會了，本宮並沒有怪罪妳的意思，相反，本宮還要感謝妳，因為是妳的那幾句話讓本宮堅持下來，才生出本宮的孩兒。如果本宮的孩兒有事，本宮真不知道以後見了駙馬怎麼向他交代？」

抬頭望望眼眸中帶著憂傷的碧湖長公主，無憂只得勸道：「長公主，斯人已逝，請不要過分憂傷。駙馬看到您如此也會不安的。更何況您現在有了小公子，也許您把注意力轉移到小公子身上可以開懷一些。」

聽了無憂的話，碧湖長公主扯了下嘴角，勉強笑道：「這個道理本宮自然懂得，只是要做起來可難了。現在妳還沒有心儀之人，如果哪一天妳有了親密的愛人，就會明白本宮的感受。不是妳說放下就能放下，妳的心會一直都牽掛著他。如果他離開了這個世界，妳也不會一個人在這個世上苟活。」

碧湖長公主的話不由得讓無憂一驚。

看到無憂面上的吃驚，碧湖長公主笑道：「放心，這是本宮以前的想法，自從本宮知道自己懷上駙馬的骨肉，就沒有過這樣的想法。更何況現在本宮已經生下我們的孩兒，我一定會好好地活下去，一定會撫養我們的孩兒長大，一定會為駙馬……」說到這裡時，長公主的話一頓，生生地把未說完的話吞了回去。

無憂見狀，不禁眉頭輕輕一蹙，心想——長公主想說為駙馬做什麼？為什麼說到這裡就不說了呢？再看看碧湖長公主的臉色，好像有些凝重，眼眸中的光芒也不似剛才溫和。看來這其中一定有什麼緣故。宮中的事是很錯綜複雜，就像前幾日周太醫無意中和自己聊到宮裡的事，也是皺了眉頭。其實他這個太醫在宮裡也是不好當的，這個主子這樣、那個主子那樣，還不能得罪任何一個主子，如果得罪了一個主子，那真是到時自己是怎麼死的都不知道。所以周太醫在話裡也暗示無憂還是趁早離開，不要在這個地方多待，以免惹禍上身。

聽周太醫的意思，這重華宮裡也是是非很多，好像碧湖長公主真的和當今太后不睦，要不然長公主生子並且又住在皇宮裡，身為太后應該前來看望吧？看來這宮裡的水深得很，她還是要找機會全身而退的好。

「讓妳在宮裡待了這些日子，想必妳的家人也很惦念妳，明日本宮就派人送妳回家吧！好了，本宮也乏了，妳退下吧！」最後，碧湖長公主道。

「謝長公主。」聽到明日就可以回家，無憂心中一喜，叩首退了下去。

第二日前晌，碧湖長公主打發紅鸞來送自己，並且拿長公主賞賜下來的兩套赤金鑲嵌寶石和珍珠的頭面首飾，以及一些金銀和數疋綾羅綢緞。無憂在長公主的寢宮外磕了個頭，便在紅鸞和幾名宮女的相送下出了宮門。宮門外有兩輛朱輪平頭馬車等候在那裡，太監們幫著宮女們把東西都放在一輛馬車上，無憂坐著另外一輛馬車離開了皇宮。

大概宮裡已經有人過來傳信說她今日回府吧，馬車緩緩地停靠在薛家大門前，便有幾個下人圍了上來。

門簾一撩開，連翹便上前伸出手把無憂扶下馬車，腳一踏上地面，只見平兒、興兒等都在大門口相迎，連翹笑道：「二小姐，您可回來了，這些日子大奶奶天天擔心著您呢！」

聽到這話，無憂趕緊問：「家裡一切可好？」還有那個藥丸的事情，不知有沒有人找上門來？

「老太太、大爺、大奶奶都好。」連翹趕緊回道。

聽到這話，無憂不禁皺了下眉頭，心想——看來家裡是沒有什麼事，那個藥丸難道沒有出事？還是出事了沒有波及到薛家？隨後，只見家裡的小廝趕忙跑到後面那輛馬車前往下搬東西，等搬完了東西，無憂讓連翹給了那幾個趕車的太監幾兩銀子的賞錢，那兩個太監便駕著車離開了。

踏入正廳的門口，只見薛老太太坐在正座上，薛金文坐在次座，朱氏站著，看到無憂進來，趕緊上前拉著無憂的手上下打量一番，見無憂好端端的一點事都沒有，才含淚道：「妳怎麼才回來？妳這一去就是一個多月，可把娘給急壞了，就怕妳出了什麼事。妳爹託人去宮裡打聽，也沒能打聽出妳到底怎麼樣。」

「妳娘這些日子都瘦了不少，也真難為她了。」坐在正座的薛老太太道。

聽到這話，無憂很愧疚地望著朱氏，朱氏確實是瘦了，也憔悴了一些。這就是有母親的感覺，沒有人會和母親一樣這般無私地惦念自己，無憂趕緊勸慰道：「娘，您看我現在不是好好的嗎？在皇宮每頓飯都有好多菜，這些日子我都吃胖了。對了，碧湖長公主賞賜了女兒整整一車的東西，還有皇上也賞賜了女兒五百兩銀子還有絲綢什麼的，您和老太太隨便挑。」

聽了這些，薛老太太和朱氏都誇無憂孝順，薛金文又問了幾句無憂這些日子在宮裡的情況，無憂把事情簡單地敘述了一遍，眾人聽了都唏噓不已，連連點頭稱讚無憂的醫術竟然到這種出神入化的地步。無憂其實已經儘量地簡化自己為長公主醫治的細節，只是在那個時代醫療條件太落後，他們認為無法治的病，在現代醫學上其實只是小菜一碟罷了。

說一會兒話，無憂坐在椅子上喝茶，這時候，李氏帶著蓉姊兒進來了。看到大廳中央堆了一摞東西，不禁叫道：「唉呀，剛一出門就聽說二姊回來了，說長公主賞賜了許多東西，竟然有這麼多啊！」跟著李氏進來的蓉姊兒卻是眼眸中透著一抹不屑。

行過禮後，李氏便坐在朱氏的次位，望著無憂笑道：「二姊，這些日子妳在宮裡，二娘我可是很惦念，生怕妳有什麼事。不過現在好了，妳也回來了，看著氣色還不錯呢！」

這時候，坐在正座上的老太太發話了。「吩咐廚房今晚多做些無憂愛吃的菜，除夕和上元節都沒能在家裡過，祖母給妳補上。」

「謝祖母。」無憂很大方地說了一句。

又寒暄了兩句，李氏突然道：「二姊啊，妳這一去可是耽誤了妳的終身大事，要不然上元節以前我娘家就來下定。這下好了，妳回來了，老太太，是不是也該張羅一下訂親的事？眼瞅著就要二月，三月就有黃道吉日，要不然就來不及了。」

聽到這話，薛老太太一怔，薛金文和朱氏則是輕輕牽動一下眉頭。站在無憂旁邊的連翹和朱氏身後的平兒卻是急得不得了，她們都知道李氏的娘家姪子是個不靠譜的人，雖然這幾個月是表現良好，但她們小姐也不能嫁給那樣的人啊。

見薛老太太半晌沒言語，李氏不死心地繼續道：「老太太，咱們年前不是都說好了嗎？

我娘家兄弟可是把聘禮都準備好了。您放心，那聘禮絕對體面，不會讓二姊受委屈的。」

事已至此，薛老太太也無話可說，她先看了一眼無憂，又看了一眼兒子和媳婦，心裡縱然有一千個不願意，但事情到了這個地步，也只好道：「過了年無憂也十八歲了，在別的人家也都到出嫁的年齡，她的親事一直拖著也不是個事，我看不如就……」

聽到薛老太太的話，無憂心裡不禁在打鼓，正著急之際，不想外面忽然傳來一陣腳步聲，抬頭一看，是興兒慌慌張張地跑進來，稟告道：「老太太、大爺，外面來了一位公公，說是來頒聖旨的！」

聽到這話，眾人皆是一驚。薛金文立刻站起來，薛老太太也打住了剛才說的話，朱氏、李氏、蓉姊兒等也都很好奇，按理說他們薛家不是什麼朝中顯貴，怎麼又有聖旨來呢？無憂不禁也有些詫異。

「還不趕快請進來！」薛金文急切地吩咐。

「是。」興兒應聲後，就趕緊跑出去。

這方，薛金文扶起坐在正座上的薛老太太，家下人等都有些吃驚，薛金文只得安撫道：「娘不用擔憂，這聖旨肯定是和柔兒有關，說不定又是給柔兒加官進爵呢！」

大夥兒想想也是，畢竟這個家裡也就只有薛柔在宮中做女官，眾人下一刻便齊齊站在大廳中，迎接頒旨的公公進來宣讀聖旨。只見一位穿著土黃色衣服、手執拂塵的太監，手裡舉著聖旨走進來。待那太監走到正堂前，薛金文便率領薛家眾人跪倒在地。

太監用尖銳的聲音喊道：「奉天承運，皇帝詔曰：薛氏有女，蕙質蘭心，容德兼備，懸壺濟世，妙手仁心，朕深愛其才，更感其德，今特賜婚予當朝威武大將軍沈鈞為妻，結為秦晉之好，望日後薛氏無憂能與沈鈞夫唱婦隨，琴瑟和鳴。另，威武大將軍沈鈞不日將班師回朝，擇日速速成婚，不得有誤，欽此！謝恩啊！」

眾人聽到聖旨的內容皆一驚，無憂也是半天沒有回過神來。怎麼回事？皇上怎麼會突然給自己賜婚？而且……而且賜婚的對象竟然是沈鈞？此刻，她真不知道是該欣喜，還是該煩惱了？欣喜的是沈鈞也是一個要才有才、要貌有貌的男子，配自己可以說是綽綽有餘，而且這也化解了和李家的親事，畢竟和嫁給李大發比起來可是好太多。可煩惱的是他並不是個平常人，那沈家也不是尋常人家，她嫁過去能過自己想過的清靜日子嗎？不由得輕輕地蹙了下眉頭。

薛老太太、薛金文和朱氏卻欣喜不已，正在因無憂的婚事而發愁，沒想到今日突然來了一道聖旨要給無憂賜婚，且賜婚的對象還是當朝的威武大將軍。

李氏和蓉姊兒都有點傻眼，眼看無憂和她娘家姪子的婚事就要成了，這次竟然半路殺出個程咬金來，還是皇上下旨賜婚，根本就改無可改，真是氣死了。蓉姊兒則是心裡連嫉妒帶憤恨，薛無憂憑什麼一下子就能嫁給當朝的威武大將軍，而且還是正室，這簡直太氣人了！

無憂光顧著想心事，竟然忘了領旨謝恩，薛金文回頭瞅了瞅，咳嗽一聲，無憂才會意過來，趕緊叩首道：「薛無憂領旨謝恩！吾皇萬歲萬歲萬萬歲！」便上前去把手舉過頭，接了那太監手裡的聖旨。

接了旨意後，那太監便笑著對無憂道：「薛姑娘，真是恭喜了。威武大將軍可是這個，您有福氣了！」那太監伸出大拇指往上翹了翹。

「有勞公公了。」無憂略一低首，畢竟在古代，女子被一提婚事，都要含羞帶怯的。

那太監又轉頭對薛金文笑道：「薛大人，您可要抓緊給二小姐籌備婚事，威武大將軍大概再十天八天就要回京。聖上的意思是不必耽擱，大將軍回京後挑個好日子就成婚。」

薛金文趕緊作揖道：「是、是，臣一定遵照聖上的意思辦！」

「哈哈……薛大人，聖上可是給您找了個好女婿啊！」那太監哈哈笑道。

「已經備了茶點，請常公公移步去花廳吧？」薛金文殷勤地道。

只見那公公卻一擺手，道：「不必了，老奴還要回去向聖上交差呢！」說罷，也不等薛金文說話，常春便帶著兩個小太監朝外面走去。

「常公公慢走。」薛金文趕緊在身後相送。

等常公公一行走出了大廳，朱氏即拉著無憂問：「無憂，這個什麼威武大將軍，是不是就是安定侯府的二公子啊？」

「正是。」無憂點了點頭。

「大奶奶，您忘了？上次咱們在茶樓吃飯，正好趕上沈將軍遊街呢！」一旁的連翹趕緊提醒道。

朱氏低頭想了一下，便喜笑顏開地道：「對、對！瞧我這腦子，怎麼給忘了？要是那個人的話，還真是不錯，長得好，家世也好，聽說還是才德兼備的。」

這時候，薛老太太也高興地笑道：「真沒想到無憂會有這麼一段好姻緣，本來她這次進宮我還擔心著呢，這簡直就是福報啊。」

「是啊，沒想到照料長公主生產，皇上會給這麼大的賞賜！真是菩薩保佑！」說著，朱氏便雙手合十向上天禱告。

「說到菩薩保佑，我想起上次去白馬寺為無憂求的籤，當時解籤的大師說是必有一段良緣。起初我還半信半疑的，沒想到還真是靈驗，竟然應在這上頭。」薛老太太忽然道。

無憂在一旁也蹙了下眉，心想——當時只是鬧著玩求了一支籤，沒想到還真是山重水複疑無路，柳暗花明又一村。那大師說有一段良緣，難道說的就是自己和沈鈞？想到這裡，無憂的眼前不禁浮現出沈鈞那張稜角分明的臉龐、和那雙深不見底的眼眸，說實話，對這個男人她有些拿不準，他真的會是自己的真命天子嗎？

這時候，薛金文送常公公回來了，高興得簡直可以用手舞足蹈來形容，含著笑意道：「娘，這威武大將軍，兒子見過兩次，年輕有為，家世不凡，聽說人品才學都是不錯的。唉呀，這樣的親事咱們是想都不敢想的。」

「嗯。」薛老太太聽到這話，笑著點了點頭，然後說：「剛才那位公公不是說了嗎？皇上的意思是讓他們儘快完婚，我看時候也不是很多，咱們該從現在起就起緊打算才是。對方的家世如此好，咱們也要傾盡全力，千萬不要讓人家小瞧了咱們啊。」

「是，是。這個兒子明白。」薛金文趕緊點頭。

這時候，一直忍著氣的李氏開口了。「我說老太太，無憂和我娘家姪子的婚事就不作數了？」

薛老太太聽到這話，瞧了李氏一眼，神色一凜，說：「什麼叫不作數？咱們畢竟和妳娘家並沒有什麼婚約，也只不過是有媒人來說了一下，咱們說要考慮一下罷了。再說現在可是皇上賜婚，誰敢違背？一個不好可是要滿門抄斬的。」

聽到滿門抄斬幾個字，李氏知道這件事是不能有迴轉的餘地了，便道：「唉，也是我們李家沒有這個福分，真真是白費了幾個月的力氣了。」

這時候，薛老太太低頭想了想，對身邊的燕兒道：「燕兒，妳去帳房支一百兩銀子，再拿些從莊子上運過來的年貨，就是那些雞、鴨、魚，還有再拿上五疋綢緞裝上我的馬車去。」燕兒應聲便去了。

薛老太太對滿臉不高興的李氏道：「金環，妳一會兒坐我的馬車把東西和銀子都給妳娘家兄弟送過去，就讓他們再找一門好親事吧！以後如果他們家辦喜事，咱們薛家還會封一個大紅包過去的。」

突然聽到有這麼多東西可以回去向她娘家兄弟交代，李氏的臉色才漸漸有了笑容，畢竟皇上的賜婚是誰也違背不了的，便趕緊道：「那金環就替我娘家兄弟謝謝老太太了。」

「嗯，到底是親戚，以後還是要經常走動的。」薛老太太點點頭說。

薛金文又道：「娘，兒子盤算著給無憂的嫁妝怎麼也要幾十抬才算體面，還有也要陪嫁過去一房陪房、四個丫頭才足夠，首飾頭面等等大概也需要最少上萬的銀子，這還不算陪嫁的地畝和鋪子，這個……」說到這裡時，薛金文的臉色有些為難，畢竟薛家的家底並不厚，要想體面，那可是真真為難了。

「上萬的銀子？咱們家有那麼多銀子嗎？」李氏一聽這話，立刻就插了一句。

薛蓉也有些著急，只是不好說話，家裡就那麼一點銀子，要是都給無憂做了陪嫁，那她出嫁的時候該怎麼辦啊？李氏則是著急家裡的東西可都是她兒子義哥兒的，她一分都不想讓無憂拿走。

薛金文的話讓薛老太太也有點為難，她看了無憂一眼，又看看李氏和蓉姊兒，畢竟薛家現在最多也只有那麼一萬兩銀子，要是給無憂辦了體面點的嫁妝，那以後蓉姊兒出嫁可怎麼辦？雖然蓉姊兒是庶出，但到底也不能太寒磣，而且還有義哥兒，總也要留下點給他娶妻生子才是，而薛家這一大家子以後還要生活呢！

看到薛老太太看了自己一眼，李氏又趕緊道：「老太太，二姊的嫁妝是不能太寒酸，可是也得憑咱們家裡的情況而定吧？再說義哥兒也大，也該娶親了，還有蓉姊兒也不小了，再說家裡還有咱們這一群人呢！」

一旁的朱氏已經看出薛老太太面有難色，李氏這麼一說，無憂的嫁妝可能就要泡湯了，她這個做娘的怎麼也得為無憂爭上一爭，所以也說：「老太太、大爺，無憂這次嫁的是侯爺府，更是朝廷裡的大官，嫁妝若太寒酸，以後不但沈家人看不起咱們無憂，更會看不起咱們這個娘家。雖然家裡現在的銀子不多，但好歹咱們還有兩間鋪子，城外還有幾百畝地，這些東西以後每年都有進項。義哥兒才十七歲，怎麼著也要二十弱冠才娶親，蓉姊兒也得明年再說，這些事咱們可以一件一件辦的。」

朱氏的話倒是也有道理，薛老太太和薛金文此刻真是有些搖擺不定了，大廳裡也是一片寧靜。

無憂冷眼看了半天，才緩緩地站起身子來，道：「祖母、爹、娘、二娘，你們不用為無憂操心，無憂已經想過了，他沈家娶的是我薛無憂這個人，不是娶我的嫁妝，所以我的嫁妝一切從簡。」

但朱氏第一個站出來反對。「那怎麼行？孩子，妳不知道現在的世道，沒有嫁妝，以後在婆家不但被人看不起，還會受欺負的。」這可是她這些年來在薛家的切身體會，就算有嫁妝，自己如此軟弱也是受盡欺凌，幸好有兩個懂事又有出息的女兒才得以翻身。

無憂對滿臉著急的朱氏笑道：「娘，我只帶走我那個小莊子、製藥作坊和我自己賺的銀子置辦的東西就好了。」

聽到這話，薛金文面上有些掛不住了，趕忙說：「那怎麼行？妳出嫁我們做父母的總不能什麼都不替妳準備吧？這要說出去我們還有什麼面子？」

這時，薛老太太也道：「是不行，家裡怎麼也得為妳準備頭面首飾和陪房，還有陪嫁的丫頭，咱們薛家是不能那樣虧待女兒的。」

聽到這話無憂笑道：「那就依祖母的意思，讓爹和娘為我準備頭面首飾、陪房和陪嫁的丫頭就好了，別的無憂都不需要。」

薛老太太和薛金文對視一眼，知道現下的情形也只好如此，隨後薛老太太便對朱氏道：「麗娘，雖說無憂是嫡女，但畢竟家裡不只有她一個孩子，而且你們夫妻兩個以後還是要過日子。幸好無憂自己能幹，有個莊子和作坊陪嫁過去，我還有一套像樣的首飾也給她，再讓她爹給她去打一副上好的頭面，衣服和被子咱們也都挑上好的做。妳再衡量一下看誰當作陪房和無憂一起嫁過去，至於四個陪嫁丫頭麼，無憂看誰合適就帶上誰，沒有適合的就花錢出去買好的，妳看怎麼樣？」

聽了薛老太太的話，覺得她說得也在理，再說就算是準備好這些，也得花幾千兩銀子才可以辦得體面。現下薛家也只有這個能力，家裡的鋪子和地確實不能讓無憂帶過去，所以下一刻，朱氏點頭道：「就依老太太的意思辦吧！」

薛老太太和薛金文都高興地笑了笑，李氏則是大大地鬆了一口氣，畢竟大宗的都沒有被無憂帶走，剩下的可就都是她兒子的。蓉姊兒則是在心裡打著自己的小算盤，說實話她既不想給無憂陪嫁得太好，因為那樣家裡也就沒有什麼錢給她辦嫁妝了；可是又不想薛家什麼都不給無憂，畢竟人家是嫡女，她出嫁都沒有什麼嫁妝，以後她這個庶女出嫁，豈不更是什麼都沒有了？現在這個情形她倒是也高興，家裡的鋪子和地任憑哪個女兒都是不能動的，但是一副好的頭面也夠用上好幾年，還有七、八個奴僕可以帶走，衣服、被子、器皿也是齊全的，雖然不多，但也不至於太過寒磣。而且老太太說自己會拿出一套像樣的首飾來，既然公開這麼說，那麼等她出嫁時也會有一套，頂多就是不如給無憂的那套好罷了。

果不其然，薛老太太又對李氏說了一句。「我不會偏心的，無憂和蓉姊兒都是我的孫女，也不分什麼嫡庶，等蓉姊兒出嫁的時候，我也會給她準備一套首飾。唉，只是柔兒在宮裡，也不知道這輩子還有沒有這一天？不管有沒有出嫁的這一天，我也會給她預備一套首飾放著。」說完，還嘆了一口氣。

李氏和蓉姊兒自然高興，朱氏和無憂則是充滿了辛酸。是啊，柔兒在那見不得人的地方，不知她以後是不是要孤獨終老了？

「我也乏了，先回去歇著，你們也都散了吧！」說著，一個丫頭便扶著薛老太太回房去，眾人也都散了。

無憂剛一跨進門檻，便忍不住拉著連翹問：「連翹，最近孫先生有沒有來過？」

「喔，對了，孫先生年前來過，還送了一張五百兩銀子的銀票過來，說是前兩個月的盈利。」說著，連翹便趕緊翻箱倒櫃，把銀票給找出來。

隨後，無憂又問連翹。「對了，我臨走的時候給妳的那二十盒藥丸，妳送去藥鋪了沒有？」

沏了一杯茶過來的連翹趕緊回答：「二小姐，您要是不提，奴婢都給忘了。那些藥奴婢放在雜物房，奴婢沒敢送去藥鋪。」

連翹的話讓無憂吁了一口氣，幸虧沒有送出去，要不然現在麻煩可是不小。不過想想又覺得奇怪，自己明明吩咐連翹送去藥鋪，怎麼她沒送？而且還是沒敢送？所以又問：「為什麼沒敢送？」

連翹雙手把一杯熱茶遞到無憂手中，然後說：「那日二小姐走後，二奶奶忽然來給大奶奶送東西，並且說了好一會兒的話，奴婢正巧把藥放進籃子裡，想著明日一早就給藥鋪送過去，可是卻讓二奶奶看到了。她一打聽那藥丸又是排毒又是養顏的，就非要向大奶奶要兩盒，大奶奶面上過不去，就給她兩盒。沒承想到了晚上二奶奶和蓉姊兒就都鬧起肚子來，拉得都挺不起腰來了，到半夜還請了個大夫過來，開了兩劑藥喝下去才總算沒事了。」

聽到這話，剛喝一口茶水的無憂便猛地咳嗽兩聲，一口茶水也被嗆在地上。

「二小姐，您怎麼了？」連翹見狀趕緊跑到無憂的背後，為她拍起背來。

「咳咳……」咳了兩聲後，無憂便對著背後的連翹擺了擺手。

連翹走到無憂的面前，笑道：「二小姐，您也感覺挺好笑的是不？誰讓二奶奶什麼便宜都占？我一說這種藥要五兩銀子一盒，她就立刻管大奶奶要了。誰知道竟然吃得拉了一天的肚子，呵呵，連帶著蓉姊兒也是，您是沒看到她們連著幾日連臉色都是青黃的呢！」說完，連翹就噗哧一聲笑了，連眼淚都笑了出來。當然，無憂也是好笑得不得了，真是沒想到那藥的用途竟然是如此。

連翹又說：「奴婢看二奶奶和蓉姊兒吃了那藥竟然這樣，奴婢就沒敢把藥送到藥鋪裡去，萬一要是有個閃失，咱們的製藥作坊豈不是砸了牌子了？二小姐，您說奴婢做得到底對不對啊？」

「妳做得很對，這些日子我在宮裡還擔心著這事呢！」無憂點了點頭，算是對連翹的肯定。

聽到這話，連翹就放心了，又問：「二小姐，那些藥丸是怎麼回事啊？怎麼人吃了後會拉肚子呢？」

藥丸的事情無憂並沒有告訴連翹，所以她並不知道，現在既然危急已經過去，她就更沒有說的必要，便只輕描淡寫地道：「我突然想起那藥丸裡多加了一味不該加的藥材，那藥是萬萬不能吃，一會兒沒事了，妳就扔進灶房裡燒了吧！」

「是。」連翹隨即便點了點頭。

躺在床上後，有些疲憊的無憂雖然睏倦，但閉上眼睛卻睡不著，眼前浮現出一個黑色修長的身影。威武大將軍？沈鈞？無憂那顆一直沈靜的心也被攪亂了。她翻了個身，睜開眼眸，望著紅木雕花的床榻，腦海中卻是一直對那個黑色的身影揮之不去。

他當日連家世顯赫、貌美如花的玉郡主都不肯娶，他會心甘情願娶自己嗎？其實也談不上願不願意，他根本就不知道世上還有她這麼一個人。雖然見過好幾次面，但是她在他面前都是做男裝打扮，他壓根兒就不知道自己是名女子。這次是聖上賜婚，由不得他不同意，無憂也看得出他是個心高氣傲的人，她大概也難以入他的眼吧。不過這樣也好，是不是以後他和自己就可以過各自的生活？而且他是個武將，據說上次一去邊關就是三年，這次也是去了大半年吧？本來日子就聚少離多，這樣相處起來也不太難吧？

想了一會兒後，無憂的上眼皮和下眼皮就有些打架了。當她終於堅持不住閉上眼睛的時候，眼前忽然又浮現出那日一只茶碗朝她的面門飛過來，有一隻手迅速地在最後一刻接住了那只茶碗……

安定侯府

這日午後，伺候沈鎮睡下後，姚氏便帶著春花出了門，一路往沈老夫人的住處走去。

「大奶奶，真沒想到咱們家二爺最後竟然只是娶個六品主事家小姐的命。」跟在姚氏身後的春花道。

姚氏一邊走一邊道：「誰知道皇上怎麼就突然下旨賜了這樣的婚事，我看得出來老夫人可不是那麼順心的。」

「老夫人不順心，可是卻順了奶奶的心啊。二爺娶個娘家沒錢沒勢的，老夫人也不放在眼裡，以後這個家還不是奶奶您說了算啊。」春花在姚氏身後奉承著。

聽到這話，姚氏的眉梢一彎，嘴角向上一抿，微微笑道：「小門小戶裡出來的，諒她也不會出什麼么蛾子。」

姚氏和春花進了屋子，一股熱氣撲面而來，只見沈老夫人坐在炕上喝茶嗑瓜子，姚氏福了福身子，笑道：「請老夫人安。」

回頭一看是姚氏，沈老夫人道：「妳來了，鎮兒午歇了？」

這時，沈老夫人身邊的丫頭雙喜已經搬了繡墩放在姚氏身後，姚氏坐了，笑道：「已經睡下了。」

「嗯。」沈老夫人點了點頭，然後道：「最近我看鎮兒比以前胖了一些，人也精神許多，心情也好了。」

說起丈夫來，姚氏可是神采奕奕的。「是啊，大爺現在飯量增加，也愛說笑了，沒事就讓我扶著去花園裡走走呢！」

「這樣看來那個小王大夫還真是個神醫，以前請了那麼多大夫都說沒得治了。雖然不能恢復到以前，但好歹也能走上十幾步，我想著以後多休養休養，肯定還會好轉的。」沈老夫人道。

「媳婦也是這麼想，只是那個小王大夫好久沒來了，上次來了以後也不肯留下個地址，要是有事，下次還不知道去哪裡找他呢！」姚氏皺眉說。

沈老夫人仰頭想了一下，道：「有些個能人就是來無影去無蹤，要不然就是有什麼怪癖，這倒也尋常。對了，那個小王大夫不是秦顯介紹來的嗎？以後鎮兒再有事，讓秦顯去找找他就是了。」

「我也是這麼想。」姚氏點了點頭，然後又說：「對了，昨兒我打發去打聽那薛家二小姐的人回來了。」

「怎麼樣？」聽到這話，沈老夫人的臉色立刻嚴肅起來。

姚氏趕緊回答：「回來的人說這薛家上幾代也是書香門第，只是沒出什麼有官職的人，家境也就慢慢地敗落下來，這薛家二小姐的父親是吏部的主事。」

「吏部主事？那也就是個五、六品的官吧？」沈老夫人一聽就皺了眉頭。

「是六品。」姚氏回答。見老夫人沒言語，就繼續說：「這薛家雖說只是個一般人家，倒也是個清白本分的人家。對了，他們家的大小姐在宮裡做女官，是五品司記。」

「哦？」聽到這話，沈老夫人的眼眸一瞇。因為沈老夫人的女兒是皇帝身邊的妃嬪，所以一提起和宮裡有關係的，她都很留意。

「只是這位二小姐麼……」說到這裡的時候，姚氏的話明顯一頓。

看出姚氏似乎欲言又止，沈老夫人知道必定是有緣故，便道：「跟我還有什麼不好說的？儘管說實話。」

聽到這話，姚氏一低首，道：「只是這位薛家二小姐的名聲不太好聽。」

「怎麼個不好聽法？」沈老夫人沈聲問。

「說是曾經犯過羊角風被人退親過，對了，好像對方就是秦顯秦大人。」姚氏回答。

「秦顯？」聽到這話，沈老夫人有一絲驚詫。

「聽說是秦大人娶尉遲家小姐之前的事，還有就是……就是……」

「就是什麼？妳今日怎麼說話這樣吞吞吐吐的？往常妳說話多俐落。」沈老夫人不耐煩地道。

聽到婆婆的責怪，姚氏趕緊道：「據說這位二小姐和她二娘的娘家姪子，好像有些不大清楚。」

聽到這話，沈老夫人的臉色更加難看了，見狀，姚氏趕緊道：「畢竟這些都是市井謠言，到底是不是真有其事也說不準的。」

半晌後，沈老夫人氣得拍了下炕上的小桌，帶著怒意道：「要說鈞兒他就是個不讓人省心的，上次和玉郡主的婚事多好啊，玉郡主要家世有家世，要相貌有相貌，對他又是一往情深，死心塌地的，可他就是不願意。這下倒好，聖上下旨賜婚，還有什麼轉圜的餘地？偏偏又給鈞兒找了個這樣的人，唉……」

見婆婆生氣，姚氏趕緊上前倒一杯茶水遞到跟前，道：「老夫人，您要保重身體，別因為這事氣壞了。」

「妳說我能不氣嗎？要是身家清白的姑娘，家裡窮富貴賤那都還好說，可是現在……」沈老夫人說不下去了。

姚氏只得陪笑道：「老夫人就算再怎麼不願意，這也是皇上的旨意，斷沒有再收回去的道理，現在咱們也只能硬著頭皮，籌備著把人給娶進來才是。」

隨後，沈老夫人接過姚氏手裡的茶碗，低頭喝了一口，總算平復了一些情緒，然後便一揮手讓身邊的幾個丫頭都下去。見老夫人屏退了左右，姚氏知道肯定有私密的話要對自己說，便在炕邊坐下來，低聲道：「老夫人可還有什麼事要同媳婦說？」

沈老夫人又嘆了一口氣。「唉，這次娶個什麼東西回來倒也不打緊，最多咱們就給她一個住處，一口飯吃罷了，可是這次皇上是把咱們家置於水深火熱之地了。」

「這話怎麼說？」姚氏一聽就蹙起眉頭。

沈老夫人隨後道：「宮裡誰不知道碧湖長公主和太后不對盤？太后的背後是她娘家那群人，而碧湖長公主向來是幫皇上的，自從皇上幼年登基以後，太后娘家一族就一直把持著朝政，皇上小時候無能為力，等到皇上成年，那可是一直都對外戚不滿的。這些年來皇上一直都是暗中和太后一族鬥爭著，碧湖長公主和駙馬也一直都幫著皇上的，可畢竟太后是皇上的親生母親，再者太后一族在朝中這麼多年也是根深蒂固，所以只是維持著表面上的平靜。皇上畢竟是太后親生，太后不能把皇上怎麼樣，可是那碧湖長公主可不是從太后肚子裡爬出來的，那她豈不是就受牽連了？這次聽說這位薛家二小姐是因為照料碧湖長公主生產有功，長公主才向皇上請求給她找個好歸宿，沒想到皇上竟然賜婚到咱們家。這薛家二小姐也算是受了長公主的恩德，就算是長公主的人了，而她又嫁入咱們家，妳說太后以後能不遷怒於咱們家嗎？」

聽到這話，姚氏不禁點了點頭。「沒想到這裡面還這麼複雜？不過您也不要多慮，咱們沈家一直都是對皇家忠心的，再說二爺一直都行事低調，只要咱們循規蹈矩，不怕太后那邊怪罪咱們什麼的。」

「朝堂上的事妳到底還不懂，要知道鈞兒現在手裡有些兵權，這會招來太后一族的忌憚。唉，現在只能走一步看一步了。再過幾天鈞兒差不多就要回來，他的婚事還得妳多操操心，我老了，好多事情也力不從心了。」沈老夫人道。

「長嫂如母，這個是當然的，老夫人放心，妾身一定會辦得妥妥當當的。」姚氏保證道。

「記住只要不失了咱們侯爺府的體面就可以了，不用太過鋪張。」沈老夫人吩咐道。

聽到這話，姚氏愣了一下，因為平時沈老夫人可是很疼沈鈞，一直都盼著他成親生子，以往還說過等沈鈞成親時要怎樣怎樣的話，怎麼今日就因為娶的媳婦不滿意，就連兒子也不疼了？於是便乾笑一聲，道：「老夫人，這樣是不是太委屈二弟了？」

沈老夫人的眼眸一瞇，說：「因為鈞兒拒絕了和玉郡主的婚事，咱們家是把秦丞相府給得罪了，為這事秦丞相和秦老夫人很不高興，早已經看咱們和鈞兒不順眼。這次鈞兒娶親，他們肯定心裡一萬個不痛快，還是不要礙他們的眼。他們家畢竟是左丞相，又是皇親國戚，現在太后要是再嫌了咱們，不一定會給咱們安上什麼罪名呢，所以也只能委屈一下鈞兒。不過鈞兒從不在意這些，再說這次那薛家確實也不順我的意，那就一切不要太掉價就好，不必大辦了。」

聽了這話，姚氏陪笑道：「還是老夫人考慮得周全，妾身實在想不了這麼多。」

一句話把沈老夫人逗笑道：「就妳這張嘴會說，妳就是太聰明了。」

「老夫人，您這是誇妾身呢？」姚氏還是陪笑道。

「妳說什麼就是什麼吧！」沈老夫人一笑。

夜色深沈，萬籟俱靜，承乾殿東廂房的燈火還亮著。

一個穿著橘紅色宮裝的女子，手執托盤緩緩地走進承乾殿。守夜的小太監此刻都在打瞌睡了，那女子望著靠在牆上閉著眼睛的小太監一笑，便走進去。來到東廂房門口的時候，門口侍立一個有點年紀的太監常春看到薛柔來了，便上前低聲笑道：「薛大人，您怎麼才來啊？皇上都等您半天了。」

聞言，薛柔溫柔一笑，也壓低了聲音道：「太早我怕被人撞見，便遲了些過來。」

「不要緊的，老奴知道今日是您當值，就提前把所有一干人等都打發走，留下來的都是咱們自己人。」

聽到這話，薛柔不禁臉上一紅。畢竟，她和皇上的往來都是偷偷的，知道的都是皇上近身的幾個人，不過她有時候還是不怎麼好意思。

見薛柔有些羞赧，常春便笑著指向薛柔手中托盤裡那個黃色萬壽字樣的湯盅，問：「您這是又給皇上做了什麼好吃的？」

「是銀耳蓮子湯，前幾日見皇上的嘴皮有些乾，肯定是上火了，所以特意燉了這個。」

薛柔笑著望了望托盤裡的湯盅，這可是她花了整整一個多時辰燉的。

「誰在外面說話呢？」正在此時，東廂房內忽然傳出一聲帶著威嚴的男音。

站在門口說話的二人聽到這聲音後，常春趕緊一邊揮手一邊對薛柔道：「皇上叫呢，快去、快去。」

「嗯。」薛柔點了點頭，便邁進了前方的門檻。

坐在寬大紫檀書案前批閱奏章的德康帝，一抬頭看到是薛柔走進來，便放下手中的朱筆，笑著站起身。薛柔這時已經走到書案前，端著托盤躬身就要行禮下去，卻被德康帝伸手一把給拉起來，並道：「不是說過多少次了，只有妳和朕的時候不用拘禮嗎？」

薛柔一笑，便道：「常春公公說皇上在等我？」

「朕不等妳還能等誰啊？」德康帝伸手寵溺地捏了一下薛柔精巧的鼻子。

薛柔把手中托盤放在書案上，一邊從湯盅裡舀出一碗湯，一邊調笑道：「那我怎麼知道？人家又不知道今日皇上是翻了哪位娘娘的牌子。」

聽到這帶著醋意的話，德康帝一笑，隨後薛柔便把一碗熱氣騰騰的銀耳蓮子湯送到德康帝的面前，德康帝一邊伸手接了，一邊道：「朕今日是翻薛妃娘娘的牌子。」

「薛妃？宮裡哪有這號娘娘？難道是皇上新冊封的不成？」薛柔故意偏著頭問。

「是新冊封的，還沒有舉行冊封大典呢！」德康帝一笑。

「皇上你就會調侃人，不跟你說了。」薛柔感覺沒意思，便一噘嘴，轉過身子去。

面對著薛柔那嬌柔的後背，德康帝抿嘴一笑，把手中的瓷碗遞到嘴邊，喝了一口，故意大聲地讚嘆道：「嗯，味道真好，這是朕喝過最香的銀耳蓮子湯了，簡直比朕的御廚做的還好，看來以後朕要把御廚貶回家去了。」

聽到這話，薛柔忍不住一笑。

這時候，德康帝已經轉到她的面前，看到她臉上的笑容，道：「妳可笑了。」

「既然好喝，皇上就都喝了吧！」薛柔仰頭望著高她將近一個頭的德康帝。

低頭望了一眼碗裡的銀耳蓮子湯，他笑道：「就是太燙了。」雖如此說，但是卻仰頭要一口氣把湯全喝了。

見狀，薛柔趕緊阻止了他。「欸，好燙的。」

「朕不是在執行妳的命令嗎？」看到她奪過他手中的瓷碗，放在一旁的書案上，德康帝笑道。

「看在你給我妹妹賜婚的分上，我容許你等湯涼一點再喝。」薛柔調皮地說。

聞言，德康帝問：「妳都知道了？」

「嗯。今兒一早常春公公就告訴我了。」薛柔點點頭。

德康帝伸手握住薛柔的腰肢，把她帶入自己的懷抱中，說：「這次幸虧有碧湖的幫忙，要不然朕還真不好找個理由給妳妹子賜婚呢！」

「碧湖長公主那裡我自然會親自去道謝。不過也要謝謝皇上，繞了這麼大一個彎子給我家妹子賜婚，還真是難為你了。」薛柔仰頭望著正看著自己的德康帝。

「既然知道朕這件事不好辦，費了這麼大的周章，碧湖那裡妳打算去謝，那妳怎麼感謝朕呢？」德康帝拉過薛柔的纖纖玉手，放到自己嘴邊，親了一口。

她能感受到他的唇瓣都是灼熱的，兩頰間頓時飄起了兩朵紅雲，羞赧地道：「人家今晚熬湯熬了一個多時辰，不就是用來感謝你的嗎？」

聽到這話，德康帝掃了一眼書案上那碗銀耳蓮子湯，然後湊在她的臉邊笑道：「可是朕現在一點都不想吃銀耳蓮子湯。」

「那你想吃什麼？只要你說得出來，我馬上就去給皇上做。」薛柔趕緊道。

「不用做，都是現成的。」說著，德康帝的鼻子在薛柔的秀髮前嗅了嗅，眼眸微微一閉，露出十分垂涎的表情。

這時候，薛柔裝作厭惡地推了德康帝一把，叫道：「討厭，你又不打好主意。」

「我不打什麼好主意了？」德康帝大手一撈，又把她擁進懷裡，而且這次他的雙臂較之剛才更加用力，一抹男性的濃烈陽剛之氣瞬間便完全把薛柔給籠罩住了。

「你做什麼啊？」薛柔在德康帝的懷裡扭捏了兩下。

德康帝卻貪戀地在她的臉頰處親了幾下，然後便猛地彎腰，一下子把她打橫抱起。感覺身體一下子淩空而起，薛柔本能地用雙臂抱住他的脖頸，感覺眼前一晃，似乎天旋地轉了，她也不禁低呼出聲。

「朕可是等了好幾日，妳忍心還讓朕繼續等下去嗎？」一道明黃色的身影抱著懷裡的軟玉溫香朝床榻的方向走去。

隨後，雕刻龍紋的紫檀大床上明黃色幔帳便散落下來。先是一身橘紅色的衣物散落在床下，接著是一件明黃色的衣服散落下來，壓在那橘紅色的衣服上面。接著，明黃色的幔帳裡便傳出細碎的低吟和男子低低的吼叫聲音……

第三十章

賜婚的聖旨下來的第二日薛家就開始為無憂備嫁了。連翹自小在無憂身旁伺候自然是要陪嫁過去的，玉竹是家生子，也算一個，所以還差兩個丫頭需要去採買。陪房商量來商量去還是旺兒最合適，只是旺兒還沒有娶親，正好這條街上有個老秀才的劉姓姑娘模樣心性很是伶俐爽快，薛家便託人去說親。

本來旺兒只是個奴才，人家自然是看不上眼的，但一聽說是陪嫁到安定侯府去做陪房，且薛家給的聘禮又豐厚，再者旺兒也是個敦厚能幹的，所以對方一下子就答應了。平兒和興兒樂得合不攏嘴，畢竟這門親事很遂心，對朱氏和無憂更是感恩戴德。

這日送走為無憂裁製衣服的女師傅，宋嬤嬤便走了進來，笑著稟告道：「奶奶，老奴昨兒去採買來的兩個女孩都讓她們沐浴更衣過了，現在在外面候著，不如讓她們進來，看看您滿不滿意，也讓二姊過目？」

「嗯。」朱氏點了點頭。

隨後，宋嬤嬤便領進來兩個女孩，無憂一抬頭，只感覺眼前一亮，其中一個女孩秀麗俊美，足以用不可方物來形容，削肩膀，水蛇腰，髮如墨汁，眉眼如畫。看到這裡，無憂不禁想──宋嬤嬤這是什麼意思？選個丫頭還用得著買這麼個漂亮的人？大概也花了不少銀子吧？再看看另一個，長相比前一個可是差遠了，只不過是中人之姿，但長相倒是敦厚老實的樣子。

朱氏自然也和無憂一樣打量了這兩個女孩子兩眼，當看到那個異常美麗的，也不禁多看兩眼。那兩個女孩因為剛來，還都怯生生的，忘了行禮，宋嬤嬤呵斥道：「見到大奶奶和二小姐還不趕快行禮？」

那兩個丫頭的眼眸倒像受過驚一樣，一下跪倒在地，磕頭道：「奴婢們見過大奶奶，見過二小姐。」

「起來吧！」朱氏抬了下手。

兩個女孩起來後，宋嬤嬤走到那個長相一般的女孩面前，笑著向朱氏和無憂介紹道：「這個叫翠紅，今年十六歲；那個叫杏兒，今年十七歲。」

聽到這兩個名字，無憂便皺了皺眉頭，她最不喜歡什麼紅啊綠的，不過那個叫杏兒的名字倒是和她挺配的，因為她也長了一雙好看的杏眼。

朱氏點了點頭，轉頭對無憂道：「妳看怎麼樣？如果可以，那就是她們兩個。」

聽到這話，無憂低頭一想——看來朱氏是看上這兩個女孩，再看看宋嬤嬤，她是個牢靠的人，今日故意買來這樣標致漂亮的女孩，肯定是有什麼深意。那不如先應承下來，聽聽她們的想法再來計較，反正要再去買個女孩也是容易的事。下一刻，無憂便笑道：「既然娘感覺好，那就這樣吧！」

聽到這話，宋嬤嬤對那兩個女孩道：「以後二小姐就是妳們的主子，妳們以後要忠心對主，絕對不能做出有違主子的事情來，要不然把妳們打了板子都攆出去。」

那兩個女孩趕緊轉到無憂面前，連磕了三個頭，都道：「奴婢們以後一定好好侍奉主子，萬萬不敢做出半點有違主子的事情來。」

無憂先是點了點頭，然後道：「以後只要妳們循規蹈矩，一心為我，我自然也不會虧待妳們，以後我和妳們便是一榮俱榮、一損俱損，我好了，妳們自然也會好。妳們那些什麼紅啊綠的名字我很不喜歡，以後就把妳們的名字改了，至於以前的名字、以前的事就都當作過眼雲煙，從今日起妳們也算是新生了。」

「是。」那兩個女孩馬上低頭稱是。她們都低眉順眼，眼眸似乎都有些受驚的樣子。這也難怪，畢竟年輕的女孩被買來賣去的，都不知道以後自己的命運如何，會碰到什麼樣的主子。

無憂凝了下神，然後對那長相一般的女孩道：「以後妳就叫茯苓吧！」

「謝主子賜名。」茯苓趕緊磕頭道。

隨後，無憂又對那長相豔麗的女孩道：「以後妳就叫百合好了。」這個女孩長得妖嬈嫵媚，真的挺像漂亮的百合，只不過給人的感覺不是一朵白百合，而是一朵豔麗搶眼的粉色百合。

「謝主子賜名。」百合也連忙給無憂叩頭。

這時候，朱氏對宋嬤嬤笑道：「宋嬤嬤，妳把她們都帶下去吧，這兩日教教她們規矩和怎麼伺候人，別跟著無憂去侯爺府讓人家笑話咱們。」

「是。」宋嬤嬤便帶著那兩個女孩出了屋子。

宋嬤嬤等人走後，無憂轉頭不解地望著朱氏，笑問：「娘，宋嬤嬤也是辦事牢靠的人，怎麼會突然買了個這樣的女孩進來？她是不是和您事先商量過了？」在那個時代，小姐最忌諱的就是身邊有個容貌美麗超過自己的丫頭，尤其是陪嫁丫頭，這不是明顯地要讓人家去勾引自己的丈夫嗎？

聽到這話，朱氏也是一臉無奈，道：「我和宋嬤嬤是商量過，因為妳嫁的人家門第實在是比咱們不知要高出多少，姑爺又是個有本事的，我和宋嬤嬤也是為妳好，萬一……有這麼個人在，以後說不定還能靠她來拴拴姑爺的心。」

果不其然，朱氏和宋嬤嬤是打這個主意。其實她對古代的婚姻最不屑的就是一夫多妻，如果是那樣，她倒寧願自己孤老一生，也不想跟任何人分享自己的丈夫和感情。不過這次的婚姻她是無法選擇了，嫁給當今威武大將軍，她的命運是不是也不會再受自己控制？難道她也要和這個世上萬千女子一樣，以後要和幾個女人共事一夫，在寂靜的夜裡暗自吞噬寂寞和妒忌嗎？想想無憂就有些不寒而慄。

見無憂低頭不語，朱氏趕緊道：「我是妳的娘，自然知道妳是個心高的人，以後肯定是不屑用這種方法來留住自己的丈夫。娘從前何嘗不是和妳一樣？想和自己的夫君一生一世恩愛綿長，可是這個世道就是如此，男人不能沒有子嗣，等過了新婚那幾年，新鮮勁一過，就都喜歡換個口味。要是當初我身邊也能有個長得像妳二娘一樣的丫頭，把她給了妳爹，咱們娘兒幾個也不至於受那些年的苦了……」

無憂只好道：「娘，您的話無憂都記在心上了。」

聽到這話，朱氏才算是放了心，滿意地點頭道：「那就好。」

回到屋子裡瞎想了一刻後，連翹抱著兩個青色花瓶走了進來，接著她就嘮叨個不停了。

「二小姐，聽說您看到宋嬤嬤新買來的那兩個丫頭了？」

「嗯。」無憂半靠在軟枕上，手裡翻著一本書並點了點頭。

「聽說您還給她們改了名字，和我一樣都是藥材的名字，您是不是就答應帶她們嫁過去了？」連翹一聽便急著問。

「是啊，怎麼了？」無憂瞥了連翹一眼。

「您剛才沒在外頭，您不知道宋嬤嬤選的那兩個人，那叫一個絕。一個做的女紅真是好啊，繡店裡的繡娘我看都不如她繡得好。還有一個做的那個菜，唉呀，看得我都流口水了。也不知道宋嬤嬤是從哪兒找來的這兩個人？怪不得聽說花了五百兩銀子呢！這要是一般的丫頭，最多也不過值個幾十兩罷了！」連翹吐了下舌頭道。

五百兩銀子可是都能買上百畝的好地，娘這次可真捨得讓宋嬤嬤花銀子，看來還真是為自己籌謀了不少。想了想那兩個丫頭的技藝，以後也許都能用得上。遂又問了一句。「她們哪個擅長女紅？哪個又擅長烹飪的？」

連翹趕緊回答：「是百合擅長女紅，茯苓擅長烹飪。」

「哦。」聽到回答，無憂點了點頭。

「對了，二小姐，那個百合是不是長得太好看了點？簡直就是讓人眼前一亮的感覺。這要是做個陪嫁丫頭，嫁過去後讓姑爺是看您還是看她啊？這宋嬷嬷是不是想的太不周到了點？」連翹忽然問道。

聽到這話，無憂默然不語，不過她想的倒是和連翹不一樣，這麼個容貌俏麗的丫頭整天在自己面前晃來晃去的，恐怕是要把她新婚姑爺的魂兒都勾走了吧？再說這也太明顯了些，會讓人背後議論的。不過想想宋嬷嬷是個精細的人，大概她都想過了吧？那肯定應該都安排好了，不會讓她操心的。

隨後，無憂扯了下嘴角道：「妳的意思是說我長得比百合醜多了？」

聞言，連翹馬上知道自己失言了，趕緊低首道：「唉呀！奴婢該死，奴婢不是那個意思。」

「趕快去做妳該做的事，那些個草藥和藥丸啊，都要在這幾天裡清理出來，妳要是忙不過來，過兩日等莊子上的事情都料理完了，玉竹也會過來幫妳。」無憂道。

連翹便笑道：「那敢情好，能有個來幫忙的。」

由於無憂的婚事在即，薛家就快速地給旺兒把婚事辦了。這日，旺兒帶著新媳婦劉氏進來給朱氏和無憂磕頭謝恩。無憂看著那劉氏確實很是利索的模樣，說話也很得體，和旺兒倒是很般配，看著兩人也是你讓我我讓你的樣子，很替旺兒找到這麼個賢內助而高興。

這日玉竹也收拾行李跟著來，就留在薛家等著陪無憂出嫁。這小丫頭在莊子待的這些時日長大了不少，氣質也好了許多，大概是平時識字看書的緣故吧。

薛家這些日子都在忙無憂的婚事，雖然門第有限，不能像高官富貴人家閨女辦得那樣奢侈隆重，但也是盡力地在操持，李氏等人看著自然是不順眼，但也不敢造次，因為這次無憂嫁的人家他們都惹不起。雖然李金貴家很不甘心，卻也沒法可想，畢竟是皇上賜婚，只能暗自把一口惡氣埋在心裡罷了。

等到萬事都忙活得差不多的時候，忽然宮裡來了一位太監傳話，說威武大將軍這兩日便要進京，皇上口諭五日後成婚。薛家人自然少不了又一陣手忙腳亂的，無憂則是從容得很，沒有多高興，也沒有不高興。朱氏等人則是高興一陣，又憂愁一陣，畢竟在古代嫁女和娶媳是兩回事，女兒未出嫁之前是在跟前，出嫁之後可就是人家的人，再也不能晨昏定省，想再見面也要趕日子趕時節了……

月明星稀的夜裡，通往京城的官道上萬籟俱靜，唯有耳邊呼呼的風聲。兩道一前一後的馬兒飛影在官道上絕塵而去。

一直跟在後面的沈言朝馬屁股狠狠地抽了兩下，便趕上前面的馬，沈言大聲地朝坐在另一匹馬上的主子沈鈞道：「二爺，您說皇上這是抽的哪門子風啊？好端端地突然來一道聖旨，說什麼讓您回去奉旨成親？」

十幾日前，身在邊關的沈鈞忽然接到聖旨，聖旨上說是賜婚，對方是吏部六品主事薛金文的次女薛無憂。這女子他倒是認識，而且還印象很深刻，因為那女子長得雖然不是貌美如花，卻異常的清雅，尤其一雙眼睛如同一道清新明澈的小溪，不似一般脂粉的矯揉造作。這個人他倒並不討厭，只是他也知道這位薛二小姐可是他的至交好友秦顯的心上人，這卻是最讓他頭疼的。

雖然他並沒有成親的打算，但畢竟是皇上賜婚，聖旨已下，他知道萬萬沒有再更改的道理，但他不能奪人所愛，更何況他是真的不想成親。不過無奈旨意讓他速速回京，所以他料理完軍營的一切，便馬不停蹄地飛奔回京。

「再胡說，小心讓人聽到稟告聖上，治你個欺君之罪。」沈鈞在馬上對沈言道。

聽到這話，沈言馬上伸手捂住嘴巴，嘿嘿一笑，再不敢亂說話了。

經過幾天幾夜的日夜兼程，黎明時分，沈鈞和沈言終於回到沈家。雖然天未亮，但沈家的大門卻是大敞著，裡面燈火通明，早有幾個小廝在門口候著。沈家早已經接到消息，說這一、兩日沈鈞就要到家，所以沈家一直派人候著。

進了門，下人就稟告說老夫人已經在屋子裡等候多時，沈鈞便馬上往沈老夫人的屋子快步走去。

這方，沈老夫人坐在炕上，沈鎮和姚氏坐在繡墩上陪著，沈老夫人不時抬眼望望外面，外面的天色漸漸亮了起來。

忽然，雙喜跑進來稟告道：「稟告老夫人，二爺回來了，現在人已經進了二門。」

沈老夫人聽到這話自然是面露喜色，然後又想起什麼，轉頭囑咐姚氏道：「鈞兒回來，什麼也不要跟他提，這孩子性情耿直，我怕他會做出什麼衝動的事情，畢竟皇命不可違，再說到底也是一樁喜事，不要起什麼波折才好。」

「媳婦記下了。」姚氏趕緊點頭道。

話音剛落，只見穿著黑色貂皮大領的魁梧身影走進來，看到坐在炕上的沈老夫人，便單膝跪在地上，行禮道：「孩兒給母親請安。」

「快起來。」多日未見兒子，沈老夫人自然格外高興。

沈鈞起身後，又轉身給哥哥和嫂嫂行了個禮。「大哥，大嫂。」

「一路上可還順利？」說話間，沈鎮便從繡墩上站起來，並且往前走出兩步。

「很順利，一接到聖旨，我安排完軍營的事，就一路兼程地往京裡趕了。」說到這裡，沈鈞忽然看到大哥能自己走了，不禁高興地上前一把抓住沈鎮的雙臂，道：「大哥，你的腿好了？」

沈鎮也抓住兄弟的手，笑道：「雖然大概是好不了完全，不過現在已經能自己慢慢地走上十來步，我還以為自己再也站不起來了呢！」

「你走兩步我看看。」說話間，沈鈞便鬆開大哥的手臂，退後幾步，眼睛緊緊地盯著沈鎮的腿。

沈鎮慢慢地移動著腳步，一步一步地走了好幾步，雖然步履緩慢，而且好像也用了很大的力氣，但是總算也走到弟弟的跟前。

稍後，沈鈞一把扶住沈鎮，高興地道：「大哥不必擔憂，俗話說病來如山倒，病去如抽絲，總要慢慢來才是，現在已經有很大的起色。看來那個小王大夫別看年紀輕，還真是位神醫呢！」

隨後，沈鈞扶著沈鎮坐回他的座位上，沈鎮卻擺擺手道：「我能再站起來已經是奇跡，現在還能再走幾步，我已經心滿意足。再說小王大夫把我治到這個程度，也沒有什麼好的辦法繼續治，他說我的腿現在施針和湯藥都已經沒什麼用，要不然就維持現狀，如果哪天有奇跡發生，也許還會好轉。」

沈鈞點了點頭，然後笑道：「孩兒離開這些時日，不知母親的身體可好？」

這時候，坐在一旁的姚氏站起來笑道：「老夫人一切都好，二叔放心，只是一直都在心裡惦記著你的婚事。不過這下可好，皇上下旨賜婚，這些日子老夫人一直都在操心籌備你的婚事呢！」

「我老了，也操不動心了，只是想起什麼來，就讓你大嫂去做就是，倒是你大嫂受累了。」沈老夫人笑道。

「有勞大嫂了。」沈鈞對姚氏恭敬地說了一句。

「二叔這麼說就見外了，我這個嫂子也就能幫得上這一點忙罷了。」姚氏笑道。

「好了，別跟他多說，天都亮了。丫頭們已經備好洗澡水，趕快去洗個澡，吃點東西好好睡一覺，午後你還得進宮面聖謝恩呢！聖上的旨意讓你三日後就完婚，你大嫂已經把喜服給你準備好，晚些時候試試，不合適的話趕快去改。眼看就要有媳婦的人了，你也安分些，好早早地讓我抱上孫子。」沈老夫人一一囑咐著。

聽到母親苦口婆心的話，沈鈞只得趕緊道：「母親放心，兒子會謹遵母親的教導。」

「那就好。」沈老夫人聽到這話，滿意地點了點頭。

沈鈞一路走回自己的書房，這書房一共是三大間，他的臥室也安置在這邊，這樣也方便平時忙完公務就休息。反正他大多時候都在外面帶兵打仗，在家裡的時候少，也就沒有安排別的住處。

剛走到臺階前，房門便從裡面打開，跑出兩個十八、九歲的大丫頭來，看到沈鈞都是喜出望外，跑下臺階便各自福了福身子道：「給二爺請安，二爺一路辛苦了。」

面對那兩張笑臉，沈鈞仍舊一如既往的面無表情，只是點了點頭，便步上臺階朝屋子裡走去。

春蘭和秋蘭趕緊跟在他身後進了屋子，春蘭關閉房門以防冷風吹進來，雖然已經進入二月，但是這大清早的外面還是很清冷。

沈鈞看到臥室中已經有氤氳的水氣升騰起來，伸手剛要解下身上的披風，秋蘭便趕緊上前道：「二爺，讓奴婢來。」

隨後，沈鈞任由秋蘭替他脫下了披風，他走到椅子前坐下來，春蘭趕緊過來替他脫靴子，秋蘭掛好披風，便過來伺候沈鈞脫去外衣。兩個丫頭一番忙碌後，沈鈞已經是只穿著一身白色中衣站在冒著熱氣的大木桶前，這時候，沈鈞才朝那兩個丫頭揮了揮手道：「下去吧！」

見和往常一樣，寬衣洗澡搓背之類的事都不用她們，春蘭和秋蘭只好道：「那奴婢們就在外面候著，有事二爺就喚一聲。」春蘭和秋蘭便退了出去。

房門關閉後，沈鈞才伸手脫下身上的中衣，跨入熱氣騰騰的木桶中，瞬間，熱水包裹住全身，他的肩膀靠在木桶壁上，幾日來的疲憊慢慢被身上的溫水沖走……

門外，春蘭和秋蘭站在廊簷下小聲地說著話。

「春蘭，妳說這次二爺會同意娶那薛家二小姐嗎？」秋蘭一邊玩弄著手中的辮子，一邊問一旁的春蘭。

「現在的問題不是二爺同不同意，而是二爺必須得娶，妳以為是玉郡主啊，不娶的話頂多也就得罪了秦家唄，就算秦家勢力大，一時半會兒的也拿咱們侯爺府沒轍。可是皇上就不一樣了，違背皇上的意思，輕者削爵罷官，重者可是要滿門抄斬的。」春蘭在一旁道。

聽了春蘭的話，秋蘭皺緊眉頭。「可是我聽說那個薛家二小姐名聲可是不大好聽，而且據說長得也不是很漂亮。」

「那有什麼辦法？就算是隻母豬，皇上讓咱們二爺娶，咱們二爺也得把牠抬回來。」春蘭道。

「哼，娶回來又怎麼樣，頂多不就是擺在家裡嗎？反正二爺又不會喜歡。」秋蘭揚著下巴道。

「這倒奇了，妳又沒問過二爺，怎麼知道二爺會不喜歡？」春蘭搶白道。

一句話讓秋蘭半天說不上話來。「我……伺候二爺這麼多年，對他的喜惡還不清楚啊？」

聽了這話，春蘭打量了秋蘭兩眼，然後說：「秋蘭，咱們倆從小就伺候二爺，妳的那點心思我還不清楚？」

「我……我有什麼心思？」被看穿心事的秋蘭仍舊嘴硬。

看了秋蘭一眼，春蘭的眼睛望著東方漸白的天色，緩緩地道：「這心思不是只有妳自己有過，整個沈府的丫頭們好多都有過啊，只是都作白日夢罷了，咱們是什麼身分？就算以後有福分，最多不過是混個通房；肚子爭氣生個一兒半女的，能掙上個姨娘當，可是又有什麼意思？只不過吃的穿的比現在好點罷了。妳看看大爺屋裡的曹姨娘就知道了，一輩子都不敢高聲說話，就這樣那邊還像防賊似的防著她，日子過的別提多憋屈了。」說著，春蘭的手指了指東邊，在這座宅子裡姚氏的院落是在最東邊的。

「那是因為曹姨娘沒生下一男半女，再說大爺也不是很喜歡她，大奶奶才不把她放在眼裡。要是曹姨娘能有個兒子，大爺也寵愛她，大奶奶才不敢如此呢！」秋蘭辯駁道。

見自己的話秋蘭不以為意，春蘭便感慨地道：「總之各人有各人的造化，有些事情是強求不來的，不過該是妳的，妳想往外推也推不掉就是了。」

過沒多久，房門開了，沈鈞梳洗好之後，馬上有兩個幹粗活的小丫頭把木桶裡的水抬走。沈鈞穿戴好後坐在八仙桌前，春蘭和秋蘭早已經把早飯都擺放好了，並且站在一旁侍候著。

隨後，屋子裡就只剩下咀嚼東西的聲音。一會兒後，沈鈞吃完早飯，春蘭端過來漱口的器皿，沈鈞喝了一口水，然後吐在托盤上的小罐子裡。秋蘭又遞過來濕熱的毛巾，沈鈞接過來擦拭嘴巴和手之後，問：「沈言呢？」

「在外面候著呢！」春蘭回答。

「嗯。」點了下頭，沈鈞便道：「把我的官服拿來。」

聽到這話，春蘭轉身拿過披風，一邊給沈鈞穿上一邊問：「二爺要出去？」

「我要進宮面聖去。」沈鈞點了下頭。

聽到這話，春蘭和秋蘭不敢怠慢，趕緊拿出官服替沈鈞穿戴起來……

當沈鈞到梅閣的時候，已經是掌燈時分，梅閣裡裡外外都已經燈火通明。

多日不見，看到沈鈞，梅娘的眼眸中都有些霧濛濛的，不過沈鈞倒是很從容淡定。梅娘福了下身子，道：「梅娘參見大將軍。」

「秦大人來了嗎？」沈鈞問。

「已經在雅間等候您多時。」梅娘的笑容如同三月桃花一樣燦爛。

沒等梅娘再說話，沈鈞轉身朝樓上走去，梅娘不禁皺了下眉頭，心中很是失落，這麼久沒見，他竟然一句話都不想對自已多說。

走進一間清幽雅致的房間，只見秦顯正獨自一人坐在八仙桌前，拿著酒壺獨酌，看樣子喝了不少，似乎已經有些醉意，而且整個人都失魂落魄的。

看到秦顯這個樣子，沈鈞走到八仙桌前，一撩袍子的一角，便坐在秦顯的對面，道：「你邀我來，就是為了讓我看你喝酒？」

聽到沈鈞的話，秦顯抬頭瞥他一眼，用帶著嘲諷的語氣道：「你現在春風得意，我是應該恭喜你吧？」

沈鈞知道秦顯現在的話帶著酒意，他也並不是小心眼之人，便別開眼道：「如果可以，我倒希望沒有賜婚這回事，不過聖意難違。我知道你一直傾慕於她，在我沒有娶她之前，你可以想辦法帶她走。」沈鈞說。

聽到這話，秦顯則是冷笑一聲。「帶她走？哼，我又何嘗不想？只是也要人家同意才行。」

「她不想和你走？」這也難怪，畢竟這次是皇上賜婚，如果敢違抗聖旨，那可是滿門抄斬的罪過。

「她根本不想見我。」秦顯說著負氣話。

「我沒娶她之前，你可以儘量爭取。可是如果我娶了她，她就是我的妻子，朋友妻不可欺這句話，你應該比我更明白吧？」沈鈞定定地盯著秦顯。

秦顯的眼眸一瞇，說：「你不是不想成親嗎？當初你寧願遠走邊關也不娶玉兒，難道你也早就喜歡她了？」

沈鈞伸手拿開秦顯握著酒壺的手，奪過酒壺，自己倒了一杯，仰頭一飲而盡，才道：「你認為我還有得選擇嗎？」

「哼，原來你也害怕聖上治你的罪。」秦顯對沈鈞的話嗤之以鼻。

「聖上想怎麼治我的罪是無所謂，可是沈家上上下下還有百口人，我不能讓他們都陪著我丟了性命吧？」說完，沈鈞仰頭又喝了一杯。

「這麼說你也是不願意的？」秦顯盯著沈鈞問。

「這世上許多事不是因為我們願意才去做，也不是因為我們不願意而不去做。」沈鈞繼續喝。

聽到這話，秦顯忽然抓住沈鈞的手腕，問：「你到底喜不喜歡她？」

聞言，沈鈞的腦海中忽然閃現了那張清秀的臉，尤其是那雙如同清澈小溪般的眼睛，讓他記憶很深刻。隨後他才回答：「在我娶她之前，我只知道她是我至交好友的心上人，所以從來沒有過非分之想。」

聽了這話，秦顯的手慢慢地鬆開沈鈞的手腕，失魂落魄地喃喃道：「只可惜她心裡從來就沒有過我。」

「既然如此，那你就不要再無謂地傷感，好好和嫂夫人相處才是。」看到秦顯如此模樣，沈鈞心裡也不是滋味。

秦顯默然不語，仍舊一杯接著一杯地喝酒，沈鈞蹙了下眉頭，起身道：「我今日來就是想和你說明白，如果我娶了她，她就是我的夫人，你就不要再糾纏下去，要不然秦沈兩家就會成為別人的笑柄。」說罷，沈鈞轉身離去，留下已經喝了半醉的秦顯。

走出雅間，梅娘立刻迎上來，笑道：「這就要走？不再陪秦大人喝幾杯了？」

沈鈞瞥了一眼身後道：「他快喝醉了，不要再給他上酒，讓他早點回去。」

「放心吧，我有分寸的。」梅娘趕緊點頭。

「我先走了。」掃了梅娘一眼，沈鈞便頭也不回大步流星地走了。

「哎……」梅娘還想說什麼，可是沈鈞已經下了樓。

望了一刻後，直到他連背影都不見，梅娘站在樓上的欄杆處，眼眸中充滿了失落。

沈鈞從梅閣裡出來，外面早已夜色深黑了。跨上馬去，只覺得涼風襲來，剛才喝的酒讓臉有些火辣。涼風碰到火辣的臉，讓他的頭腦又清醒了不少，望著前面的燈火闌珊，他怔了一下。

沈言看到主子上了馬，趕緊牽著馬上前問道：「二爺，咱們去哪裡啊？」

「不知道。」沈鈞說了一句，便揚起馬鞭朝馬屁股抽了好幾下，馬兒頓時長嘯一聲朝前方跑去。

「二爺……」見二爺走了，沈言也躍上馬，趕緊在後面追。

說實話，沈鈞確實不知道自己要去哪裡，只感覺胸口有些悶悶的無處發洩，在空曠的街道上跑了好一會兒，馬兒才漸漸地放慢腳步。街道上此刻已經沒什麼行人，街道兩旁的鋪子也都關閉了，只有一些客棧、酒肆和飯館還亮著燈，偶爾有客人進出。

沈鈞騎著馬緩緩地往前方走著，身後的沈言不知道二爺今日這情緒是怎麼了，好像有些不悅的樣子，所以不敢言語，只騎著馬在他後面遠遠地跟著……

大概就這樣走了將近半個時辰，從西城走到東城。忽然從前面一間酒肆晃晃悠悠地走出三、四個喝得爛醉的男子，其中一個男子嘴巴裡說著不乾不淨的話，在這春日的夜裡異常清晰。

「這次老子真是賠了夫人又折兵，媽的，以為大爺我好欺負嗎？哼！」一個肥頭大耳的醉漢把手中一個瓷酒瓶哐噹一聲擲在地上摔得粉碎。

「我就說你是騙人的，人家薛家小姐會嫁給你嗎？人家可是六品官，你家只不過是開肉鋪，你姑姑也只嫁給人家做妾。」其中一個喝得也有些高的男子嬉笑道。

那個肥頭大耳的男子聽到這話，不由得就咒罵起來。「誰要是騙你誰……誰就是這個。」他的一隻手做了一個烏龜狀。不過當他一低頭看到自己手的時候，不由得嘿嘿樂了起來，醉醺醺地道：「不過現在這個可不是我，而是那個什麼威武大將軍了，哈哈……」然後就是一陣淫笑。

忽然聽到有人提到自己的名號，正好經過的沈鈞立刻一拉手中韁繩，馬兒便停下來。黑夜中，他那燦若星辰的眼眸朝那幾個酒鬼射去。

「你可別胡說，侮辱朝廷命官可是要治罪的。」其中一個人似乎還有些清醒。

那個肥頭大耳的人卻跺著腳道：「誰說我是胡說？我說的可是真的。就是那薛家的二小姐連洗澡我都看到過……呵呵，你是不知道渾身都和白玉一樣，唉呀……」他說話的時候眼睛一瞇，雙手做著噁心的撫摸動作，表情是一副陶醉的樣子。

坐在馬背上的沈鈞聽到這話，眼眸中的寒光猶如臘月的冰雪一樣冷，狠狠地一攥手中的韁繩。

這時後面的沈言也已經追上來了，他自然也聽到剛才那個醉酒之人的胡言亂語，皺了下眉頭，上去說了一聲。「二爺？」

「交給你了。」沈鈞臉色一凜，沈聲說了一句。

「是。」沈言像軍中一樣點頭接受了命令。

隨後，只聽馬兒在夜色中長嘯一聲，那匹棗紅大馬便在沈鈞的駕馭下疾馳而去了……

第三十一章

轉眼便到了成親的日子，薛家張燈結綵是必不可少的，好多年都沒有辦過喜事，而且又是這樣高嫁，薛家人自然都是喜氣洋洋的，親朋好友也都前來捧場。

幾乎一夜未睡的無憂已經打扮好坐在梳妝檯前，只見她那如雲的黑髮梳成一個高髻，髮髻上戴著一支赤金打造而成的五尾金鳳凰，那鳳凰口中吐出一股金絲垂落在眉心處。頭髮兩側各插了一支同樣是金燦燦的垂肩金步搖，臉上的胭脂和唇上的口紅今日也塗得濃重些。耳朵上、脖頸上、手腕上、手指上一色都是赤金打造而成的首飾，在身上那大紅色喜服的映襯下，顯得無比的喜慶莊重。

望著銅鏡中的自己，無憂都有些不敢認了，這是她嗎？以往她從來沒有穿過這麼濃烈的顏色，當然也沒有戴過這麼誇張的首飾，尤其也沒有搽過這麼濃厚的胭脂，不過看起來倒是還挺順眼的。

「二小姐今日好漂亮啊！」一旁的連翹和玉竹異口同聲地讚美道。站在後面的百合和茯苓因為新來乍到，在主子面前都還是怯懦的，並不多言，只是低眉順眼地伺候。她們四個都是陪嫁丫頭，今日也都穿得很喜氣，每人的頭上都戴著一朵紅色的絨花。

「是啊，咱們二姊是越看越好看，越看越是個有福的相。」坐在一旁的薛老太太望著無憂笑道。

「老太太說得是，二姊命中有貴人，這不就嫁到安定侯府去了，姑爺年少有為，可不就是有福的人嘛。」一旁的宋嬷嬷附和道。

「是啊，是啊。」眾人也都附和著。

薛老太太很高興地點了點頭，一旁的朱氏卻是紅了眼圈，站在無憂背後，眼眸中盡是不捨。也難怪了，母女就要分離，以後要見面可不是這麼容易的。兩個女兒，一個在宮裡，一個要出嫁，朱氏自然是既高興又傷心。

這時候，薛老太太放眼望了望擠在屋子裡的眾人，只不見一個人，不由得沈聲問：「蓉姊兒，妳娘哪裡去了？」

站在一旁的蓉姊兒，看到無憂頭上身上都是分量極重的黃金首飾，而且外面還有幾十抬嫁妝，又嫁得如此好，心裡早已經嫉妒得要死了，只是在一旁不敢說什麼，愣愣地看著罷了。乍一聽到薛老太太叫她，她趕緊回答：「祖母，我娘有急事回我舅父家去了。」

聽到這話，薛老太太很不悅，道：「她不知道今日是什麼日子嗎？哪一天回去不行，非要今日回去？咱們薛家多少年才辦一回喜事，裡裡外外有多少事需要人操持，外面還有好多賓客需要招呼，真是太不懂分寸了。」

看到祖母發怒了，蓉姊兒趕緊怯生生地道：「祖母息怒，我娘也不打算去的，只是舅父派人來請了好幾次，實在是不去不行。」

「有什麼事非得要她今日回去？」薛老太太不解地問著蓉姊兒。

「這……這……」蓉姊兒支支吾吾地答不上來。

見蓉姊兒不說話，薛老太太想了一下，道：「我剛才好像看到紅杏的影子一閃，她今日沒跟著妳娘出去嗎？」

「沒有，是綠柳陪我娘去的，留下紅杏說是好給家裡幫幫忙。」蓉姊兒希望這麼說能夠讓薛老太太息怒一下。其實紅杏比綠柳要聰明伶俐許多，今日李氏也知道不該回去，可是兄弟那邊她實在不放心，權衡之下，只得留下紅杏，讓綠柳跟著她回去。紅杏伶俐，有什麼事也可以周旋一下。

「叫紅杏過來回話。」薛老太太道。

「是。」聽到這話，蓉姊兒趕緊親自去了。

這個空當兒，一個曾經受過李氏不少責難的婆子在門口看到蓉姊兒走遠了，才笑著道：「老太太，可能您老還不知道，二奶奶的娘家前兩日出事了，二奶奶不去也是說不過去的。」

聽到這話，眾人皆是一愣。

薛老太太擰了下眉頭，然後問：「她娘家出什麼事了？你們都聽說了嗎？」

「沒有啊。」眾人皆回答沒有。

「都不知道，妳怎麼知道的？」薛老太太問。

「回老太太的話，奴婢的妹子家就住在二奶奶娘家不遠，那一條街大概都知道了，只是咱們這些離得遠一點的親戚還不知道罷了。」那婆子陪笑道。

「說說，出了什麼事？」薛老太太掃了一眼朱氏等人，問道。

隨後，那婆子便道：「前兩日我妹子來了，說二奶奶的娘家姪子就是那個李大發，被人打斷了腿。」

一聽這話，眾人皆一驚，薛老太太也是一愣。不過眾人之中大概多半都是心裡暗叫好，那個李大發早該被人打斷腿，別說打斷腿，把他的兩條腿都打斷了也不為過。朱氏、連翹、宋嬤嬤、平兒和玉竹等人，都是心裡樂開了花，只是面上不好笑出來罷了。無憂也是抿了下嘴唇，心想——不知那個不著調的人這次是得罪了誰？竟然把他的腿打斷了，估計應該也是有些勢力的人吧？

驚訝過後，在眾人的疑惑下，薛老太太問那婆子。「好端端的怎麼就被人打斷了腿？」

那婆子趕緊道：「回老太太的話，聽說是那李大發喝醉了酒，在回家的路上被人一頓狂揍，不但被打得鼻青臉腫，而且腿也斷了，好像還挺嚴重的，請了好幾位郎中去給接腿都不行呢。大概也是因為這個緣故，才把二奶奶給請去的吧！」

眾人又是心中一陣冷笑，那薛老太太雖然心中也很暢快，不過面上還是要繃住，又問：「那知不知道是誰打的？」

那婆子說：「黑天打的，路上連個人也沒有，哪知道是誰打的呀？聽說連李大發自己都不知道是被誰給打的，到第二天一早被人發現了才給抬回去的，愣是在街上躺了一夜沒人管。對了，聽說發現李大發的時候，他的身邊還放著一錠銀子，據說是打他那個人給他的醫藥費呢！老太太，您說奇怪不奇怪？這打了人還給留了十兩銀子的醫藥費，真不知道是誰幹的，據說報了官也查不出來是誰。」

這時候，就有人插嘴說話。「他那個人平時做事就猖狂無禮，說不定就得罪了什麼人，所以就遭人暗算吧。不過打他的人倒也算是光明磊落，還留給他治病的銀子。」

「像這種人打死都不值得可憐，這才叫罪有應得。」不知是誰嚷嚷了一句。隨後，眾人便小聲議論著，這次李家可是臉丟大了。

「行了，到底也是咱們的親戚，又不是什麼光彩的事，以後不許再議論了，傳出去好像咱們在落井下石似的。」這時候，薛老太太呵斥了一句。

眾人皆點頭，唯有那個婆子陪笑道：「本來奴婢也是誰都沒有說，只是老太太問起了這時才說，以後再也不敢議論。」

這時蓉姊兒便帶著紅杏走進來，紅杏走到薛老太太跟前幾步遠的地方便行禮道：「紅杏拜見老太太，不知老太太叫紅杏有什麼吩咐？」

「妳家二奶奶去哪裡了？」薛老太太瞅了紅杏一眼問。

「回老太太的話，二奶奶的娘家好像有什麼事來請了好幾次，二奶奶說過去瞧瞧就回來。」紅杏回答。

薛老太太瞥了紅杏一眼，道：「等她回來吉時都過了。罷了，隨她去，下去吧！」稍後，薛老太太臉上就有些不喜，衝紅杏不耐煩地擺了擺手。

「是。」紅杏見老太太不悅，也不敢造次，便趕緊退下去。

這時，蓉姊兒察言觀色看到薛老太太對他們二房很不悅，也不敢說什麼，只在一旁立著。稍後便有和他們二房走得近的奴婢悄悄告訴她，老太太已知道她舅父家的事。蓉姊兒感覺很沒臉，心中也有點埋怨她娘，告訴娘不要今日回舅家的，她偏要回，這下可好，前面爹就已問過自己好幾次她娘去哪裡了，這邊老太太又不悅，等她回來有得受了。

眼看吉時就要到了，一幫女眷正做最後的準備，不想興兒在門口回道：「回稟老太太、大奶奶，大小姐派人來給二小姐送賀禮了。」

聽到這話，眾人皆有些驚喜，無憂聽了心裡也很高興，畢竟這幾日她可是在心裡一直想著姊姊。大概姊姊早就知道自己被皇上賜婚嫁給沈家的事，只是不能見面，原來姊姊也一直惦念著她。

朱氏自然也是喜出望外，薛老太太剛才的不悅也馬上就煙消雲散，趕緊對外面的興兒問：「現在人在哪裡？」

「就在門外。」興兒道。

「還不快請進來。」薛老太太道。這時候，朱氏早已親自走到門外去迎了。

一刻後，只見一個穿著宮裝的年輕宮女領著兩個小宮女打扮的人走進來，先是福了福身子，有禮地道：「奴婢薔薇，是薛大人身邊伺候的宮女，奴婢在這裡給老太太、大奶奶、二小姐道喜了。這兩套首飾是薛大人為二小姐添妝奩，這幾樣金玉擺件是薛大人給二小姐壓箱底的。薛大人祝二小姐和二姑爺百年好合，舉案齊眉。」

聽到這話，無憂心中有些莫名的傷感，這樣的日子她確實是很想讓姊姊送送自己，可是卻是不能夠。抬眼掃了一下那兩名小宮女手中的托盤，只見一個鋪著紅布的托盤裡擺著兩套黃金打造的精緻頭飾、手鐲、耳環等，一看精緻程度就是出自宮裡，且分量都是十分的足。另一個托盤裡擺著一柄鑲金的玉如意，還有一個青色鏤空雕花的玉香爐，自然都是極其貴重的東西，看得一旁的主子奴才們都嘖嘖讚嘆。

薛老太太見此，自然是笑得合不攏嘴，道：「薔薇姑娘跑這一趟辛苦了，這裡人多，趕快請到後堂喝茶休息吧？」

「老太太不必客氣，薔薇還要回去向薛大人覆命，就不多叨擾了，告辭。」說完，低首便要走。

這時候，朱氏卻一把抓住了薔薇的手腕，問道：「這位姑娘，妳既然在我家女兒的身旁侍候，不知我家女兒最近可好？」

薔薇看了朱氏一眼，眼眸中滿是關懷之色，趕緊回答道：「大奶奶請放心，薛大人一切都好。」

「那就好。」聽到這話，朱氏才算放了心。

「薔薇告辭。」說完，薔薇便帶著那兩個小宮女離開了。

隨後，一個穿著一身紅色的喜娘慌慌張張地跑進來，道：「老太太、大奶奶，迎親的隊伍來了，趕快把新娘攙扶出去吧，吉時已經到了。」說話間，只聽外面傳來一陣鞭炮聲並夾雜著鼓樂的聲音。

「趕快把蓋頭蓋上。」聽到這話，薛老太太趕忙指揮道。

隨後，就在朱氏等人的不捨中，喜娘把鑲金邊的大紅蓋頭蓋在無憂的頭上，然後便在喜娘的攙扶下和眾人的簇擁下，離開這間她住了十八年的閨房。

此刻，薛家大門外來了許多人圍觀，鋪著紅色毯子的路上擺著二十幾抬嫁妝，陪房和陪嫁丫頭也已經各就各位。來迎親的隊伍人數也不少，八抬大轎停在薛家的大門口，一匹棕紅色的高頭大馬上坐著穿著一身大紅色喜服的新郎官，頭上雙翅蟬翼新郎帽，臉龐輪廓分明，劍眉入鬢，一雙眼眸燦若寒星。雖然面上沒有什麼表情，不像別的新郎官那樣笑臉相迎，卻給人異常威武挺拔的感覺，怪不得皇上封他為威武大將軍，此人的確是威武得很，一股英氣逼人雙目的感覺。眾人看到馬上的新郎官威武英俊，都暗自議論薛家二小姐好福氣。

在鼓樂的吹吹打打中，無憂由喜娘攙扶著上了八抬大轎，朱氏站在大門口，說不盡的不捨。

「起轎！」隨後，在一聲起轎的聲音傳來後，迎親隊伍開始回程了。

下轎，進門，拜天地，自然有好多繁文縟節，大概折騰了半日的工夫後，終於送入洞房了。

直到被扶著坐在喜床上，無憂長長地吁了一口氣，只是還不能好好地呼吸，因為臉上還被蒙著紅蓋頭。耳邊好像聽到許多人的腳步聲，而眼前的那雙黑色靴子卻不見了。她的眼光只在幾步之內，別處根本看不到，手中的紅綢也早被人拿走，眉頭擰了一下，心想——不是送入洞房了嗎？他呢？他在哪裡？雖然看不到他，但是她的心卻是有些緊張，感覺似乎有一雙眼睛正盯著自己看似的。

緊接著，便聽到身邊的喜娘說了一句。「大將軍，該揭紅蓋頭了。」

聽到這話，無憂知道他是在這間屋子裡沒有錯。隨後，一個身穿紅色比甲的丫鬟便端著托盤走到無憂的跟前，無憂一瞥眼，看到托盤裡放著一根繫著大紅色纓頭的秤。這個她知道，以前在電視劇裡看到過，好像是取稱心如意的意思，大概說的是新娘子漂亮美麗吧？可是，等了半天，那個人卻一直都不吭聲，無憂不禁皺了下眉。

見沈鈞坐在八仙桌前不說話，喜娘趕緊上前道：「大將軍，這半日您大概也被折騰累了，可是這紅蓋頭還是要揭的，新娘子被蓋了這半日那可是更累，人家正等著您呢！」

喜娘說了半天，沈鈞才起身緩緩地走到無憂的面前，看到那雙黑色靴子如此靠近自己，無憂的心也莫名地一緊。望了那紅色的蓋頭一刻後，沈鈞才伸手從春蘭端著的托盤裡拿過喜秤，一下子便把無憂頭上的紅蓋頭撩了開來。

紅蓋頭一被撩開，無憂頓時感覺頭上一陣輕鬆，隨後便是屋子裡明亮的火燭光芒照了一下她的眼眸，她閉了一下眼睛來適應那光芒。等下一刻她完全睜開眼睛後，卻發現剛才還站在自己身側的那雙黑靴子不見了。抬頭一望，只見他已經走到離她有五步遠的地方，背著身子對著她，完全看不到他臉上的表情，只感覺現場的氣氛有些沉悶。

這時候，一旁的喜娘手裡拿著紅蓋頭走到沈鈞的面前，笑道：「大將軍可稱心如意啊？」

在新郎官用喜秤撩開紅蓋頭以後，喜娘都會問這麼一句，一般新郎都會說稱心如意，以表示對新娘容貌的滿意，並且還會滿臉笑容地打賞喜娘。只是喜娘問了一遍，屋子裡卻一直都沒有等到沈鈞的回答。

此刻場面有些冷，無憂仍舊淡定地坐在床邊，不過站在旁邊的玉竹和連翹卻有些按捺不住，眼眸盯著新郎官的背影很是著急和不解。

不過站在遠處侍候的秋蘭心裡倒是有那麼一點雀躍，心想——雖然二爺一直都是不苟言笑，這幾日跟平時沒什麼兩樣，可是今日再怎麼不苟言笑也應該笑笑吧？更何況怎麼連正眼都沒有看新娘子一眼呢？她在一旁可都是看了個真真切切的。這麼說來二爺肯定是對新娘子不滿意了，這也難怪，這位新娘子雖然長得也算清秀端莊，可是比起明豔動人的玉郡主差遠了，連玉郡主二爺都不放在眼裡，更何況這位長相平平的呢？

不過，喜娘還是喜娘，畢竟做了這麼多年，經驗是異常豐富的，趕緊又笑道：「唉呀！大將軍是太稱心如意了，都高興得說不上話來了。新娘子秀麗端莊，任憑誰都得說稱心如意的。」

坐在床邊的無憂扯了下嘴角，心想——這些個媒婆喜娘不愧是憑嘴皮子吃飯的，就跟現代的婚禮司儀一樣，無論什麼情況都能自圓其說。不過看到沈鈞的表現，無憂也大概知道他對這樁婚事不滿意了。這也不在她的意料之外。

這時候，那個沈鈞終於開口說了一句話。「去帳房領賞吧！」

聽了這話，喜娘趕緊笑道：「謝大將軍！祝大將軍和夫人百年好合，恩恩愛愛，來年就生個大胖小子！」

正在這時候，沈言在門外稟告道：「二爺，老夫人和大爺讓您去外面招待賓客呢！」

「知道了。」說了一句，沈鈞就往外走了。

倒是那喜娘追著道：「大將軍，交杯酒還沒喝呢！」

這時候，沈鈞已經走遠，沈言在後面對那喜娘說了一句。「等大將軍回來再喝。」

聽了這話，那喜娘只得回來，喃喃自語地道：「回來？什麼時候能回來啊？」

無憂卻笑道：「妳也忙了一天，下去歇著吧！」說完，便朝一旁的連翹看了一眼。

連翹趕緊拿出一個紅包上前，遞給那喜娘道：「這是我們家小姐賞給妳的。」

看到紅包，那喜娘滿臉含笑地接了，然後福了福身子道：「多謝夫人，那喜娘就先退下了。」

喜娘臨走前還特意囑咐道：「一會兒大將軍回來，妳們可要讓大將軍和夫人把交杯酒喝了，對了，還要把那個子孫餑餑吃了，一定要討個好兆頭。」

連翹笑道：「喜娘放心，我們記下了。」

「嗯、嗯。」喜娘連點了兩下頭，才轉身離開新房。

喜娘走後，新房內一片寧靜，無憂抬眼環顧了一下四周，只見滿屋子都是大紅色，紅色的窗幔、床褥、喜字、大紅盤繞龍鳳的紅燭，到處都掛著紅綢，簡直是一片刺眼。這應該是三大間正房，紅木雕花窗子、紅木雕花的家具，各色瓷器的擺設倒也大方得體。內間是臥室，外間是個不大的廳堂，中間用紅木雕花的月亮門隔開，外間好像掛著字畫，還有盆栽之類的擺設倒也頗為雅致。這個地方比她以前的閨房要大不少，裝飾得也大氣豪華不少，是個很不錯的住處。想想以後大概人生的大部分時間將會在這間屋子裡度過，也頗為感慨。

連翹看了一眼端詳著屋子的主子，便對旁邊垂手伺候的兩個丫頭道：「妳們先下去吧！」

春蘭和秋蘭聽到這話，知道這位肯定是二奶奶身邊的大丫鬟，便福了福身子道：「二奶奶有什麼吩咐只管喊一聲，奴婢們就在外面守著。」

「嗯。」無憂點了點頭，春蘭和秋蘭就都退下去。

房門再次關閉後，新房內就只剩下了無憂和連翹、玉竹，無憂也就不再裝了，立刻就站起身來，走下床邊的腳踏，伸伸手和脖子活動了一下筋骨，道：「這一天可是折騰壞我了。」

聽無憂這麼說，玉竹趕緊走到用大理石做盤面的八仙桌前，提起茶壺倒了一杯熱茶，舉到無憂的面前，笑道：「二小姐趕快喝口茶吧，都大半天水米不打牙了。」

無憂接過茶碗，咕嚕咕嚕就喝了個精光，把茶碗遞給玉竹後，走到八仙桌前一看，只見桌上只擺放著花生、蓮子、桂圓、紅棗和瓜子等，無憂不禁皺了眉頭。「怎麼就給準備這些吃的？都一天沒吃飯了。」這些東西怎能果腹充飢呢？

聽到這話，連翹過來笑道：「二小姐，您將就一下，等明日就有好菜好飯了，現在您先吃點花生，這個倒是管餓的。」說著，連翹便伸手為無憂剝花生，見狀，無憂也沒別的辦法，肚子餓得厲害，只得坐下來吃。

吃過一些茶點，又坐等好久好久，直到外面二更天的更鼓響起的時候，新郎官還是沒有回來。連翹和玉竹很著急，一連往外面看了好幾次，只是都不敢言語。

「不早了，妳們都下去休息吧！」坐在床邊的無憂把她們的神情都看在眼裡。其實，他不回來不是更好嗎？說實話，如果他回來了，她真不知道該怎麼自處呢？看剛才沈鈞的樣子，他肯定是不願意娶自己的，大概也是不想洞房吧？

聽到這話，連翹趕緊道：「二小姐，那怎麼行？剛才喜娘千叮嚀萬交代，可是要奴婢們別忘了讓您和姑爺喝交杯酒、吃子孫餑餑呢！」

「沒事的，我記著不就行了？」無憂淡淡地笑道。

聞言，連翹便笑了，道：「二小姐，到時候您都害羞得不知道怎麼樣了，哪裡還能自己操持這事啊？還是奴婢和玉竹等姑爺來了，看著你們喝了交杯酒吃了子孫餑餑才是。」

「是啊，奴婢們不累也不睏，倒是二小姐您肯定乏了，不過也是沒有辦法，您就再堅持一下。」玉竹道。

又等了些時候，無憂都靠在軟枕上開始打瞌睡了，才聽到外面傳來一陣嘈雜聲。隨後，只聽門聲一響，一個丫頭的聲音傳來。「二奶奶，二爺回來了！」

聽到這話，無憂趕緊坐直身子，卻看到兩個穿著紅色比甲的丫頭扶著已經醉得好像不省人事的沈鈞回來，看到這個情景，她不禁眉頭一皺。

那兩個丫頭扶著醉醺醺的沈鈞，把他安置在床上，春蘭趕緊道：「二奶奶，二爺喝醉了，您看……」

掃了床上的沈鈞一眼，無憂知道這個丫頭的意思是問自己是否能照顧他，畢竟今晚可是洞房花燭，讓丫頭照顧新郎官還是不大合適的。無憂便朝那個丫頭擺了擺手，示意她們可以下去了。見狀，春蘭看到一旁的秋蘭還巴巴地望著床上的主子，她趕緊拉了秋蘭一下，並福了福身子道：「那奴婢們告退了。」說完，便退了出去。

一旁的連翹和玉竹看到沈鈞人事不知地躺在床上，不禁皺了眉頭，心想——這交杯酒和子孫餑餑可怎麼吃啊？正為難之際，無憂也衝她們擺了擺手，示意她們也可以出去了。

連翹和玉竹無法，只得道：「二小姐，恐怕姑爺一時半會兒的也醒不了，這交杯酒和子孫餑餑看來只能是明日一早再吃了。」

「嗯。」無憂點了點頭，示意只能這麼辦了。

所謂春宵一刻值千金，雖然現在新郎大概什麼也做不了，可是時候真的不早了，新郎和新娘也該歇息了，所以玉竹和連翹下一刻也都了出去。

連翹和玉竹走後，偌大的新房內就只剩下坐在床邊的無憂和躺在床上閉著眼睛的沈鈞，一時間，房間裡靜得出奇。

無憂盯著沈鈞看了一刻後，便上前伸手用三隻手指按住沈鈞左手腕的脈搏，稍後，她便擰了下眉，又掃了一眼沈鈞的臉龐和耳朵，最後她的嘴角間扯了一個冷冷的笑意，把手伸回袖子裡，然後道：「沈將軍佯裝喝醉，不知是為了欺騙小女子，還是為了欺騙剛才出去的下人？」

躺在床上的沈鈞乍一聽到這個聲音，不禁渾身一震，這聲音如同清泉一般讓人心脾舒暢，像是清澈的小溪一樣直接流淌到人的心間。因為他一直都在尋找兩年前上元節之夜他無意中聽到的這個聲音，不過一直都不知道這聲音是哪個女子的，沒想到這聲音竟然是今日他迎娶的人。

是的，那日她也是到場的，那日和魏尚書家的庶女狹路相逢的馬車裡，原來坐的就是她。其實，他當日所欣賞的並不完全是她的聲音，還有她那不卑不亢的態度，那柔和的聲音中帶著的一抹倔強和果敢。

見躺在床上的人仍不打算動，無憂便道：「小女子別無長處，只會一些醫術，既然沈將軍今日喝醉了酒，不如就讓小女子替沈將軍解酒吧？不過小女子解酒可不是用醒酒湯，小女子有一副由七七四十九根銀針組成的絕門解酒法，不如今日小女子就給沈將軍試試？」說到這裡，無憂真的下床去，要取自己的藥箱。

其實，已經被識破的沈鈞並不是還想繼續裝下去，實在是他還處於剛才的驚訝之中。聽到她這麼說，沈鈞騰地一下從床上坐起來。「不必煩勞薛姑娘了。」她既然沒有稱呼他為夫君，他也就不必說什麼娘子之類的話來敷衍了。

聽到這話，無憂一轉身，看到沈鈞已經坐在喜床上，一雙眼睛深邃幽深，一點醉意都沒有。看到這裡，無憂也就笑笑，轉身坐在一旁的八仙桌前，她不想再回去坐在床邊，那可是有刻意接近他之嫌。

這一刻，他終於正眼地看他的新娘子一眼，只見她一身的大紅色，頭上、身上、手腕上戴的都是黃金打造的首飾，很是喜慶莊重。記得以前見過她的那次，她穿得極為素雅，以前的她清麗脫俗，清澈的眼眸中帶著一抹靈動，沒想到她穿這般濃豔的衣服也很好看。雖然她沒有傾國傾城的美貌，更談不上明豔動人，但她就是讓人看著很舒服、很養眼，他也不知道自己怎麼會有這種想法？在這以前他說不上多厭惡，但絕對無法喜歡她的，大概是因為他處的境地非常尷尬吧？娶的是至交好友的心上人，真不知道該怎麼自處。只不過是聲音好聽一點罷了，他在心中這樣告訴自己。

下一刻，他便蹙著眉頭問：「妳怎麼知道我是裝醉的？」

無憂微微一笑，道：「這麼說沈大將軍是承認了？」

聞言，沈鈞知道自己上當了，但還不死心地道：「請妳回答我的話。」

「好，我回答你。」無憂道：「喝醉的人都會臉紅，耳朵發紅，頭腦麻痺，脈搏跳動加快，呼吸粗重，說胡言，站立不穩，甚至嘔吐等。當然後面那幾個症狀都可以假裝，但前面的症狀是不好裝的。沈大將軍今晚確實是喝了酒，不過還沒到不省人事的地步罷了。」

沈鈞不得不點頭道：「妳觀察得很仔細。」

「我是個大夫，觀察病人的症狀當然要仔細，要不然會鬧出人命的。」無憂說了一句，提起茶壺倒了一杯茶。

這時候，沈鈞也從床上起來，走到無憂的對面坐下。

無憂見狀，也順勢給對面的沈鈞倒一杯茶水。這個人現在在名義上是她的丈夫，雖然她並不想討好他，但也不想得罪他，畢竟這裡可是他的地盤，還是與他和平共處為好。

「怪不得都說妳醫術了得，看來真是有原因的。」沈鈞倒也不客氣，伸手端起茶碗來喝了個底朝天。

「你為什麼要裝醉？是不是想逃避喝交杯酒和吃子孫餑餑啊？」無憂的眼睛掃了一眼八仙桌上擺著的兩只精緻的鎏金刻花酒杯，還有那盤子精工細作的子孫餑餑。

沈鈞皺了眉頭，看著眼前新娘裝扮的人，一時有些說不上話來。她是他曾經看過最為灑脫的女子了，本來今日可是他和她的大喜日子，他故意冷落她到快三更天才進新房，又假裝醉酒，可是她反而看不出有一絲生氣和失落的表情，要是按正常來講，她不抱怨也該像許多嬌滴滴的女子一樣淚漣漣了。難不成她根本就不想嫁給自己？或者說她心裡的那個人是秦顯？可是這也說不通啊，秦顯在沒成親之前就向她表達過愛慕之情，那個時候她根本就對秦顯無意，難道說這裡面還有內情？

想到這裡，沈鈞的臉自然是沈了一下，說：「妳是不是很希望是這個答案？」

聞言，無憂只是一笑。道：「我有得選擇嗎？」

「不錯，是沒得選擇。就像我娶妳一樣，只不過是皇命難違罷了。」沈鈞是軍人出身，說話也是直爽，不像書生那般說話比較婉轉隱晦。

無憂是現代人，說實話，她很討厭這個時代的書生那種磨嘰勁，就是喜歡直爽有效率。聽到對面的人這麼說，她倒是一點也不生氣，反而說了一句。「這麼說今日咱們還算是同病相憐？」

「什麼意思？」無憂的話讓沈鈞的眼睛一瞇。

無憂則是半揚著下巴回答：「我嫁給你也是一樣，只是皇命難違罷了。」

聽到這話，沈鈞倒是徹底地被震撼了。因為在大齊向來是男尊女卑，男人就是女人的天，嫁一個什麼男人也就決定了這個女人的一生。如果婚後能夠得到夫君的寵愛和善待，這個女人一輩子都會幸福。所以妻子大多是順著夫君、哄著夫君的，還從來沒有見過女人新婚第一日就用這種口氣對自己的丈夫說話，面前的無憂不得不讓沈鈞感到詫異。

看到沈鈞似乎目瞪口呆的表情，無憂笑道：「這話是你剛才對我說的，我再重複一遍罷了，你至於這麼吃驚嗎？」

聞言，沈鈞垂下眼瞼，盯著眼前的茶碗，說了一句。「妳好像對我這個夫君很不以為然。」

「難道你對我這個妻子以為然了嗎？」無憂反問了一句。

無憂的話讓沈鈞的嘴角含著冷笑，忽然問：「妳不願意嫁給我，是不是因為秦顯？」

聽到這話，無憂不禁有些氣惱，說：「這和秦顯有什麼關係？」不過心中卻是在想——他怎麼會突然提到秦顯？難不成秦顯傾慕她的事他是知道的？要是知道的話，那今日也不怪他對自己如此了，畢竟在古代有哪個男人希望自己妻子和別的男人有點小曖昧呢？

「我和秦顯是至交好友。」沈鈞說了一句。這句話已經很明顯，他是知道的，只是沒有把後面那一句說出來罷了。

聽到這話，無憂低頭遲疑了一下，然後說：「既然是至交好友，那一切你也應該都明白，我和秦顯之間以前什麼都沒有，以後也不會有。」

「妳是在向我解釋嗎？」沈鈞盯著無憂問。

「現在你我至少是名義上的夫妻，我當然有義務跟你解釋，不過如果你不相信，我也沒有辦法。」無憂表現得不卑不亢。

盯著無憂看了一刻後，沈鈞的臉上還是沒有太多的表情。

無憂根本就不知道他到底是相信她的話、還是不相信她的話，她發現跟一個面上總是沒有多少表情的人說話真的很累，因為你根本摸不透他的喜怒哀樂。

沈鈞忽然扯了下嘴角，眼光仍舊盯著面前的茶碗，說了一句讓無憂似懂非懂的話。「名義夫妻？那妳有沒有想過名義夫妻似乎也不錯？」

聞言，無憂擰了下眉頭，問了一句。「沈將軍什麼意思？」其實她大概已經明白了，他是不準備接受她的。

沈鈞忽然站了起來，在燈火下，他的身子是那樣的魁梧，無憂感覺有一種壓迫感。只見他走到窗前站定，背對著她，半晌後才道：「我長年征戰沙場，其實一直都沒有成家的打算，可是這次聖上賜婚，我也不得不遵從。沈鈞一人獲罪事小，可是沈家上上下下還有百口人，他們的安危我不能不考慮。」

「沈將軍有話請直言。」她不喜歡繞彎子，有什麼話就直說吧！

「我不能接受妳做我的妻子。」背對著她的人突然回答。

聽到這話，無憂先是擰了下眉，然後心裡突然鬆了一口氣。本來，她還在發愁今日的洞房花燭夜不會來個霸王硬上弓吧？看來是她多慮了。

大概是半晌沒有聽到身後人的話吧？沈鈞感覺這樣對一個新嫁娘說話，是否對她太殘酷了一點？雖然她給人的感覺是很堅強淡定，態度也是不卑不亢的，但到底是個女孩子家，怎麼也受不了新婚第一天夫婿就如此待她吧？所以下一刻，便突然轉過身來對她道：「當然我說的是暫時。」

「暫時？」這兩個字不禁讓無憂浮想聯翩，暫時？不會是就兩、三天吧？

「如果以後我們相處得好，也不是不可以做夫妻。」沈鈞又加了一句。

望著燭火下他那雙幽深如同不見底潭水的眼睛，無憂似乎明白了他的意思。他大概是現在還不能接受自己，不過不知道以後會怎麼樣而已。這不正好和她的想法一樣嗎？下一刻，無憂便扯了扯嘴角，道：「既然沈將軍這麼說，那麼小女子就依沈將軍所言好了。」

聽到無憂的話，沈鈞倒也欣喜。「這麼說妳同意我們暫時先……」沈鈞突然不知道這話該怎麼說了？

無憂則接著道：「不如我們就先私下像朋友一樣相處，對外當然還要做一對恩愛的夫妻，這樣才不會讓雙方的父母擔憂，讓家下人等議論。至於以後……以後就看機緣如何，畢竟以後的事情誰也說不準。」

「那就一言為定。」沈鈞好像有些激動，大概沒想到她這麼爽快就答應了吧？本來他還想接著裝作醉酒，先把洞房花燭夜矇混過去，以後再想別的辦法。可是沒想到他這位新娘子卻是如此與眾不同，他還想如果她哭泣個不停，他該怎麼辦呢？

無憂笑了一下，然後道：「今日折騰了一天，沈將軍是否也累了？是不是可以休息了？」

「當然，請便。」沈鈞道。

無憂從繡墩上站起來，走到床前，看了一眼那滿目的紅色繡花被子，不禁蹙了下眉頭，心想——今晚該怎麼睡？這時候，大概沈鈞看出了她的顧慮，走過來，抱了一床被子和褥子道：「妳睡床，我睡榻。」然後抱著被子走到了床榻前。

轉頭一望，外間的正堂上擺放著一張羅漢床，只見沈鈞撤走上面的小桌子，彎腰鋪上褥子，隨後便坐在床上準備脫掉靴子。一個抬頭，正好看到站在雕花月亮門前的無憂，蹙了下眉，然後說：「妳放心，我是不會進去的。」

聽到這話，無憂有些好笑，難道他還認為她是在防備他嗎？轉身走入裡間，坐在梳妝檯前，摘下了頭上和身上那些重重的首飾，她整個人也輕鬆了許多，對著銅鏡想——其實她相信這個沈鈞應該不是個酒色之徒，因為玉郡主那麼漂亮他都不曾心，可見他的人品還是不錯的。接下來她便脫去身上那笨重的喜服，穿著中衣的她吹了燈，上了床，放下床幔，躺進被窩裡。折騰了一天，終於可以舒舒服服地睡覺了，隨後，便閉上眼睛。

不知怎的，在這種情況下，一個很陌生的環境裡，而且外面還躺著一個算是不怎麼熟悉的大男人，她竟然閉上眼睛就睡著了。大概是太累了吧？還是她對外面的那個男人一點戒備都沒有？反正也說不明白，總之，她是一下子就睡著了，而且睡得還很沈。

——未完，待續，請看文創風367《藥香賢妻》3

2015年12月出版

後妻

文創風 359～361

從江南閨秀到北方軍戶，
細數上門求親的人，簡直要踏破她家門檻；
可她卻相中了那個拖家帶口的新來軍戶，
唉，緣分這事可真真說不準啊～～

危難識真情　平淡見幸福／春月生

宋芸娘出生江南水鄉，是父母捧在掌心嬌寵的明珠，
怎知這種生活在她十五歲那年劃下了句點，
父親捲入貪墨案，遭到撤職不説，更落得全家被充軍北方的下場。
母親和弟弟又因挺不過充軍路途的艱苦，先後病逝，
她一下子像是從雲端跌到了地獄，再也不能翻身。
為了父親與幼弟，宋芸娘咬緊牙關，撐起了整個家，
他們沒有被殘酷的現實擊倒，在苦寒匱乏的北方軍堡開始新生活。
但那個新來的軍戶蕭靖北來了之後，一切好像有點不一樣了。
每回和他接觸，她的胸口總有異樣的悸動，
他對她的好，讓她即便是做後妻，也未曾覺得一絲委屈。
只是他的家人似乎沒有那麼歡迎她，三番兩次的小動作，
讓她在未過門前就吃了不少虧，多了不少煩心事。
此時韃靼來勢洶洶，大軍已然兵臨城下，張家堡岌岌可危，
再多的兒女情長，都得暫時擱在腦後……

願得一心人，白首不相離

「我若喜歡你，便會永遠心悅著你，
無論經過多少的時光、多少的歲月……」

「你說，我這一生與你永不分離，可好？」

狗屋最新強檔貓狗企劃
「願得一心人，白首不相離」來啦！
想知道2015年寵物情人們的最終歸宿？
想知道貓貓狗狗們是否遇到那個「一心人」？
那親愛的讀者們，走過、路過，絕對不能錯過～～

第239期 小灰 胖灰

冰冰寶兒 / 新竹縣

2014年12月29日，胖灰成為了我們家庭的一分子。會想認養胖灰，一切都起源於我姐姐的貓兒子「球球」住我們家開始。

本來，我們家只有一個貓兒子「胖喵」，一直以來，胖喵都過著獨生子的生活。直到球球來寄住後，開啟了胖喵的另一面，這時才發現，原來，貓咪也是需要有伴的。於是在球球寄住結束後，心裡燃起了一個念頭，我們想要再養一隻貓咪來和胖喵作伴。

於是，開始搜索各大領養網站及管道，尋找適合我們家的新成員。就這樣，看見了「巷口躲貓貓」發布的領養訊息。當時，一看見胖灰，心裡覺得就是牠了。那眼神和表情，和胖喵實在太相似，相信牠們一定會相處得很愉快。

胖灰來到家中也快一年了，從一開始害怕的眼神，到現在餓了會討吃、討摸；睡覺時，還會來陪睡，有時還會追著自己的影子自high，我們常常被牠逗趣的行為惹得哈哈大笑。

真的很謝謝胖灰的加入，除了陪伴胖喵外，更調劑了我們的生活。用愛真的會改變毛小孩的性情，希望大家能用領養代替購買。每一個毛小孩，都值得被愛。

第244期 小黃 波波

黃小姐 / 新北市板橋

波波是來新家後改的名字，雖然不知道波波是怎樣的成長過程，才讓牠這麼膽小跟怕人。但我相信，會來我家，就是一個新機緣，讓波波有全新的開始，學著交新朋友，學著相信人。

來新家3個月，波波的作息穩定了，但是交貓朋友就有點慢。看牠吃飽飯後精力十足地撲玩具，心中就覺得──波波啊！在這裡，你要做的就是，放心地吃睡玩，我看你吃得很滿意，睡得很久，但是玩的時間卻很短，在這裡朋友多啊，牠們等著跟你一起跑跑，你要加油噢！

豆貴妃：
哼～～這位新來的
波波妹妹現在倒是
挺得寵。
米貴人：
姊姊，波波妹妹長得如此嬌俏可人，
多些寵愛也無可厚非啊。

第249期芒果弟 弟弟

Danny / 台南永康

當初是在貓咪公寓認養了回回，後來上班回來看牠總是不開心的樣子，想說一定是原來的同伴都沒了剩下牠一個，所以決定再領養一隻貓才有伴可以玩，後來又去貓寓，看到芒果兄弟，一身雪白的，又沒攻擊性，經過一番內心掙扎後才決定領養弟弟，實在是因為我家不夠大到可以一起帶回兄弟，否則家裡會被牠們拆了吧。

弟弟現在可是活潑的搗蛋鬼，最愛趁我睡覺時跑到床邊搞破壞，有一次被我發現又要搞破壞，就偷偷裝睡要嚇牠，牠被我一嚇居然從二樓跳下去（樓中樓），結果換我被牠嚇到，幾時偷練這功夫的要嚇誰呀！

現在弟弟也比以前胖多了，回回也超疼牠的，我捉弄弟弟時回回還會生氣呢～～然後就是換回回被我捉弄，弟弟就會奸詐地在一旁偷看。家裡有了這兩隻毛小孩，心情也輕鬆多了，回家看到牠們就很開心。雖然要先收拾被破壞的東西，不過這就是貓咪的天性——愛搞破壞與好奇心，也是牠們讓我又愛又恨的地方。

第252期捲捲 Vivienne / 台中市

注意到捲捲是因為狗屋出版社在書中刊登認養貓文。文章中捲捲在甕仔雞店討生活那段讓我的心酸酸的，剛好家裡還可以再養隻貓，就決定是牠了。

捲捲很快適應家中尚有大姊和二姊的情況，非常尊敬兩位貓咪姊姊，但捲捲愛玩，常主動騷擾兩位姊姊。三隻貓打打鬧鬧的，妳呼我個巴掌，我偷抓妳的尾巴……

牠非常非常親人，一點也不像小浪浪，坦白講是「非常黏」，常讓我好氣又好笑。有了這三姊妹，讓我的家庭生活製造了更多歡笑。

米貴人：
姊姊，我也十分尊敬您呢！
豆貴妃：
……（有這麼一回事嗎?!）

你孤單嗎？你寂寞嗎？

新的一年給自己添個家人，
陪你一起感受「原來你是我最想留住的幸運～～」

238期 Hank

帥氣忠心的Hank正等著被新家人呵護，如果你願意，牠將是最忠實顧家的好男孩！趕快來信給Hank一個溫暖的家喔！

（聯絡人：吳小姐→ivy0623@yahoo.com.tw）

249期 芒果哥

可愛的芒果弟已經被認養嘍，那麼帥氣的芒果哥怎麼可以落於人後呢 ?! 趕快把芒果哥帶回家吧！弟弟、哥哥都需要你的愛護。

（聯絡信箱：saaliu@yahoo.com.tw）

253期 缺缺

溫和乖巧的缺缺，親狗、親貓，也親人。牠可以和諧地和貓咪躺在同一個小窩，也能靜靜地被抱在腿上休息，如果你被牠乖巧的模樣給融化了，趕快來信成為牠的「一心人」！

（聯絡人：張小姐→o2kiwi387@gmail.com）

256期 Didi和Gigi

傻氣可愛的Didi和Gigi，只要有食物就可以讓牠們開心好久，趕快來信聯絡，與牠們一起享受單純而美好的「能吃」小確幸吧！（聯絡人：愛媽Christine→ccwny210@gmail.com）

風 文創 366

藥香賢妻 2

國家圖書館出版品預行編目資料

藥香賢妻 / 靈溪著. --
初版. -- 臺北市 : 狗屋, 2016.01
冊 ; 公分. --（文創風）
ISBN 978-986-328-539-7（第2冊 : 平裝）. --

857.7　　104024664

著作者　靈溪
編輯　王佳薇
校對　黃薇霓　周貝桂
發行所　狗屋出版社有限公司
地址　台北市104中山區龍江路71巷15號1樓
電話　02-2776-5889～0
發行字號　局版台業字845號
法律顧問　蕭雄淋律師
總經銷　知遠文化事業有限公司
電話　02-2664-8800
初版　2016年1月
國際書碼　ISBN-13　978-986-328-539-7
原著書名　《医路风华》，由瀟湘書院（www.xxsy.net）授權出版

定價250元
狗屋劃撥帳號：19001626
網址：love.doghouse.com.tw　E-mail：love@doghouse.com.tw